KB078741

그때 그 시절

그때 그 시절

- 어릴 적 동심의 시절, 그때 그 시절을 아시나요? -

남군우 지음

좋은땅

머리글

   세상을 살아가는 우리들은 부모로부터 태어나면서부터, 어린 시절을 배우면서 자라고, 성인이 되어, 가정을 이루고 각자 사회 생활을 하고 있다.

   그러면서 각자 자기 분야에서 사람들과 어울리고, 함께 더불어 살면서, 짜여진 계획에 의해, 마치 기계의 톱니바퀴처럼 돌고 돌면서 반복적으로, 활동하고, 여러 사람들과 수직적, 수평적, 조직적으로 서로 돕고, 경쟁하면서, 정보를 주고받으며, 삶의 지혜로 세상을 더불어 살아가고 있다.

   시대의 흐름에 맞춰, 바쁜 생활 속에서 때때로 즐겁고, 힘들고, 어렵게 살다 보면, 은연중 어린 시절 고향에서 뛰놀던 동심의 세계로 돌아가고 싶고, 그때 그 어린 시절, 그 시절이 그리워진다.

   그 어린 시절 그 시대에 즐거웠던 기억들이 되살아나 잠시나마 그때 그 시절 동심의 세계로 돌아가고픈 생각이 든다. 어느 가수의 어린 시절 노래가사가 그 옛날의 추억들을 되새기고, 돌아갈 수는 없지만, 다시 그 시절로 돌아가면 하는 바람이다.

'진달래 먹고, 물장구 치고, 다람쥐 쫓던 어린 시절'

'눈사람처럼 커지고 싶던 그 마음 내 마음'

'아름다운 시절은 꽃잎처럼 흩어져 다시 올 수는 없지만'

'잊을 수는 없어라, 꿈이었다고, 가 버렸다고, 안개 속이라 해도'

어느 유명 가수의 노래 한 구절이다.

그래서 그 옛날 어린 시절로 돌아가 그때 그 시절에 동네 친구, 형들과 순수하고, 천진난만하게 즐겁게 놀면서 배우고, 시간 가는 줄 모르게 노는 놀이문화로 부모와 형제로부터, 그전 세대로부터 내려오는 풍습, 관습들이 생활 속에 일부분이 되어서 살고, 겪어 오면서 배우고 즐기면서 성장해 왔다.

살아온 추억들이 현대를 살아 가면서 가끔씩은 그 시절로 돌아가고픈 마음이다. 전후 세대 이후에 베이비붐 시대의 사람들은 먹고 살기 힘든 보릿고개를 거치면서 부모나 형제로부터, 풍습처럼 내려오는 놀이문화를 기억을 더듬어 되새겨 본다.

물론 베이비붐 시대나 그전 세대라 할지라도 대도시에서 태어나 어릴 적부터 도시에서 생활을 한 사람들은 생소한 이야기일지도 모른다.

물론 각 지역마다 시대적으로 세대별로 조금씩은 다르지만, 사회생활 하면서 동료나, 선후배들과 어린 시절을 같이 이야기하다 보면, 동질감이 드는 것 같다.

지역마다 각각 특색이 있는 놀이문화도 있지만, 현대사회를 살아가면서, 각박한 생활을 하다 보면, 그래도 그때 그 시절이 좋았다 할 때가 있다. 먹을거리 외에는 아무 걱정 없는 시대였다.

필자가 태어나서 어린 시절을 보낸 곳은 경기도 평택시의 면소재지 소농들이 모여 사는 아주 작은 농촌 마을이다. 그곳에서 초등학교를 보낸 기억들을 어렴풋이 더듬어 보면서, 생각나는 대로 글로 옮기고 싶은 충동이, 항상 가슴을 설레이게 했다.

30여 년 전부터 그 추억들을 글로 남겨야지, 하면서도 바쁜 세상을 살다 보니, 차일피일 미루다 이제야 60대 중반에 펜을 들었다. 요즘이 내 생애에 가장 한가한 시간들이다. 모든 일들을 정리하고, 한적한 시골로 들어와 살다 보니, 남는 여유시간이 많다. 그래서 그 옛날 어린 시절의 기억나는 놀이나 풍습들을 더듬어서 생각나는 대로 적어 보고 싶었다.

그 옛날 그때 그 시절로 돌아가 각박한 세상을 살아가는 현대인들에게 잠시나마라도 삶의 활력소와 위로가 되었으면 하고, 요즘말로 힐링이 되었으면 하는 바람이다.

선진국은 우리보다 20년 이상 앞선 시대지만, 그들도 할아버지, 그전 세대엔 살아가면서 희노애락이 우리와 비슷한 환경일 수도 있다. 예컨대 일정 시대나 미군정 세대에 그들로부터 보고, 듣고 배워 온 놀이 문화, 풍습일 수도 있다.

요즘 젊은 10대에서 30대 세대들은 이 글들이 아마도 만화나 동화 속에서나 전설에 나오는 이야기로 생각하고 흥미가 없을지 몰라도, 기성세대인 50대 이후의 세대들은 공감이 가고, 그 시절을 생각하면, 마음이 설레면서, 가슴이 찡하고, 그 시절의 환상을 느껴 보기도 할 것이다.

그때 그 시절에는 먹을거리, 때거리 외엔 아무 걱정이 없던 것으로 기억된다. 현대를 살아가는 요즘은 빈부의 차가 심하지만, 그 시절은 모든 가정이 다같이 못 살던 빈부의 차가 없던 시절이었다. 그래서 놀이 문화의 많은 소재 거리가 배고픔을 달래기 위한 수단들이기도 하다.

먼 옛날의 이야기일지 몰라도 현대를 살아가면서 잠시라도 그때 그

/ 그 때 그 시 절

시절 동심의 세계로 돌아가 보자. 그 시기는 1960대 초 초등학교 2, 3학년 때부터 중학교 시절 쯤으로 기억이 된다. 어쩌면 그 소중한 어린 시절의 추억들을 생각나는 대로 적은 나의 일상과 독백일 수도 있다.

나만의 어린 시절과, 내가 자라난 고향의 추억들일 수도 있을 것이다. 그 옛날 어린 시절의 놀이 문화가 점점 잊혀져 가는 것이 아쉽고, 기억나는 대로 옛 추억을 더듬어서 조금이나마 기록이라도 남기고 싶었다.

이 글을 읽는 순간이라도 그때 그 시절로 돌아가고 싶지 않습니까?

그때 그 시절을 아십니까?

목차

1.

학교 가는 길

학교 가는 길은 꽤나 먼거리였다. 동네 전체 가구수가 60호 정도 되는 아주 작은 농촌 시골 마을인지라, 주위에 학교가 없어 먼거리를 걸어 다녔다. 초등학생 걸음으로는 한 시간은 족히 걸린 듯하다.

평택군의 면소재지 계루지라는 동네에 있는 종덕 국민 학교이다. 요즘말로 초등학교이다. 우리 동네에서 학교 다니는 학생들은 1학년부터 6학년까지 10여 명 정도 되었다. 같이 다니는 사람은 대여섯 명씩 모여서 두 그룹으로 끼리끼리 다녔다.

동네 형들과 같이 다니니 그리 먼 거리로 느껴지지 않았다. 어른들 말로는 10리 길이라 하셨다. 설립된 지는 10여 년 정도 된 듯하다. 동네 초입에서 학교 가는 길은 논둑길을 걸어서 10여 분 정도 가면, 시냇물이 항상 졸졸졸 흐르는 개울가가 나온다.

개울물이 조금 많이 흐를 땐, 발을 적시지 않게 살살 돌다리를 건너서 다녔다. 비가 많이 오는 날이면, 동네 어른들이 업어서 개울가를 건너준 기억들이 생생하다. 개울가를 건너서, 조금 가다보면, 산 모퉁이가 나오고, 그 구부러진 산모퉁이 길을 돌아서 가다 보면, 군대 훈련장이 나오고, 넓은 신작로가 나온다.

그 큰 신작로는 비포장도로로 비가 오면 발이 빠지고, 맑은 날 이따금씩 삼륜트럭이 지나가면 흙먼지가 앞을 가려 희뿌연 먼지로 앞길이 잘 안 보였다.

자주 눈에 띄게 신작로를 다니는 것은 자동차들보다는 말마차나, 우마차가 흙먼지를 일으키며, 짐들을 싣고 덜거덕, 덜거덕 거리면서 굴러가는 풍경이 종종 보였다.

마차들을 보면 왠지 반갑다. 그 마차들의 뒤를 따라 가다 보면, 발걸음이 점점 빨라진다. 마차 주인의 눈치를 보면서, 가끔씩은 마치 뒤에 팔로 매달려 얻어 타고 간 기억도 있다. 마차 주인이 보면 걷고 안 보면 매달려 가곤 했다. 너그러운 마차 주인도 알면서도 못 본 체하면서, 눈 감아 주곤 하였다.

학교 가는 길은 여러 가지의 볼거리가 많았다.

꾸불꾸불 휘어진 길을 따라가면, 이름 모를 꽃부터 잡초로 우거진 들판길을 지나, 산 모퉁이를 돌아서 가다 보면, 종달새의 울음 소리부터, 여러 종류의 새소리가 귓전에 들리고, 이름 모를 야생초부터 갖가지 잡풀들이 많이 눈에 띄었다.

학교 가면서 들판과 산을 보면서, 듣는, 자연의 풍경들은 아름다웠다. 그 시절에는 풍족히 못 먹고 늘 배고픈 어린 초등학생들의 옷차림은 몸에 맞지 않은 허름한 옷차림으로 누가 봐도 옆집, 웃집 형들이 입었던 옷으로, 물려 받아 입은 티가 나고, 군데군데 헤진곳이 보이고, 다른 천으로 꿰멘 곳도 있으며, 신발은 어린이 모두가 발보다 큰 검은 고무신을 신고 다녔다.

어린 아이들의 발이 빨리 자라니까, 발이 클 것을 예상하여 큰 신발을 신었다. 초등학교 5, 6학년쯤에 흰고무신으로 바꿔 신은 듯하다. 물론 그때도 반에서 몇 명은 검은 고무신을 신은 사람이 가끔 눈에 띄기도 했다.

고무신은 걷다 보면 자주 벗겨지곤 한다. 운동화는 중학생 되면 신는 줄 알았다. 겨울에는 양말을 신었지만, 봄부터 가을까지는 맨발로 고무신을 신고 다녔다. 초등학생 1, 2학년 걸음으로는 한 시간은 족히 걸린다. 동네 4, 5학년 형들과 이야기하면서 같이 가면, 빨리 걸어야 하지만, 그리 먼거리를 느끼지 못하였다.

신작로 길로 한참을 걷다보면 무료함을 달래기 위해 둥근 작은 돌을 골라 발로 툭툭 차면서, 축구하듯이, 돌을 차면서 걷다보면, 잘못 발로 차면 발가락이 아프기도 하였다.

가끔씩은 신발이 벗겨서 돌보다 멀리 날아가 버린다. 한쪽 발에 흙 묻을까봐, 날아간 신발 있는 데까지 한쪽 발을 들고, 깨금 걸음으로 걸어 신발을 찾아 신고 걸어 다녔다.

짓궂은 친구는 간신히 깨금발로 신발 있는 데까지 가면 다시 발로 벗겨진 신발을 차서 멀리 보낸다. 야속한 친구지만 그래도 학교 가는 길은 즐거웠다. 책가방은 귀한 것이라 모두가 보자기에 책과 공책을 차곡차곡 쌓아서 그 옆에 철제 필통을 넣어, 어깨에 메고 학교를 다녔다.

가는길에 가끔씩 뛰어 가다 보면 필통에서 덜거덕거리는 연필 소리가 귓전에 들렸다. 그렇게 한참을 걷다 보면 학교 정문이 보인다. 정문 앞에서 다다르다 보면, 다른 동네 친구들을 만나면 하루만인데도 환한 미소를 보니 반갑다.

친구들과 같이 교실로 들어간다. 학교에 가서 책보자기를 풀어 필통

속을 보면 연필 심이 부러져 있었다. 그래도 반에서 한두 명은 서울에서 친척이 사서 보내준 것이라는 이상한 책가방을 자랑하면서, 들거나 메고 다녔다.

교실 안에 들어서면, 각자 책상에 앉아 공부할 준비를 하면, 잠시 후 선생님이 들어 오신다. 웅성거리다가 모두가 조용해진다.

반장이 일어서서 차렷, 선생님께 경례 하고 구령을 하면, 다같이 안녕하세요, 하면서 아침 인사를 하고, 출석을 부른 다음 공부를 시작한다.

초등학교 1, 2, 3학년은 오전 공부만 하는 것으로 기억된다. 과목은 국어, 산수, 도덕, 체육 등을 배우며 학교 생활을 한다. 주된 교육은 한글을 배우고, 쓰고, 산수도 더하기 빼기 등 저학년은 기초교육만 하니, 신기하기도 하고, 재미가 있다.

그리고 체육시간에는, 건강체조, 축구, 걷기, 달리기 등 몇 가지를 하고, 가끔씩은 기마전을 한다. 체육시간이 가장 즐겁고 신나는 시간들이다. 단체로 체조를 한 다음에는 축구, 달리기, 줄넘기 등 여러 가지 운동을 하면서 신나게 운동장을 뛰어 다녔다.

항상 인자하신 선생님은 밝은 표정으로 웃으시면서, 아주 친절하게 공부를 지도하셨다. 그러다 보면 어느덧 오전 공부가 끝나고 집에 가는 시간이 된다. 그 시간 또한 신나는 시간들이다.

집에까지 오면서 친구, 형들과 여러 가지 장난을 치면서 오고, 시냇물이 흐르는 냇가에 다다르면, 물고기 구경도 하고, 바지를 걷고, 얕은 물속으로 들어가 물속을 더듬어서 피라미, 붕어, 미꾸라지 등, 손에 잡히는 여러 가지 물고기를 잡아서 유리병에 담아서 집에 오기도 했다.

시간 가는 줄 모르게 재미가 있고, 즐거운 시간들이다. 조금 잡은 날은 집에 있는 큰 유리병에 넣어 가르고, 형들과 같이 많이 잡은 날은 집

으로 가지고 와서 어머님한테 조림이나, 매운탕을 해달라고 조르기도
했다.

어머니의 물고기조림, 매운탕은 아직도 생각하면, 군침이 도는 맛있
는 음식이다, 그렇게 초등학교 가는 길, 집에 오는 길은 항상 볼거리, 들
을 거리 등 시골 들판과 산들, 시냇물은 즐거운 놀이터가 되었다.

집에 오면 책보자기를 마루에 놓고, 동네 친구들과 구슬치기, 딱지치
기등 여러 가지 놀이를 하면서 시간 가는 줄 모르게 하루가 지나가고
있었다.

지금도 생각하면, 그 옛날 초등학교 다니는 그 시절이 가장 즐거웠던
추억으로 기억이 된다. 수십 년이 지난 초등학교 시절의 추억들이지만,
영사기의 녹화 장면을 돌리듯이 생생하게 기억 나는 것은 왜일까?

그 시절이 다시 돌아오지는 않지만, 사회 생활을 하면서 가끔씩 힘들
고, 슬프고, 마음이 울적하고, 허전하고, 쓸쓸한 생각이 들 때면, 그 옛
날 어린 시절의 추억을 더듬어서 조금이나마 삶의 활력소가 되고, 위안
이 되었으면 하는 바람이다.

2.

초등학교 운동회

초등학교 운동회는 학교 생활 중 가장 신나는 날이다. 높은 가을 하늘에 흰구름이 둥둥 떠다니는 가을철 운동회는 학교 축제이기도 하고, 선생님, 부모님, 형들과 함께 학교에서 즐겁게 놀고, 운동하고, 맛있는 음식을 나눠 먹으며, 학교 전체의 잔칫날이다.

운동회 전날부터 마음이 설레이고 잠이 안 온다. 요즘말로 근심거리, 걱정거리가 많다. 선생님, 부모님, 형들 여러 사람이 보고, 응원하는 모습이 눈에 선하게 보일 것을 생각하니, 잘 해서 이기거나, 일등을 해야 하는 부담감이 밤잠을 설치게 한다. 우선 잠자기 전에 엄마한테 부탁하여, 오재미라 하는 것을 만들어 달라고 한다.

헌 양말이나 헤진 수건으로 가로 세로 5, 6센티 크기의 천 주머니를 바늘로 꿰매어 그 속에 콩을 한 움큼 넣고 다시 꿰매어 열 개 정도 만들어, 운동회 마지막 행사인 청군 백군으로 나눈 상대방의 박 터트리기를 하는 행사 준비물이다.

박을 먼저 터트리는 팀이 이기는 게임으로, 준비한 오재미를 잘 만들어야만 한다. 간혹 다른 형들은 오재미 속에 모래를 넣는 형들도 있었다. 물론 반칙적인 방법이지만 알 수가 없다. 오재미를 만져 보거나, 속을 보지 않는 한 잘 모른다.

준비한 오재미를 머리 옆에 놓고, 부푼 가슴을 안고 밤잠을 청한다. 설잠을 자고 아침에 일어나 보니, 엄마가 아침부터 분주하시다. 김밥, 도시락, 맛있는 반찬 준비하시느라 바쁘게 움직이신다.

운동회날 만큼은 공부도, 잔심부름도 안 하고, 먹고, 뛰고, 가족들과 함께 온종일 즐겁게 즐기는 날이다. 아침 일찍 일어나 몸의 근육을 풀기 위해 동네 한 바퀴를 천천히 뛰면서 돌고, 마음속으로 오늘 운동회 때는 개인 경기인 달리기, 릴레이 등에서 등수 안에 들어 공책, 연필, 지우개 등 다른 상품들을 타야지 하는 마음 가짐을 한다.

그것도 부모님들이 지켜보는 가운데 1, 2, 3등 안에 들어야만 상품을 탈 수 있다. 어린이 마음이지만 등수 안에 들어 상품들을 타면 부모님들이 엄청 좋아할 것이라 생각하면, 마음이 뿌듯하고, 또한 자식 자랑하는 부모님의 밝은 표정이 눈앞에 선하게 그려진다.

아침 밥을 일찍 먹고, 부모님들과 함께 손 잡고 학교로 간다. 동네 친구, 형들도 신이 나서 그들도 부모님, 나이 많은 형들과 같이 한보따리씩 먹을거리를 들고, 메고, 신나는 표정으로 학교로 가고 있었다.

이런저런 이야기를 하면, 부모님들과 같이 학교에 도착했다. 정문 앞을 보니 여러 가지 만국기가 펄럭이고 있었다. 오늘이 진짜 즐거운 운동회날이라는 것을 실감나게 한다. 마음 또한 설레이기도 한다.

들뜬 마음으로 학생들은 운동장에 학년별로 줄을 서서 선생님의 사회로 운동회 시작을 마이크로 알린다. 국민의례, 애국가 제창이 있고, 교장선생님의 인사말이 진행된다.

/ 그때 그 시절

그런 다음 교감 선생님이 운동회 진행 순서를 설명한다. 우선 청군, 백군으로 나눠서 양쪽으로 나눠서 줄맞춰 도열을 지시한다. 그리고 각 팀별로 응원 연습도 한다. 학년별 개인경기와 단체경기를 나눠서 사회자의 순서 지시에 따라 진행한다.

한쪽 가장자리에는 학교에서 준비한 간이 천막에 동네별 어른들이 모여서 이야기꽃을 피운다. 작년에는 누구네 자식이 달리기 일등 했다고 하면서, 올해는 우리 자식이 일등을 해야만 한다고, 자신만만하게 자랑을 한다.

그중에는 우리 부모님의 목소리도 간간히 들린다. 자그맣게 들리는 부모님들의 소리에 마음이 더욱 긴장이 된다. 그런데 달리기 하면, 나는 일등은 못하고 이등이나, 삼등을 한 적이 있다. 연필이나 지우개를 탄 적이 있다.

일등 상품이 공책 두 권이니, 올해는 공책을 타야만 한다. 그런데 그 일등이 만만하고, 쉬운 것은 아니다. 1, 2학년 계속해서 일등한 친구가 우리동네 날쌘돌이 천동이라는 친구가 있다. 물론 나이도 한 살 많고, 키도 크다.

그 친구는 엄청 빨라 우리보다 골인지점까지 가면 7, 8미터 이상 차이가 난다. 물론 다들 맨발로 달린다. 혼신을 다해서 뛰어도 그 친구는 따라가지 못한다. 뛸 때는 모르지만 뛴 후에 보면 발바닥이 아프다.

올해는 공책을 타야만 하는 바람이다. 그래서 그 친구 천동이랑만 같이 안 뛰면 일등할 자신이 있었다. 초등학교 2학년 때이니까, 올해는 3학년 되었으니, 일등을 할 차례이다.

달리기는 10명씩 조를 짜서 뛰니까, 그 친구 천동이랑만 같은 조가 아니면 일등을 할 수 있는 자신감이 있다. 조는 키 순서대로 줄을 서서 10

명씩 조를 나눈다. 다섯조 정도 나오니, 그 친구랑 같은 조가 아니기를 바라면서, 줄설 때 약간 허리를 숙여 맨 뒷조나, 그 전의 조로만 편성되면 일등할 것 같았다.

천둥이는 첫 번째나 두 번째 조니까, 같은 조만 아니면 된다. 요즘말로 눈치 보면서 줄을 서야만 한다. 마음 졸이면서 조를 편성하는데 천만 다행으로 천둥이랑 같은 조가 안 되었다. 달리기를 시작하면 예상대로 천둥이는 일등을 했다.

다음 다음 조가 내가 뛸 차례이다. 같은 조 친구들을 보니, 어느 정도 자신감이 들었다. 충분히 일등을 할 수가 있었다. 기다리던 우리 조가 달리기를 할 차례이다.

다음 조 나와 준비하세요.

선생님이 호령을 하신다.

앞으로 나와 옆으로 줄맞춰 서 있다가 딱총소리가 나서 달리기 출발을 했다. 출발은 3번째로 했는데 50미터 지점부터, 1, 2, 3등 한 명 두 명과 같이 뛰면서 막상막하 달리기 경주였다. 귓전으로 들려오는 엄마, 아버지의 목소리가 들려온다. 조금만, 더, 조금만 더, 하는 응원의 목소리가 들려온다.

골인 마지막 지점까지 우열을 가리기 어려웠지만, 골인지점에 내 발이 한 걸음 앞선 것 같았다. 드디어 내가 일등을 한 것이다. 엄마, 아버지가 펄펄 뛰면서 좋아하는 모습이 눈에 보였다. 나도 올해는 달리기 일등을 해서 공책을 탈 수가 있었다.

그리고 운동회 때마다 꼴찌하는 친구가 있다. 그의 아버지는 군소재지에서 유지라는 말을 들었다. 꼴등을 했는데도 잘했다고 안아주고, 내년에 일등을 하면 된다고, 위로를 하는 훈훈한 정이 돋보였다. 농담조로 뒤로 돌아서서면 일등이라고, 큰소리로 부추겨 세운다.

다음 경기는 릴레이 경기이다. 3조로 짜서 바톤을 주고 받으며, 이어 달리기로 일등만 단체로 시상을 하는 경기이다. 무조건 일등을 해야만 한다. 이번엔 다행인지 몰라서 우리 조에 천동이가 같은 조로 편성되었다.

일등 가능성이 높지만, 단체 경기로 모두가 제 몫은 해야만 한다. 바톤을 주고 받을 때 시간이 빨라야만 한다. 바톤을 놓치거나 늦게 주고 받으면, 그만큼 뒤로 처진다. 그리고 한 사람이라도 넘어지면 등수 안에는 못 든다.

릴레이 경기는 팀웍이 중요하다. 그래서 뛰기 전에 바톤 주고 받는 연습을 한쪽에서 한다. 그렇게 시작하여, 릴레이 경기에서 우리 팀은 2등을 했다.

다음 경기는 부모님과 한쪽 발 묶어 달리기이다. 묶은 발과 안 묶은 발의 박자가 척척 잘 맞아야만, 잘 걷고 달린다. 나는 아버지랑 같이 한쪽 발목을 묶고 달리기를 했다. 그런데 박자가 잘 안 맞아 가다가 넘어지고, 가다가 넘어지고 하여, 꼴찌는 면했지만 등수 안에는 못 들었다.

다른 친구 아버지는 30대 초, 중반인데 우리 아버지는 50대 초니까, 우리가 좀 불리한 느낌이 들지만, 모처럼 아버지와 발 묶고, 어깨 동무하면서 뛰어가니, 부자간 끈끈한 정이 느껴졌다.

다음 경기는 두 팔을 뒤로 묶고, 뒷짐지고, 달려가 탁자 위 밀가루 속에 든 사탕을 입으로, 혀로 더듬어서 물고 달리기이다. 뒷짐을 지니 달리기가 수월하지 않는다. 그리고 탁자 위에 입으로 사탕 찾기가 어렵고 시간이 걸려 누가 일등할지 장담을 못한다. 사탕 물고 뛰는 학생들의 얼굴은 밀가루 범벅이 되어 보는 이들이 함박 웃음 지으며, 응원을 한다. 재미있는 경기였다.

다음 경기는 공굴리기경기였다. 학생 키만한 공을 굴리는 경기로 앞의 방향이 안 보여 공 굴리기가 힘들다.

그래도 힘껏 굴려서 일등하고 싶은 경기였다. 굴리다보면 다른 방향으로 굴리는 학생, 공과 함께 넘어지는 학생, 공 따로 학생 따로 달리는 학생, 그 경기 역시 응원과 웃음 바다가 된다.

다음 경기는 학부모 달리기 대회이다. 친구들의 부모들은 젊은 30대 초중반이라 잘 달린다. 나의 아버지, 어머니는 50대 초반이라 참석을 안 하고 옆집 친구 아버지를 응원하였다. 친구 아버지가 2등을 하여, 언젠가 한턱 낸다고 자랑스럽게 이야기하였다.

오전 내에 개인 경기를 끝나고, 점심 시간이 되었다. 각자 맛있는 음식을 준비해와서, 이웃팀들과 나눠 먹으며, 화기애애한 분위기 속에 점심시간을 보냈다. 한쪽 구석에서는 아이스께끼 장사가 있어 얼른 가서 하나 사서 입과 혀로 살살 빨아 맛있게 먹으며 즐거운 시간을 보냈다.

아이스께끼도 때를 놓치면 품절이 되기 때문이다. 맛있는 점심 시간이 끝나는 종소리가 울리고, 오후 단체 게임을 시작하였다. 학년별로 나눠서 청군 백군 팀을 만들어 줄다리기를 하는 것이다.

우리팀에는 고아원 친구들이 몇 명 있어서 자신감이 있었다. 그 친구들은 미국군인들과 한국 여성 사이에 낳은 혼혈아들이다. 키도 우리보다 머리 하나 정도 크고, 덩치도 커서 우리들 학생 두목은 하는 것 같았다.

1학년부터 6학년까지, 학년별로 청군 백군 나눠서 종합적으로 많이 이긴 팀이 승리하는 것이다. 나는 청군에 속하여 우리 청군팀이 학년별 조에서 두 팀만 이겨 백군한테 졌다.

그리고 마지막 경기인 박 터트리기이다. 청군 백군 나눠서 상대방의 박을 준비해 간 오재미로(콩주머니 뭉치) 던져서 빨리 터트리는 경기이다. 많은 학생들이 힘껏 던져 상대방 박을 터트리는데 잘 안 터진다. 이 경기에서는 우리 청군이 승리하여 다같이 환호성을 질렀다.

경기가 끝난 후 교감 선생님이 청군 백군 종합점수를 발표하여 그날의 우승팀을 발표한다. 다들 긴장된 모습으로 교감 선생님의 발표를 숨죽이며 경청한다. 발표시간이 길어진다. 학년별로 점수를 합산하여 전체 점수를 집계하는 데 시간이 걸리는 것이다.

잠시 후 우승팀 발표는 백팀이었다. 작년에는 청팀이 우승했는데 올해는 백팀이 우승한 것이다. 아쉬움을 뒤로하고 운동회 폐회식을 발표한 후에, 대청소를 한 다음 각자 상품들을 들고, 즐거운 마음을 안고 집으로 향했다.

올해에는 공책도 타고, 연필, 지우개도 타서 너무 기뻤다. 이렇게 즐거운 가을 운동회는 아쉬움을 뒤로 하고 끝났다. 오후 태양이 서서히 서쪽으로 넘어가는 즈음에 집으로 왔다. 올해의 초등학교 어린 시절의 가을 운동회는 두고두고 잊지 못할 운동회였다.

3.

소풍 가는 날

오늘은 소풍 가는 날이다. 소풍은 봄 소풍, 가을 소풍을 가는데, 오늘은 가을 소풍 날이다. 학교 생활 중 가장 즐거운 날이다. 전날부터 가슴이 설레이기도 한다.

어제 저녁부터 어머님이 분주히 도시락 준비를 하셨다. 그런데 이번 소풍 때는 엄마, 아버지 두 분 모두 못 가신다고 며칠 전부터 말씀하셨다.

1, 2학년일 때는 두 분 중 한 분은 같이 소풍을 갔었다. 농촌 시골 마을이라 부모님들은 가을 추수를 마무리 하신다고 하시면서, 일거리가 많아서 못 가신다고 하셨다.

초등학교 1, 2학년 때는 반 전체 중에 부모님들이 반 정도 참석하셨다. 3학년 때는 다른 학생 부모님들도 많이 못 오신다고 하였다. 동네 형들도 학년이 올라갈수록 부모님 참석이 줄어든다고 하였다. 몇몇 부모님들만 참석하고, 선생님과 친구들과 같이 즐거운 시간을 갖는 것이다.

소풍 장소는 학교에 모여서 걸어서 갈 수 있는 가까운 사찰을 방문하는 것이다. 학교에서 그리 멀지 않은 고찰로 장등리 소재 보국사라는

절이다.

아침부터 조금 깨끗한 옷으로 갈아입고, 엄마가 준비하여 주신 도시락과 찐 계란 두 개를 보자기에 싸서 묶은 다음 들고, 동네 친구들과 학교로 향했다.

소풍을 같이 못 가서 미안해 하시는 어머니의 모습이 안쓰러워 보였다. 그러면서 가서 맛있는 눈깔 사탕과, 아이스께끼 사 먹으라고, 겉치마를 두 개 정도 들친 다음 한참 만에 속바지 고쟁이 주머니에서 10원짜리 종이지폐 한 장과 동전 몇닢을 내 주머니에 넣어 주셨다. 맛있는 거 사 먹고, 조심해서 잘 댕겨 오라고 하셨다.

학교에 도착하니, 학교에서 가까운 동네 친구들은 벌써 와서 기다리고 있었다. 같은 반 교실에서 선생님이 출석을 부르면서 인원 확인을 하셨다. 몇 명이 안 와서 선생님이 궁금해하시고, 같은 동네 학생한테 왜 안 나왔는지 물어보셨다.

그때도 가정 형편이 극히 어려운 어린이는 소풍가는 날 참석을 종종 안 하는 어린이도 있었다. 소풍 가면서 줄 맞추고, 옆으로 지나가는 마차를 조심하라고 하셨다. 그 시절에는 차보다는 우마차나 말마차가 주로 신작로를 다녔다.

선생님의 주의사항, 준비사항을 듣고, 다같이 학교 밖으로 나와 줄을 맞춰서 하나, 둘, 셋, 넷. 반장의 구령에 맞춰 학교 정문을 나와서, 커다란 신작로로 접어들었다.

신작로에는 말마차, 우마차가 추수한 곡식들을 싣고 종종 다녔다. 비포장 신작로 가장자리에는 먼지를 뒤집어쓴 코스모스가 꽃망울을 살포시 내밀며, 수줍은 듯 우리들을 반겨 주고 있었다. 길을 가다 보면, 줄은 온데간데없고, 즐거운 표정으로 삼삼오오 걸으면서 재잘재잘 이야기꽃을 피우며 걸었다.

그것을 본 선생님이 우리 다같이 동물 소리 내기 하자고 하셨다. 그러면서 선생님이 동물 이름을 부르면, 우리들은 소리를 내었다.

참새~짹짹, 오리~꽥꽥, 돼지~꿀꿀, 송아지~음메, 강아지~멍멍, 그러시다가 갑자기 선생님이 토끼~하시니까, 다들 꿀먹은 벙어리같이 조용하면서 한바탕 웃었다.

"선생님이 한번 토끼 소리 내어 보세요?"

"깡총, 깡총" 하시니까, 어린이들이 에~ 하면서 야유를 보내면서, "그 소리는 토끼가 뛰는 모습이지, 토끼 소리는 아니잖아요?" 그러면서 모두들 한바탕 웃었다.

그렇게 신작로 길을 한참 가다 보니 보국사 가는 샛길인 논둑길로 접어 들었다. 넓게 펼쳐진 황금 들판에 누렇게 익은 벼이삭들이 추수를 기다리고 있었다. 선생님이 못자리에서부터, 벼이삭이 익을 때까지의 과정을 간단하게 설명하셨다.

모두들 즐거운 마음으로 손뼉을 치며, 노래 부르면서, 어린이 걸음으로 삼사십 분을 걸어서 보국사 절에 도착하였다. 절 입구에 도착하니 주지 스님이 나오셔서 우리를 반겨 주셨다.

절 경내에는 아직도 울긋불긋한 단풍이 화려한 모습을 뽐내고 있었다. 그리고 절 입구에는 인자한 돌 부처님도 우리들을 반겨 주었다. 한참 동안을 절 경내를 구경하면서 주지스님이 부처님에 대한 설명을 열심히 하신다. 무슨 이야기인지는 몰라서 열심히 부처님에 대한 설명을 진지하게 하셨다.

사찰 내의 여기저기를 한참 동안 다니면서 스님의 설명을 듣다보니, 스님이 어디서 많이 본 듯한 느낌이 나서, 곰곰이 생각해보니, 지나간 부처님 오신 날에 엄마 따라 절에 와서 김에 싼 절밥을 얻어 먹을 때 스님을 본 기억이 났다.

머리가 엄청 크신 스님을 보면, 인자해 보이고 굉장히 친절하시다. 부처님 오신 날 몇 번 엄마 따라 절밥을 얻어먹으러 사찰에 온 것 같았다. 부처님 오신 음력으로 사월 초팔일에 어머님은 보리쌀 한 말을 자루에 담아 머리에 이고 사찰에 오셔서 공양을 하고 불상 앞에 무릎 꿇고 앉아서 소원을 비는 모습이 기억이 난다. 그리고 사찰밥은 쌀밥에 마른 김을 싸서 몇 개 얻어먹는 기억이 생생히 난다.

한 시간 정도 사찰 경내를 주지스님 설명과 구경을 한 다음 절 밖으로 나와 높지 않은 조그만 뒷동산으로 갔다. 한쪽 잔디밭에 둥글게 앉아 놀이를 할 참인가 보다.

첫 놀이는 손수건 돌리기이다. 다같이 손뼉 치며, 어린이 음악대 노래 부르면서 첫 번째로 반장이 손수건을 갖고 빙빙 돌면서 어느 한 사람 뒤에 수건을 놓고 달린 다음 자기 자리로 오는 것이다.

자기 자리 올 때까지 수건을 발견 못하면 발견 못한 사람에게 벌칙을 주는 게임이다. 벌칙은 노래하기나, 장기자랑 하는 것이다.

그렇게 한참을 즐겁게 놀다 보니 점심 시간이 되었다. 친한 친구끼리 모여서 준비해온 도시락들을 꺼내 들었다. 주로 김밥인데, 몇몇 애들은 도시락통에 밥 따로, 반찬 따로 가지고 와서 서로 주고 받으며 나눠 먹었다.

나는 어머니가 준비해 준 삶은 달걀 두 개 중 하나는 나보다 생활이 좀 어려운 친구를 주려고 했는데, 그날따라 그 친구가 소풍에 안 나왔다. 그래서 선생님한테 갖다 드리니, 잘 먹겠다고 하셨다.

선생님은 같이 오신 학부모님들과 함께 점심을 드셨다. 점심 시간은 한 시간 정도인데 밥을 빨리 먹은 애들은 친한 친구들과 끼리끼리 모여서 공놀이를 하면서 놀았다. 그리고 한쪽 구석에는 아이스께끼를 사서 먹는 아이들도 있었다.

점심시간이 끝난 후에는 장기자랑 순서이다. 개인별, 몇 명이 같이 연습한 장기 자랑을 하여 선생님과 학부모 몇 명이 심사를 하여 잘한 어린이에게 상품인 공책, 연필, 지우개들을 주는 놀이였다.

어릴 적부터 어른스러워, 애늙은이라는 별명을 가진 내 옆자리의 친구가 이름도 안 불렀는데, 벌떡 일어나 노래 한 곡 한다고 하면서, 노란 샤쓰 입은 사나이를 멋지게 불렀다. 우렁찬 목소리로 잘 불러서 많은 박수를 받았다.

그러자, 옆에서 시샘을 한 친구가 일어나 나도 한 곡 하겠습니다 하면서, 최희준의 하숙생을 멋지게 불렀다. 그 당시는 라디오도 없고, 몇집들은 유선 스피커를 연결하여, 방송 선택권이 없는 스피커 방송으로 어디선가 유선으로 보내 주는 스피커 방송으로 뉴스나 노래를 들었다.

한 친구는 서울에 계시는 삼촌한테 선물 받았다는 하모니카로 "학교 종이 땡땡땡"을 멋지게 잘 불었다. 교실에서 공부만 하다 들과 산으로 나와 자연환경을 보면서 즐겁게 노니, 모두들 즐겁고, 밝은 표정들이었다.

소풍 나들이의 마지막 게임은 점심 시간에 선생님이 어린이들 몰래 숨겨 놓은 보물 찾기 순서이다. 보물은 주로 학용품들이다. 종이에 적은 보물 쪽지를 찾아서 선생님한테 가지고 가면, 확인 후 준비해 간 학용품들을 주는 것이다.

보물은 여러 가지이다, 사탕, 필통, 연필, 공책, 지우개, 손수건 등 그 당시 학생들이 필요한 것들을 찾는 놀이이다. 한참을 여기저기 찾다가 나는 운좋게도 두 개의 쪽지를 찾았다. 연필과 지우개 쪽지였다.

기대하기는 필통 쪽지를 찾고 싶었는데…… 그래도 나는 연필과 지우개 쪽지 두 장을 찾아서 운이 좋은 편이다. 반에서 반 이상은 보물 쪽지를 못 찾았다. 그 당시에는 연필, 지우개도 귀한 것이었다.

찾은 쪽지를 주머니 깊숙히 넣었다가, 생각해 보니, 내 친한 친구가 보물 쪽지를 못 찾아서 아쉬워하는 것 같아, 내가 찾은 지우개 쪽지 하나를 다른 친구들이 안 보이는 장소에서 슬며시 그 친구에게 주었다. 시무룩한 얼굴에서 환한 미소를 보이면서 좋아라 하였다.

하루 종일 즐거운 소풍 나들이는 오후 세 시쯤에 끝나고 학교로 왔다. 선생님이 모인 어린이들에게 즐거운 소풍에 잘 따라 주어서 고맙다고 하시면서, 인원 파악을 하신 후에 다함께 수고했다 하시면서 박수를 치고, 각자 집으로 돌아가지고 하셨다.

그렇게 가을 소풍은 선생님 인솔하에 자연 학습과 즐거운 하루였다. 집에 가서 부모님께 자랑해야지, "보물 찾았다고." 어린 시절의 소풍은 오래도록 두고두고 잊지 못할 즐거운 소풍날이었다. 세월이 흘러 오십여 년이 지난 추억들이지만, 그 동심의 시절은 잊지 못할 것이다.

4.

보릿 고개

보릿 고개라는 말은 어릴 적부터 귀에 익은 단어들이다. 특히 베이비붐 시대에 태어난 사람들과 그전 전후 세대 오십대 이후 세대들이 자라오면서 겪은 먹고 살기 힘들 시기였다.

10살 이상 차이 나는 큰 형님들의 이야기를 들어 보면, 그 형님들 어린 시절에는 먹을 것이 더욱 없어 끼니를 굶는 날이 많다고들 하셨다. 그래도 베이비붐 시대들은 그 형님들 세대보다는 살기가 좀 괜찮은 편이라고들 한다.

보릿 고개라는 말은 햇보리가 나오기 전인 사오월에 작년도 추수한 곡식들은 다 먹고 떨어져 먹을 식량이 없고, 밭에 심어 놓은 보리는 아직도 파랗고, 그 청보리가 누렇게 익어, 보리가 빨리 영글어서 익은 후에 수확을 해야 하는 전 시기이다. 한마디로 먹을 것이 없는 시기이다.

아침, 저녁은 그래도 끼니로 보리쌀에 감자밥, 고구마밥, 무우밥, 씨레기밥, 그리고 작년에 수확해서 말려 놓은 옥수수 자루를 알갱이로 부셔 만들어서, 말려 놓은 옥수수를 맷돌에 갈아서 솥에 넣고, 끓여 옥수수죽을 식사로 먹었다.

말이 고구마밥, 감자밥, 무우밥이지, 밥의 반 이상이 고구마, 감자, 무우채였다. 점심은 그 시절에는 건너 뛰는 날이 일쑤였다. 요즘 트로트 인기 가수의 보릿 고개가 히트를 친 것도, 경제가 점점 악화되어 먹고 살기 힘들다고들 한다.

그 시대의 삶의 애환을 보여주는 노래로 그 옛날 어린 시절을 떠올리게 하는 가슴 아픈 노래이다. 그 노래를 들으면 어릴 적에 열심히 살아오신 어머님 생각이 난다. 초등학교에서는 옥수수빵 배급도 받아 먹은 기억도 있다.

특히 50대 이후의 중년, 노년의 사람들은 더욱 그 옛날 그 시절을 떠올리게 하여, 더욱 인기가 높고 애창곡인 것이다. 초근 목피로 연명들 하였다고들 한다. 먹을 곡식이 없어 풀뿌리를 캐서 먹고, 나무 껍질을 벗겨 먹고, 물 한 모금으로 허기진 배를 채우던 보릿 고개 시절이었다. 늘상 자식들을 배불리 못 먹이는 어머니의 가슴 아픈 심정을 대변하는 노래이다.

어린 시절에 동네 형들 따라 산에 가서 소나무 껍질을 낫으로 벗겨, 껍질 안쪽에 하얀 부드러운 속살을 벗겨서 씹어 먹으면, 껌처럼 소나무 향이 나면서 약간 달콤하였다. 그래도 맛은 있지만, 배를 채우기에는 부족한 간식이었다.

그리고 여름철에는 들로, 산으로 다니면서 개구리를 잡아 뒷다리를 구워 먹기도 하고, 뱀도 잡아서 먹은 기억도 있다. 그리고 덜 익은 산딸기를 따 먹고, 잔대, 더덕, 도라지, 칡들을 캐서 먹기도 했다. 요즘은 찾기 힘든, 보약 약초로 귀한 대접을 받고 있지만, 산에 가서 찾기도 힘들다.

그리고 보리쌀을 찧고 난 후에 나오는 보릿겨를 다시 절구로 곱게 빻아서 사카린을(설탕성분) 넣고, 찰지게 반죽을 하고, 주물러서 손바닥 만하게 만들어, 모시 천에 쌓아 들통에 넣고 쪄서 끼니를 보리 개떡으로 대신하였다.

그 보리개떡을 입에 넣고 씹으면 좀 껄끄러운 느낌이 나고, 목구멍에 넘어갈 때도 약간은 껄끄럽고, 거북스러웠다. 그나마도 그 보리 개떡이라도 먹을 수 있으면, 집안 형편이 좀 나은 편이다. 먹고 살기 힘든 보릿고개 시절에 어린 시절을 보낸 사람들이 지금 살아가는 베이비붐 세대나, 그전 세대이다.

특히 베이비붐 시대에 태어난 사람들은 많은 사람들이 직장에서 정년을 맞이하여 은퇴하고 난 후에는 자식들 키우느라고, 노후 대책은 못 세우고, 그 나이에 일거리를 찾아도 없는 실정이다. 그래도 찾기 쉬운 일이 아파트 경비원인데 그 일도 요즘은 취업하기가 하늘에 별 따기 만큼 힘들다고 한다.

경비원 일도 조금 젊은 세대로 교체되고 있고, 강남의 고급 아파트의 경비는 용역 업체로 바꿔, 삼사십대 사람들이 그 일을 하고 있다고 한다. 평생 일해서 자녀를 키우고, 교육시키는 데 올인을 하다 보니, 정작 본인들이 쓸 돈은 없던 시절이었다. 그래서 노후에 먹고 살기가 힘들고, 그러다 보니 아파도 병원 한번 제대로 못 가는 불쌍한 세대이다.

그렇다고 자녀들한테 기댈 수도 없는 현실이다. 그들 또한 아이들 공부시키는 데 힘들다고들 한다. 국민소득은 선진국인데 다들 살기 힘들다고들 하니, 뭐가 잘못된 것인지 도대체 잘 모르겠다.

빈부의 격차가 너무 심하여 빈익빈, 부익부가 세상에 판치고 있고 그러다보니, 소득이 적고, 못 사는 사람은 세월이 갈수록 더욱더 못 살고, 소득이 많은 사람은 부동산 투자나, 임대소득, 금융소득으로 더욱 배불리 먹고, 잘 사는 시대이다.

우리보다 앞선 선진국들은 이처럼 빈부의 차를 없애기 위해 소득 분배의 원칙을 철저히 관리하여 고소득자, 이익이 많은 대기업들에게 세금을 많이 거두고 있다.

철저한 관리로 세금 탈루나, 신고 소득 신고를 누락하면, 누진세 벌금으로 엄청난 세금으로 부과시킨다. 소득신고의 원칙을 철저히 관리하고 있는 것이다. 거기서 거두어들인 세금의 일부를 빈곤층의 삶의 질을 향상시키고, 복지향상에 기여를 하고, 활용해야 한다고 한다.

국가가 경제 활성화 대책을 세운다고들 하지만, 국민들의 눈높이에는 못 미치고, 정치적 싸움만 하고 있다. 선진국 대열에 들어섰지만, 서민들의 생활은 그 옛날 보릿 고개 시절만큼 힘들다고들 한다.

신 정부가 들어서고 나서 적폐 청산이라는 미명 아래 지나간 정부의 정책은 잘못된 것이라고 하며, 개선하여야 한다고 하며, 최저임금제, 주 52시간 근무제를 시행하다 보니, 자영업자나, 소규모 기업이나, 영세 상인들은 사업의 유지나, 운영을 엄청 힘들어하고, 영세 상인들은 임대료조차 내기도 힘들고, 아르바이트나, 직원 채용을 안 하려고 하니 실업자는 늘어나고, 총채적으로 실생활의 경제 활동이 엉켜 있는 현실이다.

또한 보릿 고개 시절에는 큰집에서 제삿상에 올릴 청주술을 만들고 난 술찌개미를 얻어다가 달콤한 맛으로 배를 채운 적도 있었다. 달콤한 맛에 한 숟갈, 두 숟갈 많이 먹다 보면 배가 불룩 나와 배부른 포만감이 느끼면서 약간씩 졸면서 하품을 한다. 술찌개미의 술 성분으로 어린아이가 취한 것이다.

그리고 작년에 수확한 호밀을 절구로 빻아서 곱게 가루를 만들어서 물에 타서 미숫가루를 만들어 후루룩 마시며 배를 채웠다. 마시다 보면 좀 껄끄러운 느낌이 목구멍을 넘기면서 거북스럽게 느낀다.

그나마 악간 조금 나은 것은 정부에서 배급 받은 밀가루이다. 그 밀가루로 수제비, 칼국수, 밥 대신 분식류로 허기진 배를 채우곤 했다. 요즘은 별미로 맛집을 찾아 다니는 음식이다. 그리고 부엌 뒤편에 있는 광(음식창고)에 가서 찾아보면, 작년에 들기름, 참기름 짜고 난 찌꺼기인 깻묵 덩어리가 아주 단단한 채로 몇 덩어리를 어머니가 보관해 놓으셨다. 비상 식량인 셈이다.

그 깻묵을 한 덩어리 꺼내서 주머니에 넣고 다니면서 조금씩 깨물어 먹었다. 고소하면서도 감찰맛이 나고, 씹는 맛이 일품이었다. 그렇게 보릿 고개 시절을 보내고 나면 보리가 누렇게 익어 추수할 시기인 5월 말에서 6월 초에 이웃사람들과 품앗이로 보리를 낫으로 함께 베어 묶으면서 수확한다.

햇보리를 낫으로 베어 하루 이틀 말린 후에 묶어 놓았다가, 급한 식량으로 먹기 위해 수동 보리 타작기(시골말로 둥굴레통)로 발로 눌러 가면서 보리이삭을 턴다.

급하게 몇말 정도 보리 타작을 한 것을 자루에 담아서 동네 방앗간으로 가서 보리쌀로 정미를 해서 집으로 가져와서 햇보리로 밥을 한다. 그 햇보리 밥은 구수한 맛이 있지만, 살짝만 찧은 보리쌀이라 씹으면, 입안에서 이빨 사이를 보리알이 미끄러지면서 잘 안 씹히고 굴러 다닌다. 어머님께서는 영양가가 많으니 꼭꼭 씹어 먹으라고 하셨다. 영양가가 다른 곡식에 비해 많다고 하신다.

그리고 가끔은 어린 열무와 들기름, 고추장을 넣고, 썩썩 비벼서, 보리 열무 비빔밥을 해 먹으면 그 맛이 아주 맛있었다. 요즘은 별미로 전문점이 생겨 별난 맛집, 보리 영양밥이라 하여 찾아 다니면서 별미를 골라 먹는다고 한다.

그 옛날 그 시절의 배고픔을 아픈 추억으로 생각하면서 맛집을 찾는 이도 많아졌다. 그들이 각박한 요즘 세태를 잠시나마 잊고, 그 옛날 그 시절로 돌아가고픈 심정으로도 그런 맛집을 찾기도 한다.

그런 보릿 고개 시절을 보낸 할아버지, 아버지, 형님 세대들은, 배고 픔의 아픔을 참고 견디시며, 자식들에게 만큼은 그런 보릿 고개 시절을 대물림하지 않기 위해 아주 열심히 아끼고, 일하고, 근면성실하게 살아 온 것이다. 그런 생활들이 조금이나마 질적으로 향상되어, 베이비붐 세 대들은 조금 나은 편이라고 나이 많은 어른들은 말씀을 하신다.

요즘 젊은 세대들에게 보릿 고개 시절을 얘기하면, 지금도 못 사는 아 프리카의 살기 어려운 나라의 이야기이지, 그 옛날 우리 선대들의 삶이 라고는 이야기해도 믿지를 않을 것이다.

그런 선대들의 보릿 고개 시절을 거울 삼아 다시는 그런 어려운 삶의 시절이 오지 않기를 바라며, 현 세대의 나라 버팀목이 되고, 앞으로 나라 의 미래를 짊어질 젊은 세대들이 더욱 노력하여, 아시아와 전세계를 경 제적으로 지배할 수 있는 강력한 나라가 될 수 있기를 바라는 마음이다.

베이비붐 세대와 그전 세대엔 아버지 어머니, 할아버지, 할머니 세대 가 어려운 보릿 고개를 이겨내시고, 지금 만큼이라도 잘 살게 만들어 주신 은혜를 잊지 않고, 잘 가꾸고 계승을 하여, 내 자식들과 그들의 후 세들은, 어제보다는 오늘, 오늘보다는 내일이 더 잘 사는 행복한 미래 가 펼쳐지기를 바라는 마음이다.

5.

개구리 잡아 구워 먹기

그 옛날 어린 시절에는 먹을 것이 없어 산으로 들로 다니면서 끼니로, 아니면 간식거리로 캐고, 따 먹고, 잡아 먹었다. 그중에서도 가장 맛있는 것은 개구리를 잡아서 뒷다리 구워 먹는 것이다.

개구리는 종류도 많지만, 다리가 4개이고, 꼬리가 없는 양서류이다. 짧은 앞발 두 개와 다리가 긴 두 개의 뒷발이 있다.

움직이고 이동할 때에는 기어 다니고, 급할 때나, 위험을 느끼면 뒷발로 굽혔다 펴면서 멀리 점프하여 뛰어간다.

학교에 갔다 오면, 책보따리를 집안 마루에 살며시 던져 놓는다. 그리고 부모님이 계시면 학교 갔다 왔다고, 간단한 눈인사만 하고, 밖에 나갈 준비를 한다. 네모난 작은 각성냥인 조양성냥과 주머니칼, 왕소금, 철사를 준비해서 들과 산으로 개구리 잡으러 간다.

산속을 다니면서 굵기가 적당한 밤나무 가지나, 참나무 가지, 싸리 나무를 골라 자른다. 나무의 끝부분이 가지가 두 개 이상 뻗은 나무 가지가 개구리를 내려칠 때 잡기가 수월해진다.

길이는 일 미터 오십 센티 정도에 굵기는 직경이 십 미리에서 십오 밀리 정도 되는 나무 가지를 꺾어서, 앞부분의 큰 가지를 두세 개 정도 남겨 놓고, 잔가지는 잘라서 매끈하게 회초리 같이 만든다.

그런 다음 그 막대기를 가지고, 습한 곳이나 잡풀이 많은 산속이나 물가나 들로 다닌다. 거기에는 분명 개구리가 많다. 발로 풀을 뒤적거리며 개구리를 찾는다. 개구리 종류는 잘 모르지만, 황소개구리, 참개구리, 청개구리, 무당개구리, 개구리 비슷한 두꺼비, 맹꽁이 등 여러 가지가 있다고 한다.

그런데 초등학생의 눈에는 모든 개구리가 식용 개구리로 생각한다. 그 당시에는 먹는 개구리 구분은 안 하고, 두꺼비, 맹꽁이 외에는 다 잡아서 뒷다리는 구워 먹었다. 주로 황소개구리나 참개구리, 먹개구리 등을 잡는다. 두꺼비는 동네 형들 이야기로는 독이 있다고 했다. 그래서 습지나, 풀 많은 곳이나, 얕은 물가에 가면 그 당시에는 여러 종류의 개구리가 많았다.

거기서 개구리를 찾다가 눈에 띄면, 산에서 준비한 나무 회초리로 위에서 아래서 재빠르게 개구리를 향해 내려친다. 대략 60~70%는 개구리를 때려 잡을 확률이 높다. 회초리를 맞은 개구리는 양팔과 다리를 쭉 뻗어서 기절하거나 반은 죽어 있었다.

그러면 고무신 신은 발의 신발 뒤꿈치로 개구리 머리쪽을 꽉 짓누르고, 손으로 뒷다리를 쭉 잡아 땡긴다. 그러면 개구리의 몸통은 뒤꿈치 밑에 있고, 통통한 뒷다리만 껍질이 벗겨진 채 쑤욱 빠진다. 그런 다음 준비해 간 철사줄에 두 다리의 두꺼운 곳인 허벅지를 철사로 관통시켜 끼워 가지고, 바치 허리춤에 묶어서 다닌다.

한참을 여기 저기 돌아다니면서 잡다 보면, 철사줄에 끼워진 개구리 뒷다리가 대략 20여 개가 된다. 그 잡은 개구리를 가지고, 가까운 산으로 간다. 산에 가면 소나무 밑에 바싹 마른 솔잎이 군데군데 쌓여 있다.

그 솔잎을 한 움큼 걷어서 산 모퉁이 불 피우기 좋은 바람이 잦은 곳으로 간다. 거기서 손과 나뭇가지로 가로 세로 20여 센티 정도 흙을 걷어내고, 땅 밑으로 15센티 정도 움푹히 판다.

그리고 그 판 곳에다 마른 솔잎을 수북히 쌓아 놓고, 불을 지핀 후 그 위에 잡아서 철사줄에 끼워 둔 개구리 뒷다리에 왕소금을 뿌린 후 솔잎 위에 걸쳐 올려놓는다. 그리고 쌓아 놓은 솔잎 가지에 성냥불로 불을 붙인다.

솔잎에 붙은 불이 활활 타오르면, 개구리 뒷다리가 지글지글 익으면서, 통통한 부위는 조금 갈라지고, 노릿노릿하게 익어 가면서 군침 도는 고소한 고기 냄새가 난다.

적당히 익으면, 불을 끈 다음 잘 익은 뒷다리를 하나씩 철사줄에서 빼내어 손으로 잡고 뜯어 먹는다. 뜯다 보면 뼈만 남는다. 엄청나게 맛있는 개구리 뒷다리 구이 간식이다.

안 먹어 본 사람은 모르지만, 쫄깃하면서 바삭바삭하고, 단백하고, 아주 맛있다. 20여 마리의 구운 뒷다리 중 반쯤 먹은 다음, 나머지는 철사줄에 끼운 채로 허리춤에 차고 다니거나, 비료 푸대 종이로 싸서 다니면서, 출출할 때, 꺼내서 간간이 간식으로 먹는다.

집으로 오면 내가 개구리 잡으러 간 것을 아는 동생이 내가 집으로 올 때를 기다린다. 내가 잡아서 바삭하게 구운 개구리 뒷다리를 먹으려고 기다리는 것이다. 그래서 통통하고 맛있게 구운 개구리 뒷다리를 몇 개 주면 아주 맛있게 먹는 모습이 허기지고 배가 고픈 모양인 듯하였다.

동네 친구들에게도 같이 놀면서 한두 개 주고, 같이 나눠 먹는다. 항상 배고픈 그 어린 시절에 직접 잡아서 솔가지 불에 구운 개구리 뒷다리는 엄청 맛이 있었고, 군침이 도는 잊혀지지 않는 기억들이다. 세월이 흘러 어른이 되어서도 그 시절을 생각하면, 잊지 못할 지워지지 않는 즐거운 추억이었다.

성인이 되어 사회생활 하면서 강남의 어느 식사 모임에 갔더니 식사 전에 간식이나 후식으로 개구리를 통째로 구워서 몇 마리가 나온 것을 보니, 40여 년 전에 잡아서 구워 먹은 개구리 뒷다리가 생각나서, 감회가 깊은 심정도 있었다.

식사 중에 주인분한테 개구리를 문의해 보니, 참개구리를 보양식으로 구워서 판다고 한다. 통째로 구워 한 마리당 몇천 원 받는다고 하였다. 간혹 오십~육십대 남자 어른들이 몇 분씩 손님으로 오셔서, 식사는 안 하시고, 술안주로 식용유로 튀긴 개구리 뒷다리를 들거나, 개구리를 몇 마리씩 통째로 숯불에 구워 드신다고 하였다.

단백질이 풍부하고 살이 안찌는 보양식품이라고들 한다. 그 옛날 어린 시절의 추억을 생각하면서 드신다고 하였다. 물론 그때는 개구리 뒷다리이지만, 그래도 그때 그 시절의 개구리가 더 맛있었다.

다시 돌아올 수 없는 그때 그 시절의 이야기이지만, 추억을 더듬어, 지금도 그때 그 어린 시절을 생각하니, 잊지 못할 지워지지 않는 소중한 추억들이었다.

6.

약초 캐어 먹기

어린 시절의 배고픔은 보릿 고개를 지나서도 먹을거리가 많지를 않았다. 그나마 보리 수확으로 조금은 나아졌다고 하지만, 보리밥 외에 개떡이나, 밀가루들로 수제비나 칼국수가 끼니를 이어 갔다.

쌀밥은 아버지 생일날이나 제삿날, 명절인 설날이나, 추석날만 먹는 날이다. 어머니와 자식들 생일날은 쌀과 보리를 섞어서 만든 밥을 먹으니 그나마 밥맛은 볼 수가 있었다.

그러다보니, 허구한 날 배고픔이 이어지고 있었다. 그래서 초여름부터, 가을까지는 들로 다니면서 나물을 캐거나, 산으로 다니면서 요즘말로 약초를 캐서 먹었다.

종류로는 냉이, 민들레, 씀바귀, 칡뿌리, 잔데, 도라지, 더덕, 둥굴레, 달래, 머루, 산딸기, 등 여러 가지 먹을 수 있는 뿌리를 캐고, 열매와 잎을 따서 먹었다.

들로 산으로 가서, 눈만 크게 뜨고 주위를 살피면 먹을 것이 지천이었다. 그 당시 어린 시절은 여러 가지의 약초나 열매가 많았다. 요즘에 등산하면서 주위를 살펴봐도, 그런 열매나 약초를 찾으려면 눈에 잘 안 띄고, 귀하기도 하고, 잎을 보아도 약초를 구별하는 것도 잘 모르고 잊어 버렸다.

어린 시절에는 약초가 잘 보이고, 잘 구분하였는데, 어른이 돼서는 잘 안 보이고 구분하는 판단력이 흐려지고, 기억이 잘 안 난다. 판단 기준을 잊어버리고, 눈에 잘 안 띄고, 귀한 대접을 받는 약초로 더욱 찾기가 힘들다.

어린 초등학교 사오학년 시절에는 어디 가면 먹을 것이 뭐가 있는지 대략 머릿속에 기억하고 있었다.

학교 가는 길 저수지의 큰 뚝방길 아래는 이른 봄에는 냉기가 많았고, 여름에는 민들레와 씀바귀가 많았다. 그 시기가 오면 습관처럼 그곳으로 가서 나물을 채취하여, 어머니께 갖다 드리면, 들기름과 깨소금, 고추장 등 양념들을 넣고, 아주 맛있는 무침을 만들어 주셨다. 그리고 살짝 뜨거운 물에 데쳐서 비빔밥도 해 주셨다.

그리고 뒷산 골짜기의 풀이 무성하고 햇볕이 드는 곳에 가면 거기에는 잔데 도라지가 눈에 띄어 한두 뿌리는 그 자리에서 캐서 먹었고, 많은 뿌리를 캐면 집으로 가지고 와서 반찬으로 만들어서 도시락 반찬으로 먹었다.

야생 도라지와 재배 도라지는 향도 많이 차이 나고, 영양가도 많이 차이 나고, 맛도 많이 차이가 난다. 특히 자연산 도라지나, 더덕은 잡풀 속에 숨어 있지만, 근처에 가면 향기가 코를 찌른다. 그곳에서 눈을 크게 뜨고 자세히 수풀 속을 뒤지면, 더덕잎과 줄기가 보인다.

그리고 도라지 잎도 보여, 준비하여 가지고 간 호미로 살살 뿌리가 상하지 않게 땅속에서 캐어 흙만 털어내고 그 자리에서 한두 뿌리를 먹으면, 맛이 일품이었다.

또한 선조님들을 모신 큰 산소라 불리는 묘역 뒤편으로도 더덕, 둥굴레가 종종 눈에 보였고, 산이 가파르고, 숲이 울창히 우거진 먼 거리의 산속에는 달래와 머루가 있어 열매가 여는 늦여름에는 그곳에서 열매를 따 먹느라고 시간 가는 줄 몰랐다.

또한 아카시아 꽃이 한창 필 무렵이면, 그 꽃을 조그만 비닐 봉지에 따서 넣고 다니면서 간식으로 조금씩 먹었다. 맛이 향긋하고 씹는 맛이 부드럽고 맛있었다. 간혹 씹다 보면, 꽃 속에 벌이 있어 확 뱉어 버리지만, 이미 때는 늦어 혓바닥에 벌침을 맞아 혀가 퉁퉁 부은 적도 있었다.

그리고 학교 가는 길 옆 선산에는 6월 중순쯤 되면, 산딸기가 많아, 조그만 그릇을 가지고 가서 실컷 따서 먹고, 한 그릇 따서 집으로 가지고 와서, 누나와 동생을 주면 환한 미소를 지으며, 좋아라 하면서 한 움큼씩 집어서 먹었다.

요즘에는 산딸기로 만든 강장제로 복분자 술도 나오고 기력이 향상되는 보양식 딸기라고 한다.

그 어린 그 시절에는 산과 들에 가면 먹을거리가 많았다. 끼니 대신 산과 들에서 먹을 것을 찾아 허기진 배를 채우곤 했다.

모두가 먹고 살기가 어려운 가난한 시절이었지만, 이웃과 가정에서는 훈훈한 마음과 나눠먹는 정이 흐르고 있어 그 시기를 잘 넘기고 이겨냈으리라 생각한다. 그래서 그런지 그때 그 시절이 잊혀지지 않는다.

7.

술래잡기

　놀이기구가 없던 어린 시절에는 술래잡기 놀이를 많이 했다. 다른 동네에서는 숨바꼭질 놀이라고도 한다. 동네의 친구들 여러 명이 모여서 가위바위보를 하여, 한번에 하던가, 아니면 요즘말로 토너먼트 방식으로 일대일로 가위바위보를 하여 이긴 사람은 빠지고 진 사람들끼리 다시 가위바위보를 다시 하여 최종적으로 가위바위보를 하여서 진 사람이 술래를 서는 것이다.

　술래를 서는 사람은 주위의 큰 나무나 전봇대를 잡고 눈을 감고, 하나부터 서른까지 세거나, 아니면 무궁화꽃이 피었습니다를 다섯 번 큰소리로 외친다.

　그러면 가위바위보를 하여서 이긴 여러 친구들은 주위의 볏짚 쌓아 놓은 뒤꼍이나 야외화장실 뒤, 바깥에 있는 장독대 뒤, 시골마을의 큰 느티나무 뒤 등, 숨을 만한 적당한 곳에 몸을 웅크리고 앉거나 엎드려 있고, 눈에 띄지 않게 숨을 만한 곳에 몸을 감추고 옷깃이 안 보이게 숨어 있는다.

술래가 숫자나 무궁화꽃이 피었습니다를 다 외치고 나면 숨은 친구들을 찾으러 여기저기 돌아 다닌다. 숨어서 머리만 조금 내밀고, 술래가 찾아다니는 모습을 숨어서 보면서 술래가 눈 감고 술래로 선 자리에서 멀어지면, 뛰어가서 전봇대에 손을 대면, 술래잡기에서 이긴 것이다.

그리고는 숨은 친구들을 위하여, 노래를 불러 준다. 꼭꼭 숨어라, 머리카락 보인다, 를 계속하여 부른다. 그러면 술래는 숨어 있는 남은 친구들을 찾으려고 비지땀을 흘리면서 여기저기 뛰어다니면서 찾으러 다닌다. 한 명이라도 먼저 찾아 손으로 터치를 하여야만이 술래를 안 서는 것이다.

한 명도 못 찾고 숨어 있던 친구들이 술래가 멀리 떨어져 있는 사이 숨어 있던 친구들이 뛰어서 술래가 선 전봇대나 나무기둥에 손을 대어, 한 사람도 못 찾으면 다시 술래를 서는 놀이이다.

그리고 술래가 친구들을 찾아다니면서 술래에 들켜서 술래를 선 친구의 손으로 터치를 하면, 터치당한 친구가 술래가 되는 것이다.

다른 방법은 술래가 숨은 친구를 찾았을 때 누구누구는 어디에 숨었다라고 큰 소리로 외치면 들킨 친구가 순순히 인정하고 나와서 술래를 바꾸어서 서는 것이다.

술래를 안 하려고 동네에 숨을 곳을 여러군데 사전에 미리 알아봐 둔다. 거리가 좀 떨어진 친구집의 대문 뒤에도 숨어 있고, 가까운 산의 산소 뒤에서도 낮은 자세로 엎드려서 몸을 숨기고, 가장 많이 숨는 곳은 종가집의 엄청 많은 장독대 중간에 몸을 끼워 숨는다.

언젠가는 장독대 간의 사이에 숨다가 움직이면서 빈 장독대를 건드려 쨍그렁거리며, 장독대가 깨지는 소리가 나서 술래한테 들키기도 하였다. 한 친구는 장독대 뒤에 숨었다가 장독대가 깨져서 자기네 장독으로 바꾸어 준 기억도 있었다.

친구들과 술래잡기를 하다 보면 유독 술래를 많이 하는 친구가 있었다. 숨은 사람을 찾아도 뜀박질이 느려, 술래를 선 전봇대까지 늦게 도착하여 술래를 여러 번 한 친구도 있었다. 그 친구를 볼 때마다 술래쟁이라고 하고 놀리기도 하였다.

특별한 놀이기구가 없는 시절이라 술래잡기는 단순한 놀이지만, 놀이기구가 없이 즐길 수 있고, 재미가 있고, 친구들끼리 우정이 쌓이고, 술래잡기의 놀이 규칙을 잘 따르고, 인정하면서 술래잡기를 하면 신뢰가 쌓이고 친구간에 끈끈한 정이 생긴다.

어린 시절의 술래잡기를 옛 친구들과 다시 하고 싶지만, 그 시절의 친구들이 고향에는 한두 명밖에 없다. 어린 시절을 시골에서 보내고 모두들 도시로 나가서 터전을 닦아서 이젠 할아버지가 되어 만나기조차 힘들다.

그 어린 시절의 술래잡기를 생각하면 잊혀지지 않는 재미있고, 소중한 추억들이다. 세월이 흘러 그 시절로 되돌아갈 수는 없지만, 간혹 가다 생각을 해 보면 그 옛날, 같이 술래잡기 하던 친구들이 생각나고 그립고 보고 싶어진다.

8.

말뚝박기

   어린 시절 놀이 중에 빼놓을 수 없는 놀이 중 하나가 말뚝박기이다. 교통수단이 주로 말과 소가 마차를 끌던 시절이라 어린 소년들은 말을 타고 가는 사람들이나, 말마차를 볼 때 타고 싶은 충동을 느끼면서 자라 왔다.

   그래서 그런지 말뚝박기 놀이에서라도 말을 타는 기분을 느끼려 했던 것인지는 모르지만, 즐겁고 재미있고 말 타는 기분을 느끼는 놀이이다. 주로 남자들이 많이 하는 놀이이면서 좀 과격하기도 하였다.

   시골마을에는 놀이기구가 없어서 맨몸으로 하는 놀이가 많았다. 모인 사람이 두 편으로 나누어 이긴 쪽이 말을 타는 놀이이다.

   친구들이나 사람 숫자가 좀 모자라면 동네의 한두 살 많은 형들이나 적은 동생들과 같이 비슷하게 편을 갈라서 말뚝박기 놀이를 하였다.

   우선 적당한 인원수는 한 편이 세 명이나 네 명이 적당한 인원수이다. 손바닥으로 엎어라 젖혀라를 하여 같은 인원수로 편을 가른다. 그리고 가위바위보를 일대 일로 하여, 이긴 숫자가 많은 팀이 말을 타는 것이다.

가위바위보로 진 팀은 말과 마부로 되어서, 벽에 마부 한 사람이 서서 다리의 가랑이를 벌리고, 서 있으면, 그 가랑이 안으로 진 팀의 사람 두 명이 말이 되어 머리를 구부려 마부 가랑이에 넣고 팔로 마부의 다리를 잡고 굽혀 대기하고 있다.

그리고 진 팀의 남은 다른 사람은 말이 쓰러지지 않도록 양 옆에서 말의 팔이나 어깨를 잡아 준다. 그러면 가위바위보로 이긴 팀이 멀리서 뛰어오면서 말의 등을 짚고, 큰 충격으로 높이 뛰었다가 말 위로 털푸덕 점프하여 떴다가 말의 등허리에 내려 앉는다.

말의 앞쪽으로 바짝 걸터 앉는다. 그래야만 남은 공격인원이 뒤이어 탈 수 있게 한다. 허리를 구부린 말과 지탱하는 마부는 중심을 잡고, 말 등 위에 앉은 사람이 모두 탈 때까지 힘을 주어 버틴다.

말을 타러 멀리서 뛰어오다가 발걸음 스텝이 엉키면, 한번에 말을 탈 수가 없다. 그 순간에 허리를 구부려 머리를 박고 있는 말이 직감적으로 뒷발길질을 하면, 말 등에 타다가 뒷발길질에 걸려서 말의 등에 타지를 못하고 굴러 떨어진다. 그러면 수비와 공격을 바꾸어서 말뚝박기를 다시 한다.

다행이도 말들 위에 공격인원 서너 명이 모두 타고 있으면 서서 가랑이를 벌려 말을 지탱하고 있는 마부와 말의 맨 앞에 앉은 사람과 다시 가위바위보를 하여, 이기면 다시 공격하면서 말을 탈 수가 있다.

가위바위보룰 하여 지면 공격과 수비가 바뀌어 다시 말뚝박기를 한다. 진 팀이 가위바위보를 하여 이기면, 허리를 아파 가면서 고생한 말을 생각하여 이번에는 더 큰 충격을 주기 위하여 더 멀리서 뛰어오면서 말의 등을 짚고, 높이 떴다가 쿵 하면서 말 위인 등허리에 내려 앉는다.

그러면 말의 허리가 휘청하면서 허리가 아파 비명을 지른다.

그렇게 한 명 두 명 타다가 서너 명이 탈 때까지 버티어야만 한다. 타는 순간이나 말의 등 위에 타서도 말이 힘에 겨워 쓰러지는 경우도 많다. 그러면 진 팀의 덩치가 큰 사람이 교대로 말이 되어 말뚝박기를 다시 시작한다.

말이 쓰러지지 않거나, 가위바위보를 하여 이기면 수비와 공격이 바뀌고 다시 말뚝박기의 놀이를 한다. 보통 공격과 수비를 서너 차례 바꾸어 가면서 한다.

그런데 말이 약하여 잘 쓰러지거나 가위바위보를 잘 못하여 지면 수비팀이 삐지거나, 계속하며 수비만 하기 때문에 두어 번 하고 그만둔다. 그런 와중에 아주 과격하게 말뚝박기를 하면 누군가가 다치는 날도 있었다.

위의 말뚝박기는 서서 고정된 자세의 말과 마부가 버틴 상태에서 말을 타지만, 다른 방법 하나는 말과 마부가 움직이면서 말뚝박기를 하는 놀이도 있었다.

위와 마찬가지로 가위바위보를 하여 공격과 수비를 하면서 놀이를 한다. 우선 가위바위보를 하여 이긴 사람들이 말을 타고, 마지막까지 진 사람 두 명이 다시 가위바위보를 하여 두 명 중 가위바위보를 하여 많이 진 사람이 말이 되고, 말을 이긴 사람이 마부가 된다.

마부의 허리 오른쪽 옆구리에 머리를 대고, 말의 눈을 수건으로 가린다. 말을 타려고 달려오는 사람을 보지 못하도록 눈을 가리는 것이다.

말과 마부는 말을 타려는 사람이 잘 타지 못하도록 말을 이리저리 움직이면서 말을 좌우로 이동시킨다. 말을 탈 수 있는 기회를 주지 않기 위해서이다.

　　　　　　　　　　　　　／ 그 때 그 시 절

말은 직감으로 자기 등에 말을 타려는 사람이 뛰어오면서 타려고 할 때 뒷발길질을 하여 못 타게 하거나 뒷발길에 걸려서 터치가 되면 말이 된다. 그리고 말이 되었던 사람이 마부가 된다.

말등 위에 탄 사람이 버티지 못하도록 말은 궁뎅이를 이리저리 흔들어서 말등 위에 탄 사람을 떨어트리려 안간힘을 쓴다. 그렇게 한 차례 한 후에 다시 가위바위보를 하여 말을 탈 사람과 마부와 말을 가려서 말뚝박기를 한다.

각 지역별로 조금씩 방식이 다르지만 어릴 적 말뚝박기는 재미있는 놀이 중의 하나이다. 지금에 와서 생각만 해도 즐거운 놀이 중의 하나이고 아직도 잊혀지지 않는 놀이로 위 어른들도 어릴 적에 많이 하셨다고 하셨다.

언제부터 내려오는 놀이 풍습인지는 몰라도, 어릴 적 할아버지도 말뚝박기 놀이를 하셨다고 하셨다. 아마도 우리 조상들로부터 대대로 전해 내려오는 놀이인 것만큼은 확실한 것 같다.

요즘 젊은 세대들은 놀이기구가 많고, 장난감도 많은 세대에 살고 있으니 그 옛날 그 시절의 놀이들을 이야기하면 미지의 나라인 다른 세계의 이야기로만 들을 수 있을 것이다. 되돌아갈 수 없는 시절이지만, 잊혀지지 않는 즐거운 동심의 말뚝박기 그 시절이 생각이 나고, 그리워진다.

9.

구슬치기

구슬치기, 옛말로 다마치기라고 한다. 다마치기라는 말이 외래어인지는 몰라도 내가 자란 시골 마을에서는 어린 시절의 구슬치기를 다마치기로 불렀다.

그 당시는 구슬을 많이 가자고 있는 친구나 형들, 동생들이 가장 부러웠다. 요즘 말로 구슬이 많은 사람이 부러울 게 없는 부자이다.

도시 사는 친척들이 내려오시면, 선물로 구슬을 사 가지고 오신다. 가장 반가운 선물이다. 구슬의 종류로는 여러 가지가 있다. 재질로는 유리구슬과, 쇠구슬, 즉 유리다마와, 쇠다마가 있었다.

크기로는 현재의 1원짜리 동전만 한 것이 보통으로 주류를 이루었고, 그보다 좀 큰 왕구슬은 100원짜리 동전만 한 것도 있었다.

그리고 쇠구슬의 크기는 1원짜리 동전의 반 정도 크기였고, 큰 것은 1원짜리 동전만 한 것이 있었다. 쇠구슬은 기계들의 베어링을 해체한 것들이기도 하다. 쇠구슬은 가진 사람들이 별로 없어, 쇠구슬끼리 내기를 하고, 주로 유리구슬로 놀이와 구슬 내기 게임을 한다.

그 구슬로 노는 놀이 방법이 여러 가지이다. 구슬치기는 자기 것 자기가 갖고 노는 장난감 식으로 친구들과 같이 노는 방법이 있었고, 구슬내기, 즉 구슬 따 먹기가 있었다.

구슬치기는 시골의 흙마당에서 5, 6미터 전방에 선을 그어 놓고(그 당시는 시골말로 금을 그어 놓고) 구슬을 던지거나, 굴려서 금에 가까운 사람이 이기는, 승리하는 게임이다.

이기는 사람에게 구슬 한 개를 주거나, 사탕 내기를 하거나, 아니면 업어 주기, 그리고 다른 방법의 벌칙을 준다. 구슬을 굴리거나, 던지는 거리감이 굉장히 중요하다.

그래서 혼자 놀 때는 던지거나 굴리는 연습을 많이 한다. 구슬 놀이를 많이 하면, 손톱과 손가락이 헤지고 갈라지고 아프기도 하다. 특히 겨울철에는 찬 구슬을 만지다 보니 손이 꽁꽁 얼어 동상도 걸린다.

학교에 갔다 오면 집에 있는 구슬들을 양쪽 주머니에 가득 넣어 출렁거리면서 구슬 많다고 자랑하면서 다녔다. 구슬 많은 것이 폼나고, 어깨가 으쓱하면서, 자랑도 하면서 자신감이 넘친다.

친한 친구들끼리는 장난감 식으로 같이 놀지만, 경쟁심이나, 자존심이 강한 친구들을 만나면, 구슬치기, 일명 구슬 내기를 한다.

어린 시절에도 구슬 내기는 긴장감을 주고, 상대방 구슬을 내기를 해서 몇 개 정도 따서, 상대방 구슬을 받으면, 승리감이랄까, 성취감이 생겨 마음 뿌듯하고, 이겼다는 자신감이 생긴다.

반대로 내기를 하여, 져서 구슬을 몇 개 잃으면, 마음이 언짢고, 기분이 안 풀린다. 내기에서 구슬을 잃은 날은, 뭔가 컨디션이 안 좋고, 구슬 던지는 감이 좀 떨어진 듯하였다. 다음에는 내기에서 잃은 것을 되찾아야지 하는 마음 가짐을 단단히 한다.

그리고 구슬 던지는 연습을 많이 한다. 구슬을 잃고 집에 와서 다짐을 한다. 내일은 기필코 잃은 구슬을 되찾아야지 하면서 다시 한번 마음 다짐을 한다.

구슬 내기의 방법은 시골집 흙마당에서 대략 오미터 거리에 직경 10센티 크기의 둥근 원을 그려 그릇 같이 사오센티 깊이로 움푹 흙을 판다.

그리고 그 움푹 파인 곳에 내기하는 사람들이 구슬 숫자를 정하여, 각자 구슬 5개에서 10개 정도 넣어 둔다. 그리고 내기 참가자들과 가위바위보를 해서 순서를 정한다.

그 순서에 의해 가지고 있는 다른 구슬로, 그 움푹 파인 곳의 쌓아 놓은 구슬들을 향해 구슬을 손에 잡고 서서 약간 허리를 굽힌 자세로 던져 맞춘다.

던진 구슬이 잘 던져서 그 구슬들을 잘 맞춰, 그 움푹 파인 곳의 구슬이 그 움푹 파인 원 밖으로 나오면 나온 만큼 가져가는 게임이다.

그곳을 향해 서서 한 눈을 감고 초점을 맞춰 던지는 방법을 많이 한다. 집중력과 신중함이 요구되는 게임이다. 추위에 손은 시렵고, 헤지고, 갈라지고, 푸르뎅뎅하다. 장갑도 아주 귀한 시절이었다. 그래도 구슬 내기를 하면, 시간 가는 줄 모르고, 마냥 즐겁기만 하다.

그리고 그 옛날의 어린 시절은 여름 외에, 봄, 가을, 겨울에는 모든 아이들이 누런 콧물을 많이 흘렸다. 그 어린 시절에는 모든 아이들이 왜 그렇게 코를 많이 흘렸는지 모르겠다. 물론 입은 옷들도 추위를 이겨낼 수 없는 얇은 옷들이다.

옷은 두께와 관계없이 여름에는 반팔, 반바지. 봄, 가을 겨울에는 긴 팔, 긴 바지를 입고 다녔다. 그래서 그런지 누런 콧물이 항상 흘러 인중을 지나 종종 입안으로 흘러서 들어간다. 그러면 뱉거나, 가끔 혀로 빨아 먹기도 하였다.

구슬 내기를 할 때면 서서 허리를 약간 굽히고, 거리 조정을 하고, 초점을 맞추다 보면, 콧물이 많이 나와, 흘러서 대롱대롱 콧등에 매달린 광경도 종종 눈에 띈다.

같은 동네 천수라는 친구가 있다. 그 친구는 자존심과 경쟁심도 강하고, 구슬 내기 해도 구슬을 잘 던져서 많이 가져간다. 초등학교 입학은 같이 했지만, 졸업은 내 동생이랑 같이 했다. 중, 고등학교도 내 동생이랑 같이 다녔다.

나이는 나보다는 한 살 적고 내 동생보다는 한 살 더 많다. 그래서 나랑 내 동생과 같이 친구로 지낸다. 그 친구는 구슬 내기를 하면 잘하고, 구슬을 잘 맞추고 내기에 강하다.

항상 구슬을 많이 가지고 다니면서 자랑을 한다. 내기에 구슬 따는 확률이 높다. 그 천수 친구만의 아주 특별한 방법을 구사하고 있다. 그 친구는 등치도 크고, 코도 크고 콧물도 유난히 많이 흘린다. 그래서 동네에서는 코 찔찔이라는 별명도 있다.

구슬 내기를 하면 집중력이 아주 강하다. 그 친구 구슬 치기 순서가 돌아오면, 구슬 던지는 자세로 서서 허리를 약간 굽히고, 팔을 굽혔다, 폈다, 하면서 거리조정, 힘조정 연습을 많이 한다. 그리고 구슬치기 실전에 들어서면, 서서 구슬을 잡고, 구슬을 던질 자세를 취하고, 남들보다, 시간을 많이 지체한다.

그 친구의 구슬치기의 특별한 방법은 천수만의 오래도록 터득한 방법이다. 구슬을 향해 던질 준비를 하면, 한쪽 눈을 감고, 초점을 맞추고, 숨도 안 쉰다. 동네 형들한테 군대에서 총 쏠 때, 과녁 맞추는 방법을 배웠다고 한다.

한참을 던질 곳을 향해 서서 구슬 잡은 팔을 접었다, 폈다 하면서 거리, 촛점 조절을 오랫동안 하다 보면, 콧물이 콧등에 대롱대롱 매달린 채로 늘어져 있다.

우선 숨을 멈추고, 한참을 구슬을 겨냥하다가, 콧등에 매달린 콧물이 땅에 떨어지기 직전에, 숨을 쉬면서 "훅" 하고 콧물을 콧속으로 들이마시는 동시에 타이밍을 맞춰 구슬을 던지면, 정확히 구슬 모은 곳에 명중하여 한번에 두세 개씩 구슬이 파서 놓은 작은 원 밖으로 튀어 나온다.

구슬을 서너 명이 이삼십 개 모아 놓고 구슬 내기를 하면, 그 친구가 그중 절반은 잘 맞추어서 빼내어 간다. 흉내 낼 수 없는 그 친구만의 특별한 방법이다. 구슬 내기의 신이다.

그 친구 집에 가 보면 구슬이 바구니에 가득 보관되어 있다. 예측컨대 구슬 내기에서 따서 가져다 놓은 것이 틀림없다. 한없이 부럽기만 한 구슬들이다. 구슬 내기에는 천수만큼 잘하는 친구가 없었다.

세월이 흘러 성년이 되어서 각자 사회 생활을 하다가, 명절 때 시골에서 만나면 그 옛날 구슬 치기 이야기를 하면, 그 친구가 신이 나서 목에 힘주어 이야기를 한다. 그 당시에는 자기가 구슬 치기의 신이며, 도사라고 자랑한다.

그러면서 오랜만에 모인 친구들이 껄껄거리며, 함박 웃음을 짓는다. 그때 그 시절이 좋았고, 즐겁고, 잊혀지지 않은, 기억들이지만, 돌아갈 수 없는 아주 소중한 추억들이라고 한다. 그때 그 시절이 즐겁고 좋았노라고 한 마디씩 한다.

/ 그 때 그 시 절

10.

강냉이죽과 옥수수빵

하늘은 구름 한 점 없이 한없이 높고, 쾌청한 날씨에 아침 저녁 쌀쌀한 늦가을 날씨이다. 오늘도 여느 때와 마찬가지로 학교 가는 날이다.

쉬는 날은 놀고, 집안일 도우느라 빨리 지나간다. 겨울도 아닌 가을날이지만, 손발이 약간 차가움을 느낀다. 학교 가는 길에 바람이 세차게 불면, 옆으로 걷던가, 아니면 뒤로 바람을 등지고 뒤로 걷는다. 그러다 보면 돌뿌리에 뒤꿈치가 걸려 넘어지기도 한다.

가는 길에 옆 산을 보면, 나뭇잎들이 아름다움을 과시하기라도 하듯 옷을 붉게 갈아 입고 있었다. 학교 가는 길 옆에는 코스코스가 활짝 웃으며, 학교에 가는 우리들을 반겨 준다. 가을 단풍이 절정을 이루고 있었다.

친구들과 오순도순 이야기하면서 학교 가다 보면, 십리 되는 먼 거리지만, 동네 뚝방길을 지나, 넓은 신작로를 따라 쭉 걸어가다 보면, 학교가 눈앞에 보인다. 학교 정문에 다다르면, 눈앞의 은행나무는 샛노랗게 물들었고, 단풍나무는 빨갛게 옷을 갈아입었다.

오전 공부를 두 시간 하고 쉬는 시간에 운동장에 나와 놀다 보면, 운동장 옆 창고 한쪽에 아주 큰 가마솥에 김이 무럭무럭 난다.

학교에서 잔일하시는 소사 아저씨가 장작불로 점심 때 먹을 강냉이죽을 끓이시는 것이다. 구수한 냄새가 코끝을 스치고 지나간다. 그럴 때마다 입맛을 다시며, 점심 시간이 기다려진다.

1960년대 초에는 초등학교에서 일주일에 두 번 점심시간에 강냉이죽을 무상으로 배급해 주었다. 요즘말로 무상 급식이었다. 남녀 한반씩 있었는데, 배급받는 학생이 반에서 반 정도 되었다.

담임 선생님이 가정 방문하시어 부모님 면담과 사는 정도를 파악해서 강냉이죽을 배급받는 학생들을 정하신다. 각 학년별로 인원수의 오십프로의 인원에게만 죽을 배급하고, 나머지 학생들은 철제도시락을 각자 준비해서 학교에 온다.

배급받을 학생으로 선정되면, 학교 올 때 빈 그릇이나 빈 도시락을 가지고 와서 배급받을 때 줄을 서서 준비한 빈 도시락에 강냉이 죽을 죽 푸는 국자나 바가지로 한 그릇 받아서 교실로 와서 점심 식사를 한다.

반찬은 도시락 싸서 온 학생들에게 얻어 먹는다. 도시락을 준비해 온 학생은 강냉이죽을 먹고 싶어 하고, 강냉이죽을 배급받은 학생은 보리 혼식으로 준비해온 다른 학생의 도시락과 반찬을 먹고 싶어한다. 그래서 몇몇 애들은 서로 바꾸어서 먹기도 한다.

그런데 선생님이 가정을 방문하시어 가정 형편을 조사할 때, 주관적으로 기준을 정하신다. 부모님의 직장을 파악하고, 농사일을 하시면, 농사 짓는 논 마지기와 밭 평수를 파악하여, 강냉이죽을 배급받는 기준을 정하시었다.

그 당시에 우리 동네에서는 한 마지기가 150평으로 계산하였다. 요즘은 평수로 계산하지만 그 당시는 단위를 마지기로 농사 평수를 계산하였다.

담임 선생님이 가정 방문을 하시어, 부모님들을 면담하면서 구두로 물어보면서 파악을 하니, 가정 방문 때가 되면, 부모님께 미리 이야기해서, 열 마지기 이하 정도로 이야기해 달라고 말씀 드린다. 도시락 반찬이 마땅치 않고, 강냉이 죽을 먹고 싶어서, 그렇게 이야기 해 달라고 부모님께 주문한다.

그 당시에는 시골에 공장은 없었고, 직장이 있는 학생 부모들은 면사무소나, 군청, 학교선생님, 미군부대 등 직장이 한정되어 드물고, 80% 이상이 농사일로 생활을 꾸려 나갔다.

선생님 기준으로는 논 열 마지기 이상, 밭 천 평 이상 농사 짓는 부모의 학생들은 강냉이 죽 배급에서 제외시켰다. 어떤 애들은 뜨거운 강냉이죽을 호호 식힌 후 숟가락으로 떠 먹지 않고, 입에 대고 후루룩 마시는 애들도 있었다. 강냉이죽이 그 당시에는 밥보다는 고소하면서도 맛이 좋았다.

가을에는 학교 운동장 창고 옆에서 소사 아저씨가 가마솥에 김을 모락모락 내면서 끓이시더니, 12월 겨울에는 각 반별로 선생님이나, 반장이 교실에서 열한 시쯤에 커다란 노오란 들통에 넣어 가지고 와서, 난로에 열두 시까지 끓인다.

공부하는 중에 난로에서 끓이는 강냉이죽 냄새가 코끝을 스쳐간다. 점심 종이 울리면, 배급받을 학생은 빈그릇을 갖고 줄을 서서 순서를 기다리며, 죽을 받아서 제자리로 와서 먹는다. 그리고 죽을 배급받지 못한 학생들은 각자 준비해 온 도시락을 꺼내서 먹는다.

갖고 온 도시락도 난로 위나, 옆에 놓아서 따뜻하게 데우지만, 그다지 따끈하지는 않는다. 그렇게 해서 그 긴 겨울은 지나가고, 겨울방학이 시작되고, 눈깜빡할 사이에 놀다 보니, 방학이 끝나고 봄이 눈앞에 다가왔다.

학년이 올라가 사학년쯤으로 기억된다. 그해 봄부터는 강냉이죽 대신 옥수수 빵으로 급식(배급)이 바뀌었다. 오전 공부를 마치면, 점심 때쯤에 네모난 노란색의 옥수수빵이 모든 학생들에게 배급되었다.

재료가 옥수수라는데, 그 당시에는 신기하기도 하고 아주 맛있었다. 구수하면서도 달짝지근하고, 바삭바삭 먹는 식감도 부드러웠다.

몇몇 친구들은 그 자리에서 먹는 아이들도 있고, 몇몇 아이들은 빵을 가지고 집에 가서 누나와 동생과 나눠 먹는다고 책 보따리에 싸서 가지고 갔다. 그 시절에 먹어 본 빵 중에 가장 맛있는 빵이었다.

선생님한테 어디서 살 수 있느냐고 물어봤더니, 우리나라에서는 만들지도 않고 살 수가 없다고 하셨다. 무슨 영문인지 몰랐지만, 후에 선생님이 그 빵은 우방국인 미국이라는 나라에서 학생들을 위해, 식량 원조로 우리나라에 무상으로 공급하고 있다고 하셨다.

그 당시에는 우리나라도 경제적으로 빈곤하고, 먹는 식량이 부족하고 기근이 심했었다고 했다. 요즘 아프리카의 못 사는 나라들과, 난민들의 삶이랑 같았다고 한다. 지금도 생각해 보면 그런 것들이 사실인지, 설마 우리나라가 그런 빵을 못 만드나 하는 의아심이 생겼다.

어쨌든 그 어린 학생 시절의 강냉이죽과 옥수수빵은 보리밥보다는 엄청 맛이 있었다. 어른이 되어 수십 년이 지난 지금도 못 살고, 못 먹던 그 어린 시절이 그리워지는 것은 왜일까?

그 옛날 어린 시절의 희미한 기억들을 더듬어, 강냉이죽과 옥수수빵을 먹던 시절을 생각하면 잊을래야 잊을 수 없는 소중한 추억들이다.

/ 그 때 그 시 절

아마도 살아 있는 동안 생명이 다할 때까지도, 죽을 때까지도 잊지 못
할 것이다.

11.

설날 연날리기

며칠만 기다리면 대 명절인 설날이 다가온다. 새해가 밝아 설 명절이 오면, 떡국 먹으며, 한 살 더 먹고, 좋은 일이 많은 즐거운 날이다.

즐거운 일은 부모님이나 도시로 나가서 고향에 오시는 친척이나 형들한테, 세뱃돈 받는 것이 가슴 설레이고 즐거운 설날이다.

그리고 도시에 분가하여 직장을 다니면서 살아가는 형들이 설 명절 선물로 장갑이나, 모자, 신발, 점퍼 등 여러 가지 선물들을 많이 사서 가지고 오는 날이다. 그리고 형들과 친구들과 연을 날리는 즐거운 놀이를 할 수 있다.

설날 며칠 전부터 연을 날리기 위해 연을 만들려고 한다. 하늘은 나는 연을 만들려면 정교하게 잘 만들어야지 대충 만들면, 하늘 높이 날지를 못하고 하늘로 날아오르다가 균형이 안 맞으면 땅바닥으로 곤두박질을 친다. 그래서 하늘 높이 나는 연을 만들려면 정성 들여 만들어야 하고, 균형을 잘 맞추어서 만들어야 한다.

초등학교 들어가기 전에는 아버님이나 형들이 연을 만들어 주셨는데, 삼학년 때부터는 스스로 만들어서 연을 날렸다. 연은 주로 방패연과 가오리연을 만들었다. 두 가지를 모두 만들고 싶지만, 우선 방패연을 만들려고 한다. 방패연은 가오리연보다 만들기는 어렵지만 모양도 멋있고, 하늘 높이, 멀리 날릴 수 있기 때문이다.

연을 만들려면 재료를 준비하고, 세심하게 꼼꼼히 잘 만들어야지, 대충 만들면 연이 하늘을 날지 못한다. 몇 번의 시행 착오와 연습을 거쳐 이제는 하늘에 뜰 수 있는 연을 만들 수 있었다.

우선 방패연을 만들 재료를 준비한다. 깊은 산속에 가서 손가락 만한 굵기의 대나무를 잘라 온다. 대나무를 얇게 쪼개서 안쪽 살을 칼로 깎으면서 다듬어, 가볍고, 다듬은 대나무살을 손으로 휘어서 휘는 모양이 초생달 같이 휘는 각도가 일정해야 한다. 너무 굵거나 얇아도 안되고, 바람에 잘 뜨고, 부서지지 않도록, 신축성 있게, 적당한 강도여야 한다.

산에 가서 대나무를 못 찾으면 집안의 여러 곳을 찾아 대나무로 만든 그릇 종류인 채반 소쿠리를, 어머님 몰래 해체하여, 그것을 연을 만드는 기둥과 재료로 사용한다.

그리고 나서 다락방을 뒤져 한지인 얇고, 깨끗한 창호지를 연 크기만큼 몰래 잘라서 준비한다. 직사형의 방패연은 정확히 구분하여 접어서 가운데 적당한 크기의 원 모양을 직사각형인 연의 위쪽으로 구멍 나게 접어서 가위로 자른다.

그런 다음 밥풀로 준비한 창호지에 위에 대나무 살을(상살) 말아서 붙인다. 그리고, 중간에(중살) 하나 더 대나무를 붙이고, 가운데 세로로 대나무를 붙이고, 연 사각 모서리에서 모서리로 길게 대각선으로 X로 대나무를 밥풀로 떨어지지 않게 붙인다.

그리고 연줄로 잘라서 위 양쪽 모서리에 실을 단단히 매고, 중간살 원 밑에 줄을 매서 위 두 개의 모서리줄을 좀 짧게, 중간줄은 약간 길게 하여 중심과 균형을 잡아서 세 개의 줄을 삼각형으로 같이 묶는다.

연의 무게 중심도 좌, 우, 위, 아래 균형이 맞아야 똑바로 날아 올라가면서 하늘로 뜬다. 무게 중심이 안 맞으면, 뜨지 않고, 하늘로 올라가다가 무게가 무거운 쪽으로 뱅글뱅글 돌면서 땅바닥으로 곤두박질친다.

그래서 연의 기둥 재료인 대나무의 두께를 균형 있게 잘 만들어야 한다. 방패연을 만들려면 정성껏, 정교하게, 균형 있게 잘 만들어야 한다.

하늘을 잘 나는 연을 주위 사람들에게 자랑도 하고 폼을 잡아야 한다. 반대로 잘 못 날면 창피하고 자존심이 많이 상한다. 잘 만든 연을 얼레라는 연줄 타래에 연결한다. 얼레도 몇 년 전에 동네 형들이 사용하다 준 선물이다.

연줄을 길게 감아 놓고, 연을 날릴 때 풀었다, 감아 주는 나무로 만든 실타래 같은 사각 모양이다. 얼레에 감겨 있는 연줄은 명주실이나, 얇은 나일론 줄을 사용한다. 연줄도 굵고, 두꺼우면, 무거워서 연이 잘 안 뜬다.

얼레에 감긴 연줄도 며칠 전부터 양초를 녹여 문질러서 튼튼하고 질기게 만든다. 형들 얘기로는 연줄에 양초물을 묻혀 문지르면 실의 강도가 세진다고 했다. 연을 날리다가 끊어지지 않기 위한 방편이기도 하면서, 친구들이 연싸움 하고 하면, 이기기 위해서다.

그렇게 해서 설 전에 미리 연을 만들어 놓았다. 그리고 한번 시험도 해 보았는데, 만족할 만큼, 잘 날지는 않지만 하늘에 떠 있기는 했다. 연은 그날 날씨, 바람의 세기, 방향에 따라 잘 날고 뜨는 데 많은 영향을 준다.

공을 들여 만들어진 연을 잘 보관하기 위해 다락방에 고이 모셔 놓았다. 하루에 한번씩 연을 보며, 하늘에 날릴 날만 기다렸다. 설날이나 그 다음 날 정성껏 만든 연을 날리는 날 만큼은 바람과 날씨가 연날리기에 좋은 날이 되기를 바라면서 기다렸다.

기다리고, 기다리던 설 명절이 왔다. 아침부터 일찍 일어나 조상님께 제사 지내고, 어른들께 세배를 하면 세뱃돈이 두둑히 들어온다. 주위 형, 동생들에게 세배할 때 받은 돈 자랑도 신이 난다.

그리고 선조님들의 묘를 찾아 성묘를 하고 나서, 며칠 전부터 준비한 연을 날리러 동네 사람들과 들판이나 산으로 간다. 그날이 바로 설 명절날 오후나 그 다음 날부터 보름날까지 매일 연을 날린다.

모두들 가슴 설레면서 연 날릴 날만 기다리고, 또한 연 자랑하는 날이 다. 누구 연이 아주 멀리, 높이 잘 뜨나 하는 자랑거리다. 그래서 각자 준비한 연을 가지고, 뒷동산이나, 작년에 추수가 끝난 넓은 밭이나 들 판으로 동네 형들과 같이 간다.

모두들 모여서 연을 하늘 높이 날릴 준비를 하고 있다. 준비한 연을 하나하나 점검한 후 연을 가지고 바람이 부는 반대 방향으로 연줄을 풀 면서 바람을 안고 힘차게 달려야 한다. 천천히 달리면 연이 바람의 저 항을 조금 받아 하늘로 잘 뜨지 않는다.

어느 정도 높이만 날면, 바람의 저항을 받아 연은 높은 하늘의 기류에 의해 하늘을 잘 난다. 그래서 어린 아이들은 어른들이 연을 띄워서 주 기도 한다. 연을 날리러 온 오늘은 설레는 마음속에, 뭔가 즐거운 일이 나, 신나는 일이 있을 것 같다.

설날 전에 만들어 놓은 연이 하늘을 잘 날기를 마음속에 기대하면서 준비를 하고 만들어 놓은 연을 가지고, 들판으로 많은 사람들이 모였다.

누구의 연이 하늘 높이, 멀리 잘 나는지 모두들 가슴 설레며, 연을 날렸다. 방패연을 날리는 사람, 가오리연을 날리는 사람, 아이들 어른 할 것 없이 모두들 즐거운 표정으로 진지하게 연을 날렸다.

여러 사람들이 연을 날렸지만 하늘을 잘 나는 연은 몇 개 안 되었다. 연을 날리다 보면, 뜨지 않은 연, 날다가 부서지는 연, 하늘로 올라가다가 뱅글뱅글 돌면서 땅바닥으로 꼬꾸라진 연, 연줄이 끊어진 연 등 여러 가지 웃는 일이 많이 발생되었다.

모두들 함박웃음을 짓는 사람, 박수 치는 사람, 아이들, 어른 할 것 없이 즐거운 날이었다. 그래도 내 연은 별 탈 없이 하늘을 잘 날아 높이 떠 있다. 보는 사람들이 부러워하고, 시샘을 하는 듯하였다.

나는 아랑곳하지 않고 으쓱대며, 즐거운 마음으로 연을 날렸다. 하늘에 높이 떠 있는 연들이 다섯 개 정도 되었는데, 내 연은 세 번째로 높이 날았다.

동네 고개 넘어 사는 친구의 연은 아주 높이, 멀리 잘 날았다. 한편으로 부럽기도 하지만, 내 연도 하늘을 날아 뜰 수 있는 것만으로도 마음의 안정을 찾고, 스스로 대견스럽다고 위로하였다.

그런데 하늘 높이, 멀리 나는 이상한 연이 눈에 띄었다. 한참을 자세히 바라보니, 가오리연 같은데 꼬리가 엄청 길고, 연 몸체에 독수리가 아주 멋지게 그려져 있었다.

그 친구는 시골에서 태어나 초등학교 들어가기 전에 도시로 나간 친구였는데, 설날과 추석에만 부모님과 시골에 와서 성묘를 하고 올라간다. 성묘 끝난 후에 우리와 같이 연을 날렸다.

다가가서 네 연은 무슨 연이냐고 물어봤더니, 독수리 연이라고 하였다. 그리고 자기 삼촌이 사다 준 연이라고 하였다. 도시에서는 연도 만들어 파는구나 하면서, 새로운 사실을 알았다. 그럼 방패연도 도시에서

/ 그때 그 시절

파니, 하고 물어봤더니 그렇것 같지만, 잘 모른다고 하였다.

한 동네 친구는 연 몸체에 색 종이로 태극기 모양을 붙여서 태극기 연을 띄우니 보기가 좋았다. 나도 내년에는 연에다 아주 예쁜 그림을 색 종이로 붙여야지 하면서 마음속으로 다짐을 했다.

한참을 연을 날리는데, 동네 어른 한 분이 하늘 높이 잘 나는 연의 줄을 끊어서 멀리 날려 보냈다. 아까우면서 의아해서 어른한테 물어보았다. "왜 그 아까운 연을 끊어 버리는거예요?" 하고 물었더니, 새해에는 좋은 일, 즐거운 일이 많고, 건강하고, 복 많이 받으라고 기원하면서, 좋지 않은 액운을 멀리 떠나 보내려고, 연을 끊어 버린다고 하셨다. 그런 풍습도 있었다.

그렇게 연날리기에 즐거운 시간을 보내고 있었다. 그렇게 즐거운 시간을 보내는 중에 동네에 짓궂은 친구가 내게로 다가오면서 연싸움을 하지고 했다. 정성껏 만든 연이 아깝지만, 많은 사람들이 보는 앞이라, 기가 죽지 않고, 자존심이 걸려 있는 시합으로 생각을 하고, 그렇게 하자고 하였다.

여러 모인 사람들이 부추기고, 덩달아 신이 나서 "한번 해 봐, 한번 해 봐." 하였다. 그래서 연싸움이 시작되었다. 어쩌면 마음속으로 벼르고, 벼르던, 연싸움을 해 볼 작정이었다.

싸움할 연끼리 가까이 가기 위해, 얼레를 감고, 풀면서 조정하면서 연싸움을 할 연들과 처음에는 연줄을 당기며, 부딪치고, 그런 다음 연줄을 서로 가까이 닿아서, 서로 비비고를 몇 차례 하였다.

내 연줄은 며칠 전에 양촛물을 많이 묻혀 문질러서 강한 연줄이었다. 자신감이 있는 연줄 끊기 싸움이었다. 먼저 끊어지는 연이 시합에 지는 게임이었다.

한참 동안을 연줄을 가지고, 서로 비비고, 당기고, 풀고 하면서 홍미진진하게 연싸움을 하는데 주위에 모인 사람들도 신이 나서, 구경도 하면서 박수를 쳤다.

그렇게 얼마 동안 진지하게 연줄을 당기고, 풀어 주면서, 가슴 떨리는 연싸움을 하였다. 그러던 중에 불행인지 몰라도, 내 연줄이 끊어져 아주 멀리 날아가 버렸다. 많은 사람들이 환호성을 지르며, 좋아라 하였다.

끊어진 내 연을 보니 좌, 우로, 흔들거리면서 아주 멀리 날아가는 중이었다. 워낙 높이 뜬 연이라 끊어져, 눈에 보이지 않을 만큼 아주 멀리 날아가 버렸다. 얼레와 연줄만 남긴 채 허무하게 연싸움에서 지고 만 것이었다.

주위 사람들의 위로도 많았다. 액운을 멀리 보냈으니 내년에는 아마도 좋은 일이 생기고, 이길거야, 하면서 내 어깨를 토닥거려 주셨다. 그 위로에도 아랑곳하지 않고, 허탈한 마음으로 얼레에 연줄만 감아서 힘없는 표정으로 걸어서 집으로 왔다.

풀이 죽은 내 모습을 본 어머니가, 눈치를 챘는지는 몰라도, 연날리느라고, 출출할 테니 이거나 먹어라 하시면서, 부침개와 과일을 주셨다.

간식을 먹으면서 생각해 보니, 연 싸움은 졌지만 어른들의 위로 말씀이 고맙고, 스스로 위로가 되어 마음의 안정을 찾으려고 했다. 이제까지의 나쁜 일과, 액운을 멀리 보냈으니, 올 설날 이후는 좋은 일, 즐거운 일만 생길 것이라고 기대하면서, 공부도 좀 더 열심히 해야 할 것이라고 다짐을 했다.

연날리기 싸움에서 졌지만, 마음속은 앞으로 뭔가 좋은 일이 있을 것만 같았다. 그 옛날 설 명절에 연날리기는 재미있고, 홍미진진하고, 가슴 설레며, 즐겁고 떨리는 놀이였다.

나이가 들어 갈수록 모든 것을 다 잊고, 어린 그때 그 시절이 그립다. 그 시절로 다시 돌아갈 수 있다면 얼마나 좋을까, 하면서 잠시나마라도 그때 그 시절 연 날릴 때의 동심의 세계가 생각이 나고, 그리워진다.

12.

쥐불놀이

쥐불놀이는 설 명절이 끝나고 보름 전날이나 보름날 한다. 쥐불놀이는 논두렁이나 밭두렁의 바싹 마른 잡초나 잔디를 불로 태워 쥐나 각종 병해충을 태워 병충해 예방을 하고, 태운 재로 거름을 하여 풍년을 기원하는 행사로 전해 내려오는 풍습이다.

지역별로 조금씩은 다르지만, 설 명절이 끝난 보름 전야제로 동네의 불꽃놀이이다. 요즘은 언제부터인가 산불 조심이라는 정부 방침에 따라 공식적으로는 논두렁이나 밭두렁에 불을 못 태우게 지도 계몽도 하고 적발시 벌금도 부과한다.

우리 동네에서는 쥐불놀이가 없어진 지 수십 년이 지났다. 그 옛날 풍습들이 세월이 흐름에 따라 변해 가고, 없어지는 것이 아쉬운 마음이다. 다른 지역은 어떠했는지 잘 모르지만, 궁금하다. 같은 세대들은 거의 비슷한 놀이나 풍습일 것이다.

어린 그 시절에 어린이들이 허락받은 불놀이는 쥐불놀이이다. 그리고, 동네의 큰 행사이기도 했다. 보름날이나 전날 점심 때부터는 동네 앞의 넓은 밭에는 마을의 청년 어른들이 각자 산에 가서 소나무의 가지를 한 지게씩 베어서 갖고 와서 달불 장소에 수북히 쌓아 놓는다. 달불을 만들어 태우기 위해서이다.

그리고 각자 추수한 벼 짚단 뭉치를 몇 개씩 가지고 와서, 소나무 가지와 함께 높게 쌓는다. 그렇게 해서 쥐불놀이 준비가 끝나면, 동네의 어르신들을 모시고 다함께 건강과 행복을 빌고, 무탈하게 풍년을 기원하는 동네의 큰 행사를 한다.

저녁 나절쯤 어두워지면 희미하게 보름달이 떠오른다. 그때 모인 사람들 중에 연장자이신 어르신 한 분이 달불에 불을 붙이시면서 올해에는 풍년이 들고, 우리 동네 모든 분들이 건강들 하시고 행복한 한 해가 되기를 기원한다며, 두 손 모아 활활 타오르는 불을 보며 큰 소리로 말씀을 하신다. 주위에 모인 동네의 많은 사람들은 환호성을 지르며, 박수를 치며, 즐거워한다.

그리고 갑자기 사물놀이 팀이 등장하여, 꽃깔옷을 입고, 징, 꽹과리, 장구, 피리, 퉁소 등 각종 악기들로 풍악을 울리며, 달불 주위를 뱅뱅 돈다. 달불놀이의 절정이다.

모인 사람들은 남자, 여자, 어린이, 어른, 할 것 없이, 모두가 사물놀이 팀의 뒤를 따라 돌면서, 흥에 겨워 타오르는 달불을 빙빙 돌면서 덩실덩실 춤을 춘다.

쥐불놀이의 시작을 알리는 달불 태우기이다. 불꽃이 높이 활활 잘 타오르면 풍년을 예언하는 징조라고 하신다. 높이 치솟는 불꽃을 바라보며, 모돈 재앙은 불길로 태워 연기로 사라지기를 두 손 모아 빌면서, 행복과 건강을 비는 어른들도 여기저기 종종 눈에 띄었다.

일부 사람들은 막걸리와 빈대떡 등, 안주를 준비하여, 사물놀이 팀과 모인 사람들을 대접하여, 더욱 흥에 겨워 신나게 풍악을 울렸다.

달불놀이가 절정에 이를 때 멀리 논두렁에서 누군가가 불을 피워 잡풀을 태우는 불길이 환하게 보였다. 시간이 조금 흐른 후에는 여기저기 논이나 밭에 불길이 보였다. 나이 어린 우리들은 어른 따라 다니면서 자기네의 논밭에 불을 붙여, 모처럼 불장난을 실컷 하였다.

어른, 애들 모두가 불장난을 좋아하고, 신나는 일이다. 그렇게 쥐불놀이는 보름전날부터 달이 환하게 뜨는 보름날까지 이어진다. 보름날 낮까지는 계속해서, 논이나, 밭에 불을 붙여 까맣게 태워 연기가 여기저기서 모락모락 난다.

동네 어른들은 산으로 불길이 번지지 않게 전날부터 시간별 조를 짜서, 돌아가면서 야경을(야간에 불 감시 순찰하는 일) 돌며, 안전을 책임진다.

그리고 보름날은 동네 청년들과 어린이 모두 참가하여, 망우리 돌리기를 한다. 쥐불놀이의 가장 재미있는 마지막 놀이 행사이다. 타 지역은 뭐라 칭하는지 몰라도, 우리 동네에서는 "망우리 돌리기"로 옛날부터 전해 내려 왔다.

오래전부터 각자 크고, 작은 깡통을 준비한다. 그리고 깡통에 대못을 망치로 수십군데 밑바닥과 옆으로 구멍을 뚫어서 바람이 잘 통하고 불길이 활활 잘 타오르게 만들고, 불길에 타지 않도록 철사줄로 길게, 깡통을 돌리기 쉬운 길이만큼 손잡이를 만든다.

그 당시에는 깡통 구하기도 어려웠다. 교통 수단이 없어, 시내까지 삼사십 분 걸어가서 고물상이나 페인트 가게, 철물점에 들려 빈 깡통을 얻으려고 동분서주해도 빈 깡통 구하기가 힘들었다.

고철이 귀한 시절이었으니까, 고물 값을 주고 사야 한다. 빈 깡통을 구하거나, 얻으려다 못 구하고, 친구한테 요청을 하였더니, 보름 며칠 전, 망우리 돌리기 며칠 전에 친구가 나한테 주려고 빈 깡통을 준비하였다가 때마침 가지고 왔다.

엄청 반갑고, 너무 고마웠는지 가슴이 벅차고, 찡하는 것을 느꼈다. 역시 너는 나의 친한 좋은 친구야 하면서 고맙다고 하면서, 귀한 깡통을 받았다.

너무 좋아서 어디서 구했냐고 자초지종을 물어봤더니, 그 친구 아버지가 미군 부대 다니는데, 미군들이 전투 시 식사로 먹는 꿀꿀이 죽통이라고 하는데 맞는지는 모르겠다. 부대 다니는 사람 말로 시레이션이라고들 한다. 어쨌든 친구가 구해 준 깡통으로 망우리 돌리기를 할 준비를 단단히 한 셈이다.

저녁을 먹고 해가 저물어 갈 즈음에 깡통에 대못을 망치로 쳐서 구멍을 밑바닥과 옆면에 수십 군데 뚫어 놓고, 철사줄을 연결하여 놓았다.

준비한 깡통에다 불이 잘 붙는 소나무 송진이 묻은 소나무 토막을 잘게 톱으로 잘라 깡통에 넣고, 그 위에 불꽃이 오래 가는 참나무 토막을 담아서 종이 뭉치로 불을 붙이고 불이 활활 타오르는 깡통을 큰 원을 그리며, 힘껏 돌렸다. 불길이 시뻘겋게 활활 잘 타오른다. 돌아가는 불길이 장관을 이룬다.

누구 망우리가 불길을 잘 뿜으며, 오래 잘 돌아가는지 시합도 한다. 동네 어른들, 형들, 친구들 모두가 넓은 들판에서 망우리 돌리기를 밤 늦게까지 하였다.

그렇게 얼마 동안 망우리 돌리기를 하던 청년 형들이 동네 넓은 들판으로 가서, 망우리 돌리던 활활 불길이 타오르는 깡통을 하늘 높이 던져 버린다.

하늘 높이에서 불꽃이 여기저기 퍼져서 내리는 불똥들이 불꽃놀이의 아름다운 광경이 펼쳐진다. 그것이 망우리의 멋있는 마지막 피날레라고 하였다.

그러더니 형들이 수군수군하면서 어디론가 모여서 가고 있었다. 어린이들은 다치니까, 망우리통을 던져서 마무리하고 조용히 집으로 가라고 하였다.

집에 가는 척하고 망우리통의 불을 끄고, 동네 형들을 살며시 숨어서 뒤따라갔다. 잠시 후 마을의 형들은 준비한 팔뚝만 한 몽둥이를 들고, 이웃동네 망우리 팀을 습격하는 것이라고 하였다. 그것이 전해 내려 오는 풍습이라고 하였다.

이웃동네 망우리하는 사람들의 주위를 잠복하여 포위하고, 대장 한 명이 "너희들은 완전 포위되었다. 모두들 손 들고 나와라." 하며 외친다. 그렇게 외치니까 이웃동네 망우리 팀들이 일부는 도망가고, 몇 명은 망우리 돌리던 깡통을 들고, 동네 형들 앞으로 나와 망우리 통을 건네주었다.

그리고는 올해는 우리가 너희들한테 포위를 당하여 포로가 되었다고 하였다. 그리고는 우리가 너희들 포로가 되었으니, 포로들한테 먹을 것을 달라고 하였다,

몇몇 청년 형들이 막걸리 한 통과 술안주를 들고 와서 이웃동네 형들과 함께 마시면서, 즐거운 이야기를 하며 밤늦게 헤어졌다.

이웃동네 청년들이 서로 얼굴을 마주보면 초등학교 동창들이나, 선후배들 사이이다. 이웃동네와의 청년들이 친목을 도모하는 망우리 돌리기의 마지막 풍습이라고 한다.

그리고는 우리가 올해는 당했다 하면서 서로 비슷한 나이라 초면은

아닌 듯하였다. 컴컴한 밤중에 망우리 통으로 불을 밝히니, 이웃동네 친구들이라고 한다. 초등학교 중학교 동창들이라고 하면서 서로 악수를 하고 반가워서 껄껄대고 웃는 모습을 멀리 숨어서 보았다.

    그 옛날 그 시절에 쥐불놀이와 망우리 돌리기는 재미있고, 잊을 수 없는 추억들이다. 지금은 할 수도, 볼 수도 없는 쥐불놀이와 망우리 돌리기이지만, 잊혀지기 전에 한번이라도 하여 보고 싶고, 그 당시의 친구들이나 형들이 보고 싶어지고, 잠시나마라도 그 시절로 돌아가 보고 싶다.

13.

종이 딱지치기

어린 시절에는 종이가 아주 귀한 시절이었다. 요즘은 흔한 것이 책, 광고지, 신문, 잡지 등 흔한 것이 종이이지만 어린 시절에는 귀한 대접을 받는 것이 종이다.

그 귀한 종이로 어린 시절에는 종이로 딱지를 만들어 딱지치기를 했다. 딱지를 많이 가지고 있으면, 부자이고, 친구들이 엄청 부러워했다.

딱지는 종이를 접어서 네모 모양으로 두껍게 만든 종이 뭉치이다. 사방딱지라고도 하고, 방석딱지라고도 했다. 한 학년이 끝나고, 지나간 오래된 책이나, 공책을 접어서 만들기도 했다.

보기 드문 신문지도 딱지로 접기에는 좋은 종이이다. 신문지는 많이 접을 수 있어서 도시에 간 형이나, 친척들이 시골에 내려올 때, 신문지를 사서 가지고 보면서 가지고 내려오시면, 다 보시고 두고 가신다. 좋은 선물이면서, 귀한 종이이다.

그 신문지로 재빠르게, 신나게 딱지를 접는다. 신문지 한 부면 딱지를 작게 만들면 열 개, 중간 크기로 만들면 다섯 개는 충분히 만든다.

그리고 연말이 되면 시내의 큰 ○○상회, ○○도매점, 농기구 대리점 등에서 열두 장으로 만드는 크고, 두꺼운 달력을 만들어 손님들에게 주는데, 그 달력이 딱지 만들기는 좋은 종이이다.

아버님이 달력을 많이 얻어 오시면, 굉장히 반가운 선물이었다. 또한 도시로 가서 큰 직장에 다니는 형, 친척들이 연말이면 회사에서 만든 달력을 많이 가지고 오셔서, 주위에 주시고, 집 안의 벽에 걸어 놓고, 남으면 그 달력도 딱지 접기에는 좋은 종이다.

그리고 한달 한달 날짜가 지나면, 뜯어서 종이 딱지를 만든다. 그 당시에는 종이가 아주 귀한 시절이었으니까. 하긴 요즘도 언제부터인지 몰라서 달력이 귀하고, 얻기도 힘들어졌다.

심지어는 동네에서 화장실에서 큰 볼일을 보고 나서, 뒤처리를 하는데 요즘 쓰는 화장지는 없었고, 학교 공부가 끝난 지나간 책이나 공책 종이나 신문지를 사용하는 가정도 몇 집 안 되었다. 그만큼 종이가 귀하고, 구하기가 어려웠다.

어른들은 지푸라기나, 새끼줄, 호박잎 등으로 뒤처리를 하였다. 그만큼 종이가 아주 귀한 시절이라, 딱지도 귀하고 소중한 장난감이었다.

딱지치기만큼 재미 있는 놀이도 드물었다. 딱지의 종류는 여러 가지가 있으나, 그 시절에는 대부분 종이를 접어서 만든 딱지를 방석 딱지라 부르며, 가지고 다니면서, 친구들과 딱지 따먹기를 했다

고무재질의 판을 오려서 만든 고무딱지나, 두꺼운 골판지 종이를 네모나게 잘라서 만든 골판지 딱지도 있었지만, 보기만 하고 딱지치기 놀이에는 사용하지 않았다.

비료푸대 딱지도 만들어 놓았다. 비료 포장이 종이나, 비닐로 되어 있어서 정성껏 잘 접어서 비닐 딱지도 만들어서 놓았다. 그리고 종이로

접은 세모 모양의 딱지도 있었지만, 보기 드물고, 사용도 잘 안 하였다.

요즘은 문방구에서 여러 종류의 딱지를 판다고 하는데, 어떤 것인지 잘 모르겠다. 그 옛날의 딱지치기는 친구들끼리 방석딱지를 가지고 모여서 딱지치기, 딱기 따 먹기를 했다.

딱지치기는 자기가 가지고 있는 종이 사방 딱지를 땅바닥에 놓고 자기가 가지고 있는 다른 딱지로 힘껏 내리쳐서 딱지를 뒤집는 놀이이고, 딱지 내기는 그렇게 하여 상대방인 친구의 딱지를 내 딱지로 내리쳐서 뒤집어지면 가져가는 놀이이다.

딱지 따 먹기의 방식은 우선 가위바위보를 해서 순서를 정한다. 그런 다음 이긴 사람이 먼저 진 사람의 딱지를 내리친다. 진 사람의 딱지를 땅바닥에 놓고, 내 딱지로 바닥에 있는 딱지를 힘껏 내리쳐서, 충격이나 바람에 땅바닥에 있는 딱지가 뒤집어지면, 그 딱지를 가져가는 것이다.

그리고 안 뒤집어지면, 순서를 바꿔, 진 사람이 이긴 사람의 딱지를 바닥에 놓고, 마찬가지로 자기 딱지로 바닥의 딱지를 힘껏 쳐서, 뒤집어 먹기를 한다.

내리쳐서 딱지를 뒤집어 먹으면 계속해서 진 사람의 딱지를 땅바닥에 놓고, 내리쳐서 먹고, 안 뒤집어지면, 순서를 바꾸어서 딱지치기를 한다.

그리고 딱지 치는 충격과 바람을 효과적으로 주기 위해서는 땅바닥의 딱지를 신발 안쪽에 붙여 대고 치면, 딱지 뒤집히는 효과가 조금 더 있다.

딱지를 오른손으로 치면 왼발 안쪽에 붙여 대고 치고, 왼손잡이는 오른발 신발 안쪽에 딱지를 붙여 대고 갖고 있던 다른 딱지로 치면, 딱지가 잘 뒤집어진다.

간혹 꼼수를 쓰는 사람들도 있다. 신발 안쪽에 딱지를 가까이 붙이고 칠 때, 딱지 끝 옆이나, 모서리를 살짝 발로 눌러서 딱지가 조금 뜬 상태로 내리치면, 조금 뜬 곳으로 내리치는 바람이 들어가 딱지가 잘 뒤집어진다.

그래서 상대방이 딱지를 발에 붙이고 칠 때 유심히 잘 관찰해서 보아야 한다. 신발 안쪽에서 닿지 않거나, 1센티 거리를 두고 치는 규정도 정하기도 한다.

그리고 또 한 가지 딱지치기 놀이방법이 있다. 땅바닥에 사각 모양이나, 원으로 선을 그려 놓고, 그 안에 가지고 있는 딱지를 넣고, 가위바위보를 해서 이긴 사람이 진 사람의 딱지를 내리쳐서, 그어 놓은 선 밖으로 딱지가 나가면 가져가는 게임이다.

그리고 방석 딱지라고 부르는 딱지는 딱지 속에 골판지나, 고무판을 남모르게 넣으면, 무거워서 딱지치기에서 잘 안 뒤집어진다. 언뜻 보면 잘 모르지만 자세히 보면 딱지가 보통 딱지보다 두껍다.

딱지 치기 전에 서로 한번씩 상대방 딱지를 만져 보고, 확인을 하기도 한다. 요즘은 문방구에서 그림 딱지 등 여러가지 딱지 종류가 있다고 하는데, 그 옛날 베이비붐 세대들이 어릴 때 가지고 놀던 딱지들은 파는 곳도 없었고, 직접 만들어서 딱지치기 놀이를 했다.

그리고 야주 얇은 습자지나, 색종이로 작고, 얇게 만든 딱지로는 침 발라먹기 딱지 따 먹기도 했다. 그 당시에는 달력 종이가 얇아서 한 겹으로 딱지를 접으면, 침 발라 먹기 놀이에는 적당한 딱지였다.

순서는 마찬가지로 가위바위보를 해서 이긴 사람이 진 사람의 딱지를 땅바닥이나 마룻바닥에 놓고, 엄지나, 검지에 침을 발라서, 바닥에 있는 진 사람의 딱지 위에 침 바른 손가락으로 힘껏 눌렀다, 떼어서, 들려서 뒤집어지면 가져가는 딱지치기놀이이며, 실패하면 순서를 바꿔서 진 사람이 같은 방법으로 손가락에 침 발라서 상대방의 딱지를 들어 뒤집는다. 그렇게 순서를 바꿔 가면서 딱지치기, 먹기를 한다.

또 한 가지 딱지치기는 딱지 찍어 먹기이다. 땅바닥에 사각형이나 원을 적당히 그려 표시해 놓고, 그 안에 각자 딱지를 같은 숫자만큼 넣어 둔다. 대략 한 사람당 서너 개씩 넣어 둔다.

그리고 삼사 미터 떨어진 곳에 표시선을 만들고 그 지점에서 현재의 오백 원짜리 동전 만한 둥그스런 돌이나 사금파리(그릇 깨진 조각)로 그것을 향하여 던져서, 원이나 사각형 안의 딱지를 맞춰, 딱지가 선으로 표시하여 놓은 원이나, 사각형의 밖으로 나오면, 나온 숫자의 딱지를 가져가는 것이다. 순서는 위의 방법과 같이 가위바위보로 정하여 반복적으로 한다.

다른 지역에서는 어떠한 딱지치기를 하는지 잘 모르지만, 조금씩은 다른 여러 가지의 딱지치기놀이를 할 것이다. 선대로 내려오면서 많이 바뀌기도 하였을 것으로 생각된다.

요즘 아이들은 어떤 딱지놀이를 하는지 잘 모르지만, 여러 가지가 있디고 한다. 그 옛날에 딱지치기를 하면 어린 마음에 딱지치기에 집중하고 시간 가는 줄 모르고, 즐거운 놀이였다.

학교에 갔다 오면 우선 책 보따리를 내려놓고, 딱지가 보관되어 있는 방으로 가서 필요한 숫자만큼 딱지를 가지고 나와서 친구들을 서너 명 불러 모은다.

그리고 "얘들아, 우리 딱지치기하자."라고 하면, 모두들 좋아라 하면서, 각자 자기 집으로 가서 자기들의 딱지를 가지고 나온다. 그리고 "우리 딱지치기 놀이를 할래? 딱지치기로 딱지 따 먹기를 할래?" 하면서 친

/ 그 때 그 시 절

구들의 의견을 들어서 결정하고 딱지치기놀이나, 딱지 따 먹기를 한다.

그날의 컨디션에 따라 딱지를 많이 따는 날도 있고, 딱지치기가 잘 안 되는 날은 가지고 온 딱지를 많이 잃는 날도 있었다. 그 시절의 딱지치기 하던 친구들은 지금쯤은 할아버지가 되어서 노년을 즐겁게 보내고 있겠지?

도시로 직장을 찾아서 나간 친구들이 도시에서 생활 터전을 닦고, 정착하면서, 시골 고향에 친인척이 없으면 명절 때도 오지를 않는 친구들이 많아서 얼굴들을 못 본 지가 오십여 년이 지났다.

얼굴들을 볼 수 있고 만날 수가 있으면, 만나서 딱지치기 놀이를 한 번이라도 하고 싶다. 그때 그 시절의 딱지치기놀이를 가끔씩 생각하면, 그 시절로 돌아갈 수는 없지만, 즐거운 동심의 세계였다.

14.

자치기

자치기는 아주 오래전부터 전해 내려오는 놀이 문화의 풍습이다. 어릴 적 형이나, 아버지 동네 나이 많으신 할아버지한테도 들은 적이 있는 것 같다. 그분들도 어릴 적에 많이 하신 놀이라고들 하신다.

요즘에 우리나라에서도 대중화된 골프의 변형된 놀이이기도 한 듯하다. 한편으로는 게이트볼 놀이의 원조일지도 모르겠다. 옛말로 큰 막대기를 채라고 하고, 작은 새끼 막대기를 새끼, 알이나, 공이라 부르니 그렇게 생각할 법도 하다.

골프를 하는 사람들끼리는 은어로 자치기하러 갔다 왔느냐? 하면서 이야기를 하기도 한다. 채로 알을 쳐서 멀리 보내는 놀이가 엇비슷하다.

또 하나 한창 인기 중인 야구의 원조인 듯도 하다. 수비와 공격이 번갈아 가면서 점수 내기를 하고, 자치기 채로 친 알, 공이 날아 가면 그곳에 서서 있는 수비하는 사람이 받으면, 점수 없이 공격이 바뀌는 운동이 비슷하기도 하다. 채가 야구 배트이고, 알이 야구공이라고 하면 비슷한 운동이다.

자치기는 지역별 놀이 방식이 조금씩 차이가 나고 다르지만, 비슷한 면이 더 많다. 자치기는 40에서 50센티 되는 직경 20미리 되는 막대기를 채라 칭하고, 길이 10센티 되는 새끼막대기, 일명 알, 공이라 칭하고 연필심 같이 양끝을 뾰족하게 깎아서 사용한다.

채와 알 준비는 인근 야산에 가서 재질이 단단한 참나무나 밤나무로 적당한 것을 골라 잘라서 껍질을 벗겨, 말린 후에 적당한 길이로 만들어 채와 알로 정성껏 다듬고 만들어서 사용한다.

친구와 둘이 하기도 하고, 편을 갈라서 한 팀에 두세 명씩 편을 갈라서, 공격을 순서대로 하고, 수비도 번갈아 가면서 공격, 수비하면서 점수를 내어 많이 낸 팀이 이기는 놀이기도 하다.

점수가 나면 계속해서 공격을 하고, 점수를 못 내면, 공격과 수비를 바꿔 가면서 2회에서 5회까지 정해서 한다. 요즘 야구 경기와 비슷한 면이 있다.

장소는 동네 넓은 마당이나 큰 길이나, 추수가 끝난 넓은 밭이나, 뒷동산 등에서 한다. 여러 방식이 있지만, 많이 하는 방식은 땅바닥에 직경 10센티, 깊이 2, 3센티의 구멍을 파고, 그곳에 알, 새끼를 올려 놓거나, 세로로 비스듬히 세워 놓고, 채로 들어 올리거나, 채로 알의 한쪽을 쳐서 30, 40센티 하늘로 알이 뜨면, 뜬 알을 채로 쳐서 멀리 보낸다. 보내는 거리는 채의 길이를 한 자로 하여, 예를 들어 20자를 친다고 정하고, 공격자가 채로 알을 쳐서 멀리 보낸다.

그 다음에 채로 알을 쳐서 멀리 날아간 알이 있는 곳까지 채로 재어서 공격자가 정한 거리만큼 나가면, 날아간 알의 거리를 점수로 몇 자라고 한다. 채의 길이만큼을 한 자로 한다.

공격자가 정한 거리만큼 못 나가거나, 많이 나가면, 점수로 인정을 안

한다. 그렇게 정한 거리의 오차 범위를 플러스 마이너스 10%를 정한다.

그렇게 정한 거리만큼 알이 날아가면 인정해서 그 거리를 점수로 몇 자라고 하면서 인정한다. 동네 시골말로는 몇 자 먹어라 한다.

그 점수를 정한 횟수만큼 공격 수비하면서 누적 점수를 계산해서 총 점수가 많이 난 팀이 이기는 놀이이다. 그때 수비는 멀리 날아가는 알을 공중에서 잡으면, 공격 실패로 수비와 공격이 바뀐다.

그렇게 공격 수비를 반복해서 짧게는 2회 길게는 5회까지 하여 양팀이 누적 점수, 즉 알이 날아간 총 거리를 더해서, 총 몇 자라고 하면서, 많이 날아간 팀이 이기는 놀이이다.

다른 방법으로는 오른손에는 채를, 왼손에 알을 들고, 알을 왼손으로 적당한 높이인 자기 키만큼 하늘로 높이 던진다. 던지는 사람이 치기 좋은 높이만큼 알을 던져서, 알이 공중에서 치기 좋은 적당한 높이만큼 떨어질 때 타이밍을 잘 맞춰서 날아오는 야구공 맞추듯이, 자치기 채로 쳐야만 알이 잘 맞고, 멀리 날아간다.

그리고 오른손으로 잡은 채로 공중에 뜬 알을 쳐서 멀리 보내는 놀이이다. 공격, 수비, 점수 방식은 위 놀이 방식과 비슷하거나 같다.

또한 점수 방식이 약간 다른 방법은 자치기하기 전에 양 팀이 몇 자(예로 100자)를 목표를 정해서 각 팀별 공격 시 알이 날아간 거리를 채의 길이를 한 자로 계산하여, 합산하여 100자를 먼저 도달한 사람이 이기는 놀이이다.

내가 살던 동네의 이십 년 이상 연배되는 큰형 친구들 중에 한쪽 눈을 실명한 동네의 형이 있었다.

그 형이 어릴 적에 자치기 놀이를 하다가 공중으로 멀리서 날아오는 자치기 알을 받으려다가 잘못 받아서, 자치기 알의 뾰족한 곳이 눈에 맞아서 실명을 한 것이라고 형들이 이야기를 하였다.

그것이 사실인지는 모르지만, 자치기 알의 양끝은 뾰족하게 낫으로 깎아서 만들어서, 자치기 놀이를 할 때 날아가는 것을 언뜻 보면, 빙글빙글 돌면서 날아가서 맨손으로 받기에는 겁이 나고 빠른 속도로 날아서 간다.

자치가 놀이를 할 때면 두꺼운 장갑을 끼고 하기도 한다. 그래서 어른들은 우리가 자치기 놀이를 하면 조심해서 하라 하시면서 잘못하면 눈 빠진다 하셨다.

어쨌든 자치기 놀이도 재미있는 놀이 중의 하나이다. 요즘에 명절 때 시골에 가면 아이들도 보기 힘들지만, 눈에 보이는 아이들도 그런 옛날 자치기는 할줄도 모르고, 알지도 모르고, 하지도 않는다.

요즘 어린 아이들한테 그 옛날 자치기 놀이를 이야기하면 도무지 무슨 놀이인지 모르고 이해도 못하는 것이 아쉽기도 하다.

그 옛날 즐겁게 놀았던 자치기 놀이가 내가 살았던 고향에도 없어진 것은 꽤 오래되었다. 점점 멀어져 가고 잊어버리는 그 옛날 놀이 문화가 생각하면, 하고 싶고도 하지만, 할 수가 없는 현실이다 보니, 너무나 아쉽다. 그때 그 시절의 자치기하던 추억의 놀이 문화가 생각이 나고, 그리워진다.

15.

공기놀이

어릴 적인 베이비붐 시대나, 그 전후 세대들은 놀이 방법이나 적당한 기구가 없어 삼삼오오 모여서 공기놀이를 하였다. 내가 자란 시골에서는 공기 치기라고 하였다. 언제부터 내려오는 놀이 풍습인지는 잘 모르지만, 아주 옛날 할아버지 전 세대부터 전해 내려오는 놀이인 것은 확실하다.

지역마다 공기놀이의 명칭이나 방식이 조금씩 다르지만, 비슷한 놀이 방식으로 어린 시절을 즐겁게 보낸 기억이 어렴풋이 생각이 난다. 그래서 기억을 되살려 생각나는 대로 몇 자 적어 본다.

그리고 공기놀이는 장소에 구애를 받지 않아 흙바닥의 앞마당이나, 마루 위에나, 방바닥에서 놀이를 할 수가 있고, 학교에 가서도 쉬는 시간에 삼삼오오 모여서 책상 위에서나 마루 바닥에서 공기놀이를 하였다.

남자, 여자아이들 모두가 공기놀이를 하였다. 우스갯소리로 나이 많으신 어른들은 남자들이 공기놀이를 하면 불알이 떨어진다고 농담도 하셨다. 아버지나 할아버지 세대에서는 여자들만 공기놀이를 하였다고 하신다.

공기라는 명칭의 이름이 생소할지는 모르지만 어린 시절에는 공깃돌을 구슬만 한 조그만 돌로 많이 사용하였다. 돌의 모양이 둥그런 작은 돌이 공기놀이의 적당한 크기였다.

요즘은 플라스틱 재질로 예쁘게 만든 공깃돌을 문방구에 비치하여 판매를 한다고 하는데 본 적은 없다. 내가 어릴 적에는 공깃돌을 주우러 동네의 시냇물이 졸졸 흐르는 냇가로 갔다.

냇가에서 적당한 크기로 둥그런 돌을 찾아서 공깃돌로 사용하기 위해서이다. 냇가에서 찾는 이유는 작은 돌이 둥그렇게 예쁘고 손으로 공기놀이를 하기가 알맞은 것을 찾기 위해서이다.

시냇가의 흐르는 물에 작은 돌이 씻기고 깎기고, 풍화 작용으로 반질반질하고, 모양이 좋은 돌들이 시냇가에 많이 있었다. 특히 공깃돌은 차돌로 만든 것이 묵직하고, 잘 안 부서지고, 공깃돌끼리 부딪치는 소리가 경쾌하여 공깃돌로 잘 다듬어진 차돌을 아이들은 많이 사용하고, 좋아했다.

공기치기를 하다 보면 돌이 약하고, 자주 돌끼리 부딪쳐서 깨지고 부서지는 경우도 있었다. 그래서 시냇가에 가서 단단한 차돌들을 주워다가 집에서 쉬망치로 둥글리고, 적당한 크기로 다듬고 읍내로 나가서, 시멘트 바닥에 갈고 닦아서 공깃돌을 만들어 놀이를 하기도 하였다.

잘 다듬어지고, 차돌로 만든 예쁜 공깃돌을 가지고 있으면 친구들이 부러워하는 눈치였다. 그리고 공깃돌이 반질반질하게 윤이 나도록 들기름도 발라서 놓기도 하였다. 그래서 차돌로 된 단단하고 좋은 공깃돌을 주으러 시냇가로 종종 찾으러 다닌다.

공기놀이를 하는 방식은 여러 가지가 있지만, 주로 많이 하는 공기놀이를 어릴 적 기억을 되살려 소개하고자 한다.

공깃돌의 숫자는 다섯 개로 사용한다. 학교를 갔다 오면 친구 또래들이 어깨에 걸쳐 멘 책보자기를 그 당시에는 책보라고 하였는데, 그 책보를 마루에 팽개치고, 남자, 여자 모두가 삼삼오오 모여서 공기놀이를 했다.

모인 친구들이 갖고 있는 각자의 공깃돌로 하기도 하지만, 모인 친구들 중에 차돌로 잘만든 부드럽고 모양 있는 적당한 크기의 좋은 공깃돌을 정하여 그것으로 모인 친구 모두가 공기놀이를 하기도 한다.

두세 명이 하는 놀이로 가위바위보로 순서를 정하여 공기놀이를 하였다. 가위바위보로 이긴 사람이 먼저 공기놀이를 시작한다.

놀이 방식은 다섯 개의 돌을 손바닥 안에 움켜쥐고, 그중에 돌 하나를 앉은 자세에서 머리 높이로 던지고, 나머지 공기돌 네 알을 동시에 마룻바닥에 내려놓는다.

그리고 머리 위로 던져진 돌이 떨어져서 내려오기 전에 마룻바닥에 내려놓은 돌을 하나씩 잡고 난 후에 머리 위로 던져진 돌이 떨어지는 순간에 손으로 공깃돌을 동시에 잡는다.

그렇게 한 알을 머리 위로 던지고 한 알씩 마룻바닥에 놓은 돌을 손으로 잡으며, 떨어트리는 실수를 안 하고 던진 돌과 바닥의 돌을 동시에 잡아서 네 번에 걸쳐서 마무리가 잘되면 두 번째 순서로는 위와 같은 방식이나 다른 점은 공깃돌 하나를 머리 위로 던지고, 마룻바닥에 내려놓은 돌을 두 개씩 던져진 돌이 내려오기 전에 공깃돌을 두 개를 잡고, 던져서 떨어지는 돌을 잡아야 두 번째 순서를 통과하는 것이다.

그 과정이 끝나면, 세 번째는 마찬가지로 공깃돌 하나를 머리 위의 높이만큼 올리고, 마룻바닥에 던져진 돌을 세 개 쓸어 잡고, 던져진 돌이

/ 그 때 그 시 절

떨어지는 순간에 동시에 잡고, 마지막 남은 바닥의 돌 하나를 같은 방식으로 떨어트리지 않고 완수하면 세 번째 과정을 통과하는 것이다.

네 번째 과정은 앉은 자세에서 머리 위로 던져진 돌이 내려오기 전에 마룻바닥에 내려놓은 돌 네 개를 위로 던져진 돌이 떨어지기 전에 한번에 손바닥으로 쓸어서 잡고, 던져진 돌을 잡으면 네 번째 코스도 완수하여 통과하는 것이다.

다섯 번째 코스의 과정은 공깃돌 다섯 개를 손 안에 움켜쥐고, 앉은 자세에서 머리 높이만큼 공기돌 다섯 개를 모아서 던진다.

그런 다음에 머리 위로 던진 돌이 바닥으로 떨어져 내려올 때 손등으로 떨어트리지 않고 공깃돌을 손등으로 받는다. 머리 위로 던져진 공기돌 다섯 개를 모두 받을 수도 있지만, 좀 어렵다. 손등으로 공기돌을 많이 받을수록 점수가 많아지고, 이기는 데 유리하다.

마지막 코스로는 손등으로 받은 돌을 다시 머리 높이로 던져서 올려 내려오는 돌을 손바닥으로 마룻바닥에 떨어지지 않게 재빠르게 손으로 잡아챈다.

그러면 마지막 과정에서 손바닥으로 공깃돌이 내려오는 것을 잡아채어 손바닥 안에 몇 개를 잡았는지를 확인하여 최종 점수를 정하는 공기놀이이다. 물론 여섯 번째 과정 중 중간에 실수를 하면 다음 사람이 공기놀이를 시작한다.

옛 기억을 되살려 보면, 첫 번째, 두 번째 과정은 연습하면 조금 쉬운 과정이지만, 세 번째 과정부터는 연습과 숙달이 요구되는 놀이이다.

그래서 한 알을 머리 위로 올리고 나머지 돌 네 개를 마룻바닥에 내려 놓을 때 돌들이 멀리 흩어지지 않도록 조심스럽게 내려놓아야 손바닥으로 쓸어 잡을 때 손쉽게 잡을 수 있다.

그리고 바닥의 공깃돌을 한 알씩 잡거나, 세 알을 잡을 때 옆의 다른 돌을 손으로 건드리면 실격이 되는 조심스러운 놀이이다. 그래서 공깃돌 네 개를 손바닥에서 내려놓을 때, 공기놀이 과정에 맞게 살며시 내려놓아 손으로 잡기 좋게 내려놓는다.

한 알씩 잡을 때는 흩어지게 내려놓고, 두 알씩 잡을 때는 공깃돌 두 개씩 붙여서 내려놓고, 세 개 잡고 한 알 잡을 때는 공깃돌 세 개는 모여 있고 하나는 좀 떨어지게 내려놓고, 공깃돌 네 개를 한번에 잡는 과정일 때는 공깃돌 네 개를 손으로 살며시 한곳에 모이도록 내려놓는다.

그렇게 공깃돌들을 내려놓을 때 각 과정마다 손바닥으로 잡기 수월하게 바닥에 내려놓는 기술도 숙달을 요하는 것이다. 위와 같은 과정을 실수 없이 완수하면 계속하여 공기놀이를 하고, 마지막 손등에서 머리 위로 던져진 공기돌을 손바닥으로 잡은 숫자만큼 점수가 가산되어 총 점수를 합하여 순위를 정한다.

공기놀이 과정 중 중간코스에 실수를 하면, 중단하고, 다음 사람이 시작한다. 그리고 공기놀이를 하기 전에 한 사람당 몇 번의 공기놀이를 할 것인지 정하고 정한 숫자만큼 공기놀이를 한 다음에 마지막 과정까지 끝난 후에 마지막 과정에서 합산하여, 공깃돌을 많이 손으로 잡은 사람을 기준으로 등수를 정하여, 벌칙을 정한다.

벌칙은 여러 가지가 있지만, 그중 하나가 골찌를 한 사람이 일등한 사람의 심부름이나, 책 보따리인 책보를 학교에 갈 때나 올 때에 하루 동안 가져다 주고 오는 것이다.

어릴 적인 그때 그 시절에는 놀이기구가 없지만 위 어른들로부터 전해 내려오는 놀이 문화 풍습이 어른이 되어서 생각하여 보니, 점점 잊혀져 가는 놀이이기도 하면서 하고 싶은 놀이이다.

/ 그때 그 시절

어린 시절의 추억들을 돌이켜 생각하여 보면 그립고 잊혀지지 않는 다시 그 시절의 동심의 세계로 돌아가고 싶다.

좋은 추억으로 영원히 기억에서 간직하고 싶지만, 세월의 흐름에 서서히 기억에서 지워져 가고, 현시대의 새로운 놀이문화가 옛 문화를 삼켜 버리는 것이 아쉽다.

요즘 어린 세대들은 베이비붐 시대 전후 어른들의 삶과 어릴 적의 놀이가 어떠하였는지 모르겠지만, 궁금해할 것 같아서 이 글로나마 알려 주고 싶다.

16.

추석날 놀이잔치

추석은 우리 명절 중에 즐거운 가장 큰 명절이다. 음력으로 8월 15일, 팔월 보름이라고 하며, 중추절, 우리말로 한가위라고 한다.

그리고 가을의 한가운데로 좋은 계절이라 하여, 옛말에 5월 농부 가을 신선이라는 말이 있다. 5월부터 여름내내 땀 흘려서 일하고, 8월 가을에는 오곡이 익어 풍작을 이루고, 추석 만큼은 잘 먹고, 잘 입고 신나게 잘 노는 것이 전해 내려오는 풍습이다. 그래서 옛말에 더도 말고, 덜도 말고, 늘 한가위날만 같아라 하는 속담이 있다.

추석날만큼은 햇쌀로 밥을 짓고, 송편과 여러 가지 떡을 만들어 주위 사람들과 풍족히 나눠 먹으며 풍성한 가을의 축제이기도 하다.

추석날이 되면 도시로 나가서 살고, 정착한 친인척이나 동네에 살던 여러 사람들이 고향인 시골로 추석 전날에 명절을 고향에서 보내려고, 많이들 내려온다. 오랜만에 어린 시절을 같은 마을에서 같이 놀면서 자란 형들이나 친구, 후배들도 고향인 시골로 많이 내려온다.

오랜만에 만나서 옛날 이야기를 하면서, 반갑고, 즐거웠던 이야기들로 웃음꽃을 피운다. 그리고 추석날 아침에 조상님께 제를 올리고 가족, 친척, 이웃들과 준비하여 놓은 음식들을 나누어 먹는다.

추석날만큼은 즐거운 날이라, 오전에 제사가 끝나면, 친척 모두가 함께 이 산 저 산에 흩어져 있는 선산의 묘에 돗자리를 가지고 친척들이 함께 걸어 다니면서 성묘를 올리면, 점심 때가 된다. 그만큼 선산에 안치된 조상 산소들이 멀고, 많다 보니 열두 시경쯤에 성묘가 끝난다.

성묘가 끝나고 모인 친척들은 모두가 우리 집으로 와서, 점심을 맛있게 먹는다. 추석날은 나의 큰형님의 생일이기도 한다. 그래서 오전 성묘를 한 친척 일행들은 우리집으로 모두 모여서 차려 놓은 큰형님 생일 상과 제사 준비를 한 많은 음식들로 맛있게 배를 채운다.

오후부터는 마을의 친구들도 만나고, 동네 놀이마당이 흥겹게 이루어진다. 아녀자들은 강강술래, 널뛰기를 즐겨 했고, 남자, 여자어린이, 어른들이 함께 하는 놀이는 윷놀이, 줄다리기를 하고, 동네 사물놀이 팀이 풍악이 아주 흥겨웠다.

그리고 수숫잎으로 몸에 걸칠 옷을 만들어 거북놀이를 하고, 수숫잎 속의 거북이가 누구인지는 잘 모르지만, 모두들 흥겹게 놀고, 거북놀이를 하는 사람, 보는 사람 모두가 함께 즐거운 놀이이다.

요즘은 그런 즐거운 놀이 문화가 점점 없어지고, 주로 가족끼리 고스톱을 치면서, 각각 가족끼리만 먹고, 노는 핵가족 시대로 변해 가고 있다.

아직도 즐거운 놀이로 기억 나는 것은 사물놀이와 거북놀이이다. 어렴풋이 기억나는 50여 년 전 추석 명절의 흥겨운 놀이마당인 사물놀이 마당으로 잠시 돌아가 본다.

아침 나절 오전 집안 제사를 마치고, 쌀밥에 송편, 떡 등 맛있는 음식들을 배불리 먹고, 점심을 먹은 다음에, 기대감과 호기심을 안고, 동네

새마을 회관으로 간다.

거기에선 벌써부터 동네 사물놀이 팀이 준비를 하고 있었다. 주로 남자분들로 구성되어 있지만, 여자분도 몇 분 있어 보인다. 모두들 밝은 미소로 오색의 꽃깔옷을 입고, 징, 꽹가리, 피리, 장구, 퉁소 등 이름 모르는 악기를 들고 장단을 맞추며, 오랜만에 연습을 하면서 농악놀이 준비를 하고 있었다.

보는 사람이나, 준비하는 사람 모두가 흥겹게 연습도 하고 있었다. 그중 어린이 한 명, 어른 한 명은 머리에 상모를 쓰고 풍악에 맞춰, 상모에 연결된 긴 꼬리를 뱅글뱅글 돌리면서, 꼬이지 않고, 잘 돌아가도록 연습을 많이 하고 있었다.

그렇게 연습을 하고, 밖으로 나와 마을 회관 마당에서 한바탕 사물 놀이가 시작되었다. 징, 꽹가리, 장구 등 여러 악기 소리가 고요한 동네에 울려 퍼진다. 그 소리를 듣고 여기저기서 사람들이 모여든다.

어린이, 어른, 남자, 여자 많은 사람들이 모여 흥겨운 사물놀이 팀의 악기 소리에 어깨를 들썩들썩하며, 춤을 추고, 모인 사람 모두가 흥겨워한다.

새마을 회관 마당에서 한바탕 사물놀이 팀의 풍악이 울려 퍼진 후, 동네를 한 바퀴 돈 다음, 검은 기와로 고궁 같이 지어진 남씨 종가집으로 향한다.

사물놀이 팀을 선두로 한 줄로 줄지어 풍악을 울리며, 가면서, 모인 사람 모두가 긴 꼬리를 이루고, 어깨를 흔들며, 사물놀이 팀을 따라 가면서, 춤을 추면서 종가집 마당으로 모였다.

풍악놀이 팀의 맨 뒤에는 광목으로 크게 쓴 "농자 천하지 대본"이라는 깃발을 들고 사물놀이 팀을 따라 다닌다. 거기서 한바탕 풍악 놀이가 울려 퍼지면서 마당을 뱅뱅 돌면서 모인 모든 사람들이 춤을 추며 마당을 한 바퀴 돈다.

한참을 흥에 겨워 돌다 보면, 종가집 맏며느리가 임금님 수리상 같이 거하게 여러 가지 음식들을 차려서, 마당 한가운데 음식을 차려 놓는다. 그러면 사물놀이농악 팀은 더 신나서 흥겹게 악기를 울리면서 마당을 뱅뱅 돌면서 춤을 춘다.

모인 여러 사람들도 같이 신이 나서 춤을 추며, 마당을 빙빙 돈다. 그 중 꽹가리 치는 사람이 고개를 숙이며, 인사를 하면서 잠시 멈추는 꽹가리를 탕탕 친다.

그러면 먼저 사물놀이 팀이 풍악을 멈추고, 진수성찬인 음식과 막걸리를 먹으며, 시식하면 모인 사람 모두가 차려진 음식 앞으로 모여, 맛있게 음식을 배불리 먹으며, 환담을 나눈다.

그렇게 배불리 먹은 사물놀이 팀은 더욱 기분이 좋아 다시 한바탕 놀이마당을 펼친다. 약간씩 취한 얼큰한 얼굴들은 더욱 신이 나서 풍악을 힘차게 울린다.

흥이 고조에 이를 때, 어린이와 어른 한 명이 풍악에 맞춰서 마당 한가운데에서 상모 돌리기를 한다. 머리에 쓴 상모를 힘차게 돌리면 긴 상모줄이 아슬아슬하게 꼬이지 않고, 잘 돌아간다. 모인 사람 모두가 힘찬 박수로 격려를 한다.

그러면 더욱 신이 나서 풍악소리에 맞춰 더욱 힘치게 상모를 돌리면서 뛰어 다닌다. 잠시후 종가집 아들이 쌀, 콩 등 곡식을 어께에 둘러메고 나와 사물놀이 팀에게 풍작에 대한 고마움의 표시로 공양을 한다.

그렇게 좀 괜찮은 집들을 골라 돌면서 풍악을 울리면서, 공양을 받으면, 꽤 많은 곡식이 모인다. 공양으로 모은 곡식들을 동네 사람들이 새

마을 회관으로 가지고 간다.

거기에서 동네 어른들과 몇몇 사람들이 토론을 한 후에 형편이 어려운 집에 공양하여 모은 곡식들을 나누어 준다. 요즘말로 불우 이웃 돕기인 셈이다.

그 옛날에도 모두가 어려운 살림살이였지만, 더욱 어려운 사람들을 위해, 그렇게 이웃들과 곡식을 나눠 먹는 풍습이 우리 조상님들의 미덕일 것이다.

한편 집 앞의 텃밭에는 동네 아낙들의 널뛰기가 한참을 흥겹게 뛰고 있다. 전날부터 아버님이 벼를 털고 난 지푸라기 다섯 뭉치를 단단히 묶어 널뛰기에 사용하려고 준비하여 놓았다.

널판지 밑 중앙에 세 뭉치, 널판지 양 끝에 한 뭉치씩 놓고 널을 뛰는데, 가운데 세 뭉치는 사람이 교대로 높이 올라갔다 내려오는 데 지렛대 역할을 많이 한다. 보는 사람들도 스릴을 느낀다.

그리고 양 끝의 한 뭉치씩은 널 뛸 때, 올라갔다 내려올 때 널빤지와 발바닥이 땅바닥에 닿을 때, 충격을 흡수하려고 지푸라기 뭉치를 널빤지 밑에 놓은 것이다.

색동치마를 펄럭이면서, 널뛰기를 하면, 높이 올라갔다 내려오면서, 색동옷의 치마가 펄럭거리며, 주위 사람들의 시선을 집중시키면서 여기저기서 박수 소리가 터져 나온다.

추석날은 종일 즐거운 놀이가 여기저기서 이루어진다. 회관 마당에서는 윷놀이 판이 벌어졌다. 조금씩 얼큰한 술기운에 힘차게 윷을 하늘 높이 던진다.

던진 후에는 말판지기가 "뭐야?" 하면, "개야!" 하면, 앞으로 가, 돌아가, 아니면 업어가, 하면서 모인 사람 구경꾼들도 한마디씩 한다.

/ 그 때 그 시 절

여기저기서 윷놀이의 말판 가는 데 훈수를 많이 둔다. 그러다가, 모나 윷이 나오면, 구경하던, 술 취한 어르신 한 분이 흥이 나서 윷놀이 판 가운데를 한 바퀴 돌면서 한바탕 춤을 춘다. 모두가 박수를 치면서, 흥에 겨워, 막걸리 한잔씩을 쭈욱 마신다.

추석날은 하루종일 흥겨운 놀이마당이 이루어진다. 어린이, 어른, 남자, 여자 모두가 즐거운 날이다. 그렇게 오후 서너 시까지 흥겹게 놀다 보면, 추석날의 가장 재미있고, 어린이들의 호기심을 유발하는 거북놀이가 진행된다.

전날부터 동네 청년들이 수수밭에 가서 수수잎을 한 지게씩 따서 집으로 와서, 거북놀이를 하기 위해, 수수잎을 가늘게 꼬은 새끼줄로 촘촘히 엮어 놓는다.

그당시에는 밭에 수수를 많이 심어 놓았다. 요즘은 수수밭 보기가 힘들어졌다. 정성스럽게 엮어 놓은 수숫잎이 거북놀이의 옷이다. 거북놀이가 없어진 지 꽤 오래 되었지만, 고향인 평택 지역에서는 거북놀이가 가장 재미 있고, 오래전부터 전해 내려오는 유명한 전통 고유 민속 놀이였다.

동네마다 조금씩은 다르지만, 동네의 잡귀를 몰아내고, 어른들의 무병장수를 빌며, 올해의 풍년에 감사를 드리고, 맛있는 음식을 나눠 먹으며, 내년도에 농사의 풍작을 기원하는 놀이이다.

거북놀이 역시 사물놀이 팀의 농악대와 함께 한다. 징, 꽹가리, 장구, 북 등 악기를 치며, 흥을 돋운다. 전날 엮어 준비한 수숫잎으로 옷을 만들어 허리춤에 두르고, 하나는 어깨에 걸치고, 머리에는 누군지 모르게 수숫잎으로 모자를 만들어 쓴다.

수수알은 붉은 색으로 잡귀는 붉은 색을 싫어한다고 하여, 잡귀신을 몰아내고, 액운을 막는다고 하며, 수수떡을 만들어 먹기도 했다. 그리고 풍년을 기원하기도 한다.

그리고 거북이처럼 허리를 굽히고, 걸으며, 동네를 집집마다 돌며, 주인장을 부른다. 그러면 집주인이 나와 서로 맞절을 하며, 귀한 손님처럼 정중하게 맞이한다.

그 시절에는 집집마다 집 안채 작은 앞마당에 우물가가 있었다. 그러면 거북이가 집주인의 안내를 받아 우물가로 간다. 거북놀이 패들은 우물가를 뱅뱅 농악에 맞춰 돌면서 물이 일년 내내 잘 나오도록 치성을 드린다. 그리고 장독대를 돌고, 대청마루에서 축원을 드리고, 두 손을 비비며 절을 한다. 잡귀를 몰아내고, 풍년을 축원하며, 행운이 깃들고, 무병장수하기를 빈다.

그런 후에 거북놀이 팀은 마당으로 나와 신나게 풍악을 울리면 한바탕 놀이마당이 이루어진다. 그렇게 신나게 놀고 나면, 주인집에서 맛있는 음식을 많이 준비하여 한상 차려서 나온다. 모인 사람 모두가 즐거운 마음으로 맛있는 음식들을 먹는다.

그리고는 동네 공동 우물가로 가서 물이 잘 나오도록 풍악을 울리고 역시 같은 방법으로 우물가를 뱅뱅 돌며 치성을 드리고, 거북이 탈을 쓴 거북이가 탈춤을 신나게 추면서 한바탕 놀이마당을 하고 마무리를 진다.

아이들은 거북이 주위에 모여 올해의 거북이는 누구인지 궁금해하며, 수수옷을 벗기를 기다린다. 추석날 쌀쌀한 날씨인데도 수수옷을 벗은 청년은 얼굴에 땀이 흠뻑 젖어 있었다. 몇 시간 동안 힘차게 춤을 추고 놀면서 돌아다니다 보니 땀도 많이 나고, 지쳐 있었다.

모인 많은 사람들이 수고했다고 박수를 치면서 거북놀이는 마무리되

/ 그 때 그 시 절

었다. 그리고 거북이 탈을 쓴 사람이 수수잎으로 만든 옷을 벗으면 모두가 궁금해하던 사람 얼굴을 볼 수가 있다.

각 마을마다 거북놀이가 조금씩은 다르지만 어린 시절 기억 속에서 잊혀지지 않은 소중한 추억들이다. 그 어린 시절의 추석 명절이 나이가 들어 도시 생활을 하면서도 그리워지고, 잊혀지지가 않는다.

그 시절로 다시 돌아갈 수는 없지만, 돌아가고 싶은 마음이다. 더도 말고 덜도 말고, 오늘과 같은 한가위 추석 명절날 만큼만이라는 옛말들이 있듯이 추석날 만큼은 모두가 즐겁고, 맛있는 음식들을 많이 먹었다.

이젠 그런 풍경들을 볼 수도 없고, 할 수도 없는 그 옛날 아주 먼 추억으로만 기억속에 희미하게 남아 있다. 그 어린 시절의 고향 풍경들이 새삼 그립고, 다시 그 시절인 동심의 시절로 돌아가고 싶다.

이젠 세월이 흘러 나이가 들어서 그런가? 아무튼 그 옛날 그 어린 시절의 고향의 풍경들은 두고두고 뇌리에 남아 죽는 날까지 잊지를 못할 것이다.

17.

고물 주워 엿 바꾸어 먹기

토요일 점심 무렵에는 귀에 낯익은 소리가 들려온다.

'철거덕~철거덕~ 척, 척, 척~' 엿장수 아저씨가 가위질하는 소리이다.

"고물 삽니다~" "엿 팝니다~"

일주일에 한두 번 금요일 오후나 토요일 점심 무렵에는 엿장수 아저씨가 가위질을 하며, 큰 소리를 외치시며 동네를 한바퀴 돈다. 조그만 어린이들한테는 반가운 소리이다.

산너머 동네를 거처 우리 동네를 돌고 난 후에는 뒷동네를 순회하면서 엿을 팔거나, 고물을 가져오면, 엿을 바꾸어 준다.

그 어린 당시에는 돈이 귀한 시절이라 엿을 사 먹을 수 있는 방법은 집안의 녹이 슨 쇠붙이나, 찢어진 고무신, 구멍이 뚫린 양은 냄비 등으로 엿을 바꾸어 먹었다.

멀리서 엿장수 가위질 소리가 들려 오면서, 점점 가까이 오면, 아이들은 집안 구석구석을 다니면서 고물을 찾는다. 그 시절에는 돈이 귀해서 부잣집 자녀 외에는 돈으로 엿을 사 먹는 아이들은 거의 없었다.

/ 그 때 그 시 절

그래서 평소에 엿을 바꿔 먹을 만한 고물들을 하나하나 모아서 혼자만 아는 곳에 감추어 놓든가, 아니면 대청마루 밑에 보관해 놓는다.

그러다가 엿장수 아자씨가 동네에 가위 소리를 내며, 들어서면, 감추어 놓았던 고물들을 가지고 엿장수가 계신 곳으로 뛰어간다.

고물들의 종류로는 구멍 나거나, 앞꿈치나, 뒤꿈치가 떨어진 고무신, 비료푸대, 구멍 나거나 찌그러진 양은그릇, 솥단지, 쓰레기 통에서 주워온 녹슨 철사, 쇠뭉치, 빈 병 등 여러 가지가 있다.

그러한 고물 중 자가가 모은 고물들을 들고 엿장수한테로 가서 고물들을 보여주면 엿장수 아저씨가 스스로 판단해서 고물 금액만큼 엿을 잘라서 준다.

그 당시에는 엿 한 조각에 50원 정도 했다. 고물로 구멍 난 헌 고무신 한 켤레를 100원을 쳐 주고, 빈 병은 한 개당 30원을 인정해 줘서 그 금액만큼 엿을 주걱칼을 대고 엿 가위로 옆으로 쳐서 적당한 양만큼 잘라 준다.

엿장수 아저씨가 기분 좋은 날, 즉 고물을 많이 수거한 날은, 가위로 엿을 조금 크게 잘라 주고, 기분이 별로인 날은 인색하게 조금 잘라 주신다. 엿을 조금 잘라 주면, 서운한 맘이 들지만, 옛말로 엿장수 맘이다.

귀한 대접을 받고, 엿을 많이 주는 고물은 구리철사, 은수저나, 황동 그릇이다. 헌 고무신이나, 빈 병의 서너 배를 인정해서 엿을 엄청 많이 준다. 일반 가정집에서는 보기도 드문 고물들이다. 부잣집에서나 볼 수 있는 물건들이다.

학교에 가면서, 오면서 이상한 물건들이 눈에 띄면 고무신 발로 툭 차 본다. 엿을 바꿔 먹을 만한 고물인지 확인하는 것이다. 발로 찬 것이 돌이면 발가락만 엄청 아프다. 이따금씩은 발로 찬 물건들이 쇠뭉치인,

녹슨 고철일수도 있다. 그날은 횡재한 날이다.

그러면 먼저 본 사람이 가지고 와서 대청마루 밑에 보관해 두었다가, 엿장수 아저씨가 오시면 엿으로 바꿔 먹는다.

이웃집 한 친구는 고물이 많아 엿을 많이 바꿔 먹는다. 어느날 자세히 보니, 엿이 먹고 싶으면, 두어달 신은 고무신을 칼로 찢거나, 불로 조금 태워 그것으로 엿을 바꿔서 먹는다.

엿장수 아저씨는 그 아이의 행동을 눈치를 채서, 어느날은 그 어린이를 혼낸 적도 있었다. 너희 아비는 속여도 엿장수인 나는 못 속인다, 하시면서 꾸중을 준다.

그리고 좀 괜찮게 사는 친구는 집에 있는 은수저나, 놋쇠 그릇을 망치로 좀 찌그러트려서 가지고 와서 엿으로 바꿔 먹는다. 은수저나, 놋쇠 그릇은 다른 고물보다 엿을 많이 준다.

그 당시의 엿은 엄청 맛이 있었다. 색깔은 불그스레한 엿으로 아주 단단하다. 한 조각을 입에 넣고 혀로 빨아먹으면, 입안의 엿이 다 녹을 때까지는 한 시간은 족히 단맛을 느낄수 있다.

그 당시의 엿맛을 지금도 생각하면 입에 군침이 돈다. 고물도 귀한 시절이라 학교에 안 가는 날이면, 산이나 들로 나가 고물을 주우러 다닌다.

들이나 산속으로 다니다 보면, 간혹 미군들이 야외 훈련을 산속에서 한다. 그러면 그들이 훈련하다가 산모퉁이 구석진 곳에 쓰레기 집합장을 만들어 훈련이 끝나면, 그곳에 사용하고 남은 쓰레기를 버리거나 불로 태운다.

그 쓰레기를 버린 집합장을 막대기로 잘 뒤지면, 통조림 깡통이나, 찌그러진 수통 등, 여러가지 고철들이 나온다. 이따금씩은 안 뜯은 캔 통

조림이나, 껌 뭉치도 나오고, 훈련용 공포탄 탄피도 종종 나온다. 탄피
는 황동색으로 엿을 많이 준다.

그렇게 고물로 엿을 바꿔 먹던 시절, 그 어느날, 동네 앞의 미군 부대
가 철수한다는 소리가 동네에 소문으로 퍼졌다. 우리 동네 뒷쪽은 미
군의 큰 비행장이 있었고, 앞쪽의 신작로 건너편에는 미 육군의 소규모
부대가 상주해 있었다. 그 당시의 말로는 미군부대의 탄약고라고 하는
말도 있었으나 확실히는 모른다,

그래서 전쟁이 나면 북한 놈들이 우리 동네의 뒷편에 있는 비행장을
먼저 폭격을 하여 전투 비행기가 날지를 못하도록 하고, 그 다음이 우
리 마을 앞에 있는 미군의 탄약 저장소인 탄약고를 폭파한다고 어른들
이 이야기하는 것을 종종 들었다. 그러면 우리 마을은 흔적도 없이 날
아가 없어진다는 소문도 있었다.

그런데 어느날 그 미육군 부대가 철수하여 본국으로 병력 축소를 한
다는 이야기가 있였다. 앞으로 두 달 후면 주둔한 미군부대의 철수가
완전히 끝난다고 동네에 소문이 돌았다.

그 소문에 동네의 아이들과 어른들 모두가 그들이 철수하고 나면, 그
곳에 고물들이 분명히 많이 있을 것을 예감하고 있었다. 동네 사람들은
수시로 그 미군부대 앞을 다니면서 철수 마지막 날을 기대하고 있었다

그 소문은 소문대로 한 달이 지나고 두 달이 지난 후에 하루에도 수십
번씩 미군의 아주 큰 트럭들이 물건들을 싣고, 위장천막으로 덮은 후에
부대를 왔다 갔다 하면서 들락거렸다.

그렇게 미군부대가 철수를 시작한 두 달이 조금 지난 후에 미군부대
가 완전히 철수를 끝냈다. 미군 부대 앞 신작로에서 부대쪽을 보니, 부
대 안이 텅 비어 있는 듯 했다. 동네 형들 몇 명이 확인하러 갔다 온다고

하였다.

한 시간쯤 지난 후에 형들이 미군 부대의 안과 밖을 갔다오더니, 아무도 없고 텅 빈 막사만 있다고 하였다. 그런데 정문은 열쇠로 잠겨 있다고 하였다.

어른들도 고물들을 모아서 무게를 재어 고물상에 팔아 생필품을 사서 쓰고 있던 시절이었다. 아이들은 고물들로 엿을 바꿔 먹는 시절이었다.

다음날 동네 남자 어린이, 어른들은 각자 손에 연장들을 들고 부대로 가고 있었다. 철수한 미군부대의 정문에 도착한 마을의 청년들은 철수한 미군 부대의 정문의 쇠줄로 잠겨져 있는 것들을 자르고, 철조망으로 입구를 막은 것들은 입구길 가장자리로 치워 놓았다.

손에는 큰 망치, 곡괭이, 쇠톱, 송곳, 드라이버 등, 쇠붙이를 뜯어 낼 수 있는 공구들을 가지고 부대 안으로 들어갔다. 잘 지어진 막사, 드넓은 잔디밭, 울창한 숲들이 잘 가꾸어진 부대 안의 정경은 한눈에 보니, 외국의 공원에 온 듯하였다.

어른들 따라 부대 안으로 들어가 보니, 이미 타 동네에서도 사람들이 부대 안으로 많이 들어와 고물들을 찾아 뜯어서 간 흔적들이 있었다.

우선 미군들이 많이 버리는 쓰레기장으로 갔다. 쓰레기가 산더미 같이 쌓여 있었다. 모인 사람 여럿이 긴 막대기로 쓰레기 더미를 이리저리 뒤지며, 고물들을 찾고 있었다. 일찍 온 사람들은 고물들을 많이 주웠다고 좋아하고 있었다.

땀을 흘리며, 하루종일 점심을 굶어가며, 고물들을 찾다 보니 해가 뉘엿뉘엿 서산으로 넘어가고 있었다. 각자 손에는 고철들이 들어 있었다. 고철들을 많이 주운 사람들도 있었고, 조금 주운 사람도 있었다.

사람들은 고철들을 많이 주운 사람들을 부러워하면서도, 모두들 횡

　　　　　　　　　　　　　　　/ 그 때 그 시 절

재라도 한 듯 좋아하고 있었다. 고철들을 많이 주운 사람들은 지게를 지고 온 사람들도 있었다.

다음날도 다시 오겠다고 하면서 각자 집으로 돌아갔다. 돌아가면서 다음날은 막사 안을 뒤져 봐야 한다고들 하였다. 날이 밝아 다음날 동네 사람들은 다시 공구들을 챙겨 가지고 부대 안으로 들어갔다.

전날 쓰레기장은 다 뒤지고, 오늘은 잠겨 있는 막사 안을 살펴본다고들 하였다. 잠겨 있는 문 자물통을 한 사람이 뜯어 내더니, 자물통도 고철이라며, 좋아했다.

문이 열리자 기다리던 많은 사람들이 막사 안으로 들어갔다. 어른들은 뒤따라 들어가 보니, 나무 집기류, 책들, 커피잔, 그릇 등 쇠붙이는 별로 없었다. 미군들이 쓰다 남은 생필품들만 조금 남아 있어, 들고 나오는 사람들도 있었다.

허탈해하면서 막사 주위를 돌아다니며, 막사에 여기저기 붙어 있는 쇠붙이를 하나하나 뜯어서 챙겨 가지고 나오는 사람도 있었다.

그렇게 고물들을 챙기고 난 후에 어른 한 분이 다음날은 부대 주위에 설치되어 있는 철조망을 뜯으면 제법 돈이 된다고들 하여, 큰 쇠망치(그때 말로 오얀마), 쇠톱, 철사 자르는 가위들을 준비해야 한다고 했다.

그런 공구들은 시내에 가서 사든가, 아니면 돈 주고 대여를 하여 준비하여야 한다고 했다. 그런 공구로 철조망을 자르고, 철조망을 지탱하는 쇠기둥을 자르면, 돈이 제법 되고, 그들 말로 짭짤하다고들 했다.

어른들을 따라 다니면서도 한편으로는 겁도 나고, 혹시 경찰서로 붙들려 가지나 않나 하는 조바심도 있었다. 바늘도둑이 소도둑 되는 느낌을 받았다.

다음 날이 되자 어른들은 각종 공구류를 준비하여 가지고 부대 안으로 들어왔다. 우선 부대 정문 옆의 철조망이 설치되어 있는 쇠기둥의 간격 한 칸을 구역으로 정하여, 각자 자기 것이라고 설정해 놓고, 철조망과 쇠기둥을 자르고 있었다.

오얀마(큰 쇠망치), 쇠톱, 철사가위, 빠루 등 모든 공구로 철조망과 쇠기둥을 자르려고 구슬땀을 흘렸다. 철조망의 굵은 철망과 지지대인 쇠기둥은 오로지 큰 망치와 쇠톱으로만 자를 수가 있었다.

시내 철물점에서 쇠톱 거치대인 손잡이가 없이 쇠톱만 사서, 헌 수건이나 양말로 손잡이 부분을 감아서 사용하니, 하루종일 잘라도 손만 아프고, 더디기만 했다.

여기저기서 쓱쓱, 탕탕, 쿵쿵 하는 쇠기둥 자르는 소리가 들린다. 무법 천지였다. 제지하고, 간섭하는 사람도 없었다. 지게를 준비한 사람도 있었고, 어떤 사람은 고철을 실으려고 조그만 리어카도 준비해 왔다. 또한 우마차, 말마차도 종종 눈에 띄었다.

하루종일 많은 고철들을 챙기고 각자 집으로 돌아왔다. 동네 남자 장정들은 농사일은 전이고, 고물 뜯는 일에 온 힘을 다하고 있었다. 오랜만의 횡재인 셈이다. 다음 날도 동네 남자들은 아침부터 부대 안으로 들어가 고철들을 뜯고 있었다.

그렇게 사오 일 정도 고철들을 뜯으니 부대 안은 전쟁터와 같이 쑥대밭이 되었다. 각자 고철들을 집 안에 쌓아 두고, 다음 날도 아침이면 부대 안으로 출근한다.

그러던 어느날 동네 어른이 아침 일찍 부대로 들어가려 하는데, 정문에 출입 금지 안내 푯말이 붙고, 군인 몇 명이 경비를 서고 있었다.

안내문은 부대 안을 무단출입하여, 시설물을 훼손하면, 절도죄, 불법침입 등 및 여러 가지 법을 적용하여, 1년 이하의 징역이나 오백만 원

　　　　　　　　/ 그때 그 시절

이하의 벌금에 처한다고 되어 있었다.

그 이야기를 들은 동네 사람들은 그동안 수거한 고철들을 집 안에 안 보이는 곳에 깊숙이 감춰 놓았다. 그리고 빨리 고물상에 처분하려고 분주히 움직이고 있었다. 경찰이 언제인가 집 조사도 나올 수가 있다고들 하였다.

그렇게 미군부대 안의 고물들 수거작업은 일단락되었다. 그리고 뜯고, 잘라온 고철들에 대한 사건은 아무일 없다는 식으로 그냥 쉬쉬 하며, 지나가 버렸다.

그리고 몇 달 후에는 철수한 미군 군인들이 부대 안을 보수를 하고, 다시 상주를 하였다. 어른들은 철수한 미군부대안에서 수거한 고물들을 우마차에 싣고 읍내의 고물상으로 가서 처분한 후에 현금으로 바꾸어 온 사람들도 있었다.

동네 사람들은 아무 일 없듯이 디시 일상으로 돌아가 농사일에 열중하고 있었다. 아이들은 작은 고철들을 따로 숨겨 놓아 엿장수 아저씨가 오는 날을 손꼽아 기다리고 있었다.

이번에는 많은 엿을 바꾸어 먹을 수 있다는 즐거운 마음으로 엿장수 아저씨가 오는 날만 기다리고 있었다. 그러던 어느날 엿장수 아저씨가 우리 동네를 오셨다.

동네 아이들은 각자 가지고 있던 많은 고물들을 가지고 나와 많은 엿을 바꾸어 먹고 좋아하면서 즐거워했다. 예전에는 기껏해야 고물로 한 덩어리 정도로 엿을 조금 바꾸어 먹었는데, 이번에는 각자 수거한 고물들을 서너 덩어리씩으로 엿을 바꿔서 가지고 집으로 와서 비료부대에 싸서 보관하기도 하였다.

다음에 조금씩 여러 번 먹으려고 엿을 아껴 두는 것이다. 그후로 며칠은 고물과 바꾸어 보관하여 놓은 엿을 실컷 많이 먹었다.

그 어린 시절의 엿장수가 파는 엿은 왜 그렇게 맛이 있었는지 잘 모르겠다. 지금도 생각하면 그 시절 고물로 엿 바꾸어 먹는 어린 시절이 그리워진다.

모두들 못 살던 먹을거리가 없던 시절이었지만, 그 어린 시절 고물로 엿을 바꾸어 먹던 동심의 세계는 다시 올 수 없는 잊혀지지 않은 소중한 추억들이다.

/ 그 때 그 시 절

18.

키 쓰고 소금 받아오기

1960년대 초쯤으로 기억되니 초등학교 1, 2학년 때인 것 같다. 시골 동네에는 또래의 친구들이 몇 명 있었다. 윗동네 아랫동네로 구분되어, 자그마한 고개를 샛터말 고개라고 불렀다.

샛터말 고개라는 이름은 언제 왜, 어떻게 불려졌는지는 어른들께 물어봐도 확실한 대답을 들어본 적이 없다. 60여 가구가 모여 사는 조그마한 시골 마을이다.

우리 집에서 고개까지는 백여 미터 정도 되어 보였다. 그 중간에 초등학교 친구로 지내는 종만이라는 친구가 있었다. 키는 같은 또래보다 머리 하나는 작을 정도로 작고, 체격도 왜소해 보였다.

신체적 성장이 늦고, 정신적으로도 같은 또래 친구들보다 좀 늦게 발달되어 보였다. 초등학교에서 배우는 한글과 말로 좀 늦게 배우고 더디게 숙지하고 있었다.

물론 그 당시에는 초등학교 1, 2학년까지 한글을 못 읽고, 못 쓰는 학생들이 한반에 10여 명 정도는 되었다. 그중 한 명이 종만이었다.

그 당시에 초등학교 들어가기 전에 소변을 가릴 줄 알아야 하는데, 성장 발육이 좀 늦은 아이들은 초등학교에 들어가서도 가끔씩은 자면서 이불에 쉬 하는 어린이도 있었다.

그러던 어느 일요일 아침에 우리 집 대문 앞이 시끌시끌 소란스러운 소리가 들렸다. 방문을 열고 밖을 보니 어린이 한 명이 키를 쓰고 빈 바가지를 들고 대문 앞에 서 있는 것이었다.

키 속에 고개 숙이며, 빈 바가지를 들고 있는 아이를 자세히 보니 내 친구인 종만이었다. 종만이가 전날 자면서 이불에 쉬를 하여, 종만이 엄마가 키를 주면서 머리에 쓰라고 하시고는 빈 바가지를 주면서 우리 집에 가서, 소금을 받아오라고 하신 것이었다.

그때 엄마가 아침부터 누가 왔어? 하시면서 부지깽이를 들고 나가시더니, 머리에 키를 쓴 아이의 등짝과 키 쓴 머리를 부지깽이로 사정없이 때리고 계셨다.

종만이는 참았던 눈물을 흘리며, "으앙" 울음보를 터트렸다. 다 큰 놈이 오줌은 왜 싸? 큰소리로 꾸중을 주면서, 몇 차례 부지깽이로 등짝을 때리면서 들고 온 바가지에 왕소금 한 그릇을 담아 주셨다.

다음부터는 절대로 바지나 이불에 오줌 싸면 안 된다고 하시면서 돌려보냈다. 또 한번 이불에 오줌을 싸서 소금 받으러 오면, 이번에는 열 대를 더 때린다고 하셨다.

그날 오후에는 동네에 소문이 퍼져, 짓궂은 친구는 종만이가 길거리를 돌아다니면, 뒤를 따라 가면서, "얼레리 꼴러리, 얼레리 꼴레리, 누구 누구는 오줌싸개래요." 하면서 놀려 대기 일쑤였다.

그 당시에는 다 큰 아이가 이불이나 옷에 쉬를 하면, 이웃집에 키를 쓰고 가서, 바가지에 소금 받아오는 풍습이 있었다. 키를 쓰고 이웃집에 가서, 소금 받아오면 앞으로는 오줌을 안 싼다고 어른들이 액땜식으로 하는 전해 내려오는 풍습이었다.

그런 풍습들이 사실인지는 모르나, 한두 번 키를 쓰고, 바가지에 소금 받아오면 오줌을 안 싸는 동네 아이들이 종종 있었다. 나도 어렴풋이 기억해 보니 초등학교 들어가기 전에 대여섯 살에 키 쓰고 이웃집에 가서 바가지에 소금 받아온 기억이 있는 듯 하였다.

엄마가 혼을 내시면서, 시키는 대로 키를 쓰고 빈 바가지를 들고, 이웃집 친구집에 아침 일찍 소금 얻으러 간 기억이 가물가물하다.

그때 이웃집 친구 엄마는 혼은 안 내시고, 껄껄 웃으시면서, 쉬했구나, 하시면서 "이불에 쉬했냐, 바지에 쉬했냐?" 물으시면서, 어린 아이라서 안 때리는거야, 하시면서 앞으로 학교 가서도, 이불에 쉬하면 친구들에게 소문이 나서 창피를 당한다, 그리고 선생님이 아시면 학교에 못 오게 하실거라고 하셨다. 점잖게 타이르시고, 소금 한 그릇을 가지고 온 바가지에 담아 주셨다.

집으로 와서 엄마한테 소금 받아 왔다고 하였더니, 엄마가 부지깽이로 등어리와 볼기짝을 몇 차례 때리시면서 앞으로는 이불에 쉬하면 안 된다고 타이르셨다. 그러시면서 학교 들어가고 싶으면 앞으로는 절대로 쉬하면 안 된다고 하셨다. 바지나 이불에 쉬하는 아이는 학교에 못 간다고 하셨다.

그 시절에 키를 쓰고 바가지에 소금 받아오면 온 동네에 소문이 금방 퍼졌다. 초등학교 입학하기 전에 쉬하면, 어른들이 조금은 너그럽게 봐 주신 것 같았다. 초등학교 들어가서도 쉬하면, 온 동네와 학교에까지 소문이 나서, 창피하다고, 며칠씩 학교에 안 나온 아이도 있었다.

그래서 대낮에 아이들이 정신없이 너무 힘차게 놀면, 피곤해서 자다가 오줌 싼다고, 조금만 놀고 공부하라고 어른들은 당부를 하셨다.

수십년 세월이 지난 그때 그 시절 동심의 어린 시절을 생각하면, 그립기도 하고, 나도 모르게 입가에 작은 미소를 지으며, 아무 생각 없이 뒷동산에서 뛰놀던 그 시절로 돌아가고 싶다.

/ 그때 그 시절

19.

겨울철 참새 잡아 구워 먹기

겨울철이 오면 먹을거리나 간식거리가 없었다. 여름철에는 산이나 들로 나가 잔데, 도라지, 더덕, 칡 등 여러 가지를 캐 먹고 개구리나 뱀을 잡아서 구워 먹기도 하고, 주위에 밭에서 수박이나 참외 서리, 복숭아 서리를 하며, 배고픔을 달래기도 했다.

그런데 겨울철에는 점심 겸 간식거리가 고구마, 감자 구워 먹는 정도였다. 고기 먹는 것은 일년에 한두 번 정도 설날이나 연말에 동네에서 기르던 돼지를 두어 마리 잡아서, 먹고 싶은 사람들이 두어 근씩 사가지고 가서 돼지고기가 들어간 김치찌개를 먹는 것이 유일한 고깃국이나 찌개였다.

그리고 읍내에 5일장이 서는 날이면, 몇 달에 한두 번, 어머니가 장에 가서서 꽁치 몇 마리나, 돼지고기를 한두 근 사 오셔서, 화롯불에 굽거나, 찌개를 만들어 주시는 것이 유일한 고기맛을 보는 것이었다.

그리고 군침 나는 맛있는 구이 고기가 있었다. 화롯불에 석쇠를 놓고 그 위에 털을 뽑고 손질한 참새에 왕소금을 뿌리고, 지글지글 소리와 냄새를 맡으며, 구워 먹는 것은 군침 돌고 엄청 맛있는 참새 구이였다.

그런 맛있는 참새구이를 먹으려면 참새를 잡아야 한다. 겨울철만 되면 동네 형들을 따라다니면서, 여러가지 참새 잡는 법을 배웠다.

그중 첫 번째 방법은 시골에서 쓰는 삼태기를 마당 한쪽 구석에 45도 각도로 나무 막대기를 지지대로 하여 세워 놓고, 세워 놓은 삼태기의 버팀목 역할을 하는 막대기와 삼태기 안쪽에 참새가 좋아하는 모이로 벼이삭이나, 먹다 남은 밥찌꺼기를 놓고, 세워 놓은 막대기 밑에 가는 줄을 길게 연결하고, 사랑방 창문까지 연결하여 놓는다. 그런 후에 방문의 창호지를 침으로 구멍을 내어 방 안에서 구멍난 곳으로 밖의 삼태기 안쪽을 유심히 보면서, 참새가 먹이를 먹으러 오기를 눈 빠지게 기다린다.

방문 창호지 구멍으로 밖을 보며, 기다리다 보면 한참만에 참새가 떼를 지어 대여섯 마리가 주위를 경계하면서 맴돌다가 삼태기 안의 모이를 먹으려고, 삼태기 안으로 한두 마리가 들어오고, 뒤따라서 몇 마리가 더 들어와서, 삼태기 안에서 여러 마리 참새가 모여서 바쁘게 먹이를 먹고 있다.

그 순간에 삼태기를 지탱하여 버팀목을 한 막대기 밑에 연결한 줄을 방 안에서 힘차게 당긴다. 삼태기가 땅바닥으로 닫히면서, 참새 몇 마리는 닫히는 순간에 날아가고, 서너 마리가 못 빠져나가 삼태기 안에서 푸드덕거리고 있다. 참새가 잡힌 것이다.

그리고 쓰러진 삼태기를 물고기 잡는 그물로 다시 삼태기를 덮은 후에 살며시 참새가 날아가지 않게, 그물 안의 삼태기를 꺼내고, 그 다음에 그물 안의 푸드덕거리는 참새를 한 마리씩 맨손으로 잡아서 꺼낸다. 참새를 손으로 잡으니 포동포동하고 제법 살이 오른 참새들이다.

그런 후에 참새 머리를 약간 좌우로 비틀어 죽인다. 참새를 삼태기 덫으로 잡은 것이었다. 그리고 털을 뽑고, 손질을 하여 석쇠에 얹어 놓고, 왕소금을 조금 뿌린 후에 방 안의 화롯불에 석쇠를 놓고 손질한 참새를 굽는다.

지글지글 화롯불에 참새가 익는 소리와 냄새가 방안을 진동시킨다. 참새가 어느 정도 익으면 손으로 참새 다리부터 조금씩 뜯어 먹으면, 그 맛은 먹어 보지 못한 사람은 모를 정도로 고소하고, 엄청 맛이 있었다.

참새 양쪽 가슴팍 안쪽의 익은 살은 더욱 맛이 있었다. 옛말로 둘이 먹다 셋이 죽어도 모를 기막힌 참새구이 고기 맛이었다.

아주 오래전부터 내려오는 구식적인 방법이지만, 쉽게 배울 수 있는 참새 잡이 방법이었다. 물론 참새를 잡는 확률이 높은 편은 아니었다. 두 번째 참새 잡는 방법은 고무줄 새총을 만들어서 새가 나무에 떼를 지어 앉아 있으면 가까이 가서 고무줄 새총으로 작은 돌을 넣어 쏘아서 운좋게 한 마리가 맞으면 땅에 떨어져서 주워다가 털을 뽑고 손질을 해서 구워 먹는 것이었다.

새를 잡는 새총을 잘 만드는 방법을 배우는 것이었다. 우선 인근 산에 가서 나무 재질이 단단한 밤나무나 대추나무 가지를 영어로 Y자 모양으로 된 손가락 굵기만 한 가지를 골라 톱으로 잘라 집으로 가져온다.

낫이나 칼로 껍질을 벗겨 내고 새총 모양으로 손질을 하여, 햇빛에 말린다. 그런 다음 화롯불이나, 부엌 아궁이불에 살짝 굽는다. 굽는 것은 나무를 더 단단하게 만드는 것이었다.

다음에 Y자 모양의 나무 위쪽에 노란색의 기저귀 고무줄을 묶을 곳을 칼로 홈을 두 곳에 판다. 그리고 홈이 파인 곳에 노랑 기저귀 고무줄을 두 곳에 단단히 묶어 놓는다. 두 줄의 고무줄 양 끝에는 가죽 재질로 가로 6센티, 세로 3센티 정도의 신축성 있는 부드러운 가죽으로 구멍을 내어 가죽 양쪽에 균형을 맞게 묶는다.

새총용 가죽도 귀한 시절이라 군대에 가서 휴가 나온 형의 군화의 헛바닥을 형한테 이야기한 후에 가위로 조금 잘라서 사용한 기억도 난다.

그리고 왼손으로 새총 자루를 잡고 오른손으로 가죽을 잡고 당겼다 놓아 새총의 신축성 강도 등을 점검한다. 실험을 하기 위해 가죽 안에 조그만 돌을 넣고 힘차게 당겼다 놓아 어느 정도 거리가 나가는지 실험을 하여 50미터 이상이 나가면 고무줄 새총으로는 완성이 된 것이다.

새총의 탄알로 쓸 것은 조그만 둥그런 돌맹이나 쇠구술, 굵은 철사나 구리철사를 잘라서 사용하고, 직경 2, 3미리의 납덩이를 새총 알로 사용하기도 한다.

완성된 새총과 탄알을 준비해서 참새들이 떼를 지어 날아다니다가 새들이 앉기 좋은 나무에 수십 마리, 많을 때는 수백 마리가 앉아 있는 곳으로 걸어 다니면서 찾아 다닌다.

포수가 사냥하듯이 낮은 포복으로 살금살금 숨을 죽이면서 참새가 떼를 지어 나무에 앉아 있는 곳으로 가까이 간다. 그런 다음 새총에 탄알을 넣고 참새가 앉아 있는 새 무리를 향하여 조준하고, 힘껏 고무줄을 당겼다 놓아서 탄알이 날아가서 참새를 맞춘다.

나무에 많은 참새 중에 새총에 맞은 참새는 땅바닥으로 떨어진다. 워낙 참새가 많은 무리로 나무에 앉아 있어서, 새가 새총 탄알에 맞을 확률이 20~30% 이상은 된다.

새총으로 잡은 참새를 전과 같이 집으로 가지고 와서 털을 뽑고, 창자를 꺼내는 손질을 한 다음 역시 같은 방법으로 소금을 살짝 뿌리고 석쇠에 얹어서 화로불에 구워서 먹는다.

/ 그때 그 시절

세 번째 참새 잡는 방법은 새가 지나다니는 길목에 얇게 엮은 새 그물을 주변 나무에 걸쳐 놓는 방법이다. 동네 형들이 다른 동네 친구한테 며칠간 빌려 왔다는 새 그물이다.

참새들이 떼를 지어 이동하는 길목의 큰 나무에 올라가서 새 그물의 한쪽을 펼쳐서 가로로 묶어 놓고, 한쪽은 가까운 나무가 있으면 그곳에 줄을 연결하여, 묶어 놓고, 나무가 없으면 긴 나무 두어 개를 연결하여 세워서 땅에 묻어 고정시키고, 새 그물을 묶어 펼쳐 놓는다.

새 그물을 나무에 걸어 놓아 이삼 일 지나면 새가 떼를 지어 날아 다니다가 몇 마리씩 그물에 걸려 푸드덕거리고 있었다. 그러면 새 그물을 내려서 새를 떼어 내어 손질을 한 후에 맛있게 구워 먹었다.

네 번째 참새 잡는 방법은 겨울철에 잡는 방법인데, 그 어린 시절에는 시골 마을의 대다수 집들이 초가 지붕이었다. 시골 초가집 추녀 밑에 보금자리를 만들어 놓고 늦은 밤 잠자는 참새를 손전등을 비추며, 장갑 낀 손으로 잡는 방법이다.

시골 동네에는 옛말로 키가 육척 이상, 일미터 구십 이상 되고, 힘도 센 나이 많은 장님 어른이 한 분 계셨다. 먼 친척 정도 되는데, 선천적인지 후천적인지는 몰라도 앞을 보지 못하는 장님이었다.

나보다 열 살이 이상 많이 먹은 형들과도 어릴 적 같이 놀고, 같이 윷놀이도 즐겨 하기도 하였다. 동네 형들이 어른이 되면, 다시 나 같은 국민학생에서 중학생까지 어린이들과 어울려 같이 놀기도 하였다.

어린이들과 같이 놀기를 좋아 하시고, 아이들도 그 어른을 좋아하고 존경하고, 산수 같은 과목을 암산으로 가르쳐 주셨다. 겨울철 시골 초가집 지붕 추녀 밑에 참새를 잡으려면, 추녀까지 높아서 사다리를 놓거나 키 큰 사람의 어깨에 올라가서(옛말로 무등을 선다고 했다) 장갑 낀 손으로 추녀 밑의 파인 구멍에 전등을 비추어, 손을 넣어 더듬어서 잠자는 참새를 잡았다.

겨울철이면 참새들이 시골 초가집 지붕 추녀 밑에 보금자리를 만들어 밤이 되면 그곳에서 잠을 자고 있었다. 그렇게 장님 어른과 아이들은 겨울철 늦은 저녁시간이 되면, 추녀 밑에 잠자는 참새를 잡으러 여러 집을 다니는 재미나는 일도 있었다.

그런데 추운 겨울 어느날 추녀 밑에 잠자는 참새를 잡으려고 장님 어른 어깨에 내가 올라가는 날이었다. 첫 번째는 추녀 밑의 참새를 잘 잡았다.

참새가 손에 잡히는 순간 느끼는 감촉은 부드러우면서, 움찔하는 참새가 손 안에 잡히면서 발버둥을 쳐서 손 끝이 떨리게 하였다. 잡은 참새를 친구한테 주면 친구는 목을 좌우로 비틀은 다음 비닐 봉지에 넣는다.

두 번째로 다른 집에 가서 추녀 밑을 손전등으로 비추며, 둥지를 보니 시커먼 것이 잠자고 있었다. 기회는 이때다 하고 가죽 장갑을 낀 손으로 움켜 잡는 순간 손끝이 묵직하고 뭉클하는 느낌이 느꼈다.

와~ 이 새는 엄청 큰 다른 새인가 하고 꽉 잡았다. 어린 손으로 한 손에 잡기는 너무 커서 두 손으로 잡았다. 심장이 두근두근거렸다. 그 새를 잡는 순간 '찍' 하는 소리를 내며 꿈틀거렸다.

손에 잡힌 새를 자세히 보니 아주 큰 쥐였다. 소스라치면서 놀라 손에 쥔 쥐를 놓으면서, 나도 모르게 소리치며 땅바닥에 떨어졌다.

다행히 다친 데는 없었지만, 같이 간 장님어른과 친구들이 왜 무슨일이야, 하며 물었지만 놀란 내 가슴은 심장이 멈추는 느낌이었다.

참새가 아니고 큰 쥐였다고 하니, 옆에 있던 형이 추녀 밑에는 쥐도 자고, 뱀도 잔다고 하였다. 예전에 그 형도 쥐도 잡고 뱀도 만져 본 기억

/ 그때 그 시절

도 있다고 하였다.

그날은 내가 무등 위에 올라가서 새를 다섯 마리를 잡았다. 물론 쥐도 잡아 놀라 땅에 떨어지기도 하였지만. 늦은 밤이지만 잡은 새들을 손질한 후에, 화로불에 잡은 참새를 구워 먹으며 오순도순 재미있게 이야기를 하였다.

네 번째 참새 잡는 방법은 측백나무 속에서 잠자는 참새를 잡는 방법이다. 겨울철이면, 측백나무 잎이 무성하여, 바람도 막아 주고 나무 가운데는 새들이 잠자기 좋은 포근한 곳이다.

동네 친구 집 중에 집 울타리가 측백나무로 둘러싸인 집이 있었다. 겨울철만 되면 친구 몇 명이 손전등(후렛시)을 들고, 다니면서 측백나무 속을 비추면서 잠자는 참새를 잽싸게 움켜쥐어, 잡는 방법이다.

그러다가 가끔은 손전등 불빛에 참새가 미처 잠을 안 잔 새는 불빛에 마주쳐 푸드덕거리며 다른 곳으로 날아가 버린다.

다섯 번째 참새 잡는 방법은 실제 직접 잡아보지는 못했지만, 동네 형들의 이야기로는 술지게미와 밥알과 땅콩으로 잡는 방법이다. 믿거나 말거나 하는 이야기이지만 재미있는 방법 중의 하나이다.

시골집의 구조는 일반적으로 집 안채가 기역자이거나, 디귿자로 지어져 있고, 바깥채는 일자로 지어져, 가운데 큰 나무 대문이 있고, 대문양 옆에 사랑방이나 창고, 외양간, 아니면 머슴들이 사는 방 있는 구조로 지어져 있었다.

바깥채와 안채 중간에 지하수 수돗가가 있거나, 작은 우물이 있었다. 그 우물이나 수돗물을 사용하고 버리는 작은 물 도랑이 있었다,

시골말로 시궁창이에 사용한 물이 졸졸 흐르고 있었고, 겨울철에는 물이 얼어 작은 썰매도 탈 수 있었다. 그 옛날 내가 살던 시골집의 구조

이기도 하다.

살짝 얼은 그 시궁창에 막걸리를 담그고 난 술지게미와, 밥찌거기인 밥알을 혼합하여 시궁창에 뿌리고, 그 위에다 물을 약간 부으면, 추위에 살얼음이 얼어서 술지게미와 밥알이 눈에 보인다. 그리고 그 옆에 껍질을 안 깐 땅콩을 몇 개 뿌려 놓는다.

그런 후에 한나절이 지나면, 참새들이 그곳으로 모여서, 살얼음을 쪼으며, 술지게미와 밥알을 배불리 먹는다. 참새들 중에 많이 먹은 참새는 술지게미에 취해서 잘 날지를 못하고, 한참을 푸드덕거리다가 그 자리에서 땅콩을 베게 삼아 베고 잠에 곯아 떨어진다고 하였다.

조금 먹는 참새는 날아가고, 많이 먹은 참새는 술에 취해 땅콩을 베개 삼아서 자고 있는 것을 소쿠리를 갖고 가서 담아오면 되는 참새 잡는 방법이다.

흥미있는 믿거나 말거나 하는 방법이지만, 재미있고, 동네 형들이 하는 이야기이다. 겨울철이면 그 옛날 그 시절에 참새를 여러 방법으로 잡아 손질 후 구워 먹으면, 그렇게 맛있는 구운 고기는 아마도 이 세상에 없을 것이다.

어른이 되어 사회 생활을 하면서 회사 근처의 포장 마차에서 참새 구이를 술과 함께 파는 곳을 찾아간 술안주로 먹은 기억이 있었다.

그옛날 어린 시절에 맛보던 그 맛을 느낄까 하는 기대감에 몇 번 포장마차에서 구워 파는 참새 구이를 먹어 보니, 그 어릴 적에 맛보던 그 맛이 나질 않는다.

입맛이 변한 것인지, 화로불맛인지? 아니면 양념이 안 맞는 것인지 알 수는 없지만, 아무튼 그때 그 시절에 참새구이 맛이 너무 맛이 있어서 그 맛이 그립고, 잊혀지지 않는다.

간혹 그 어린 시절의 친구들과 화롯불에 참새를 잡아서 구워 먹던 시절이 그리워진다.

그리고 그 시절 같이 놀던 친구들도 보고 싶다. 그 옛날 어릴 적의 그 즐거웠던 시절을 생각하면, 아직도 가슴이 설레이고, 다시 돌아가고 싶고, 그 동심의 세계가 그리워진다. 그리고 멀리 떨어져 있다 보니 고향에 가고 싶고, 뒷동산에서 공놀이하며, 뛰어놀고 싶다.

20.

메뚜기 잡아 볶아 먹기

    여름철에는 메뚜기를 많이 잡아 볶아 먹었다. 늦은 여름 논밭에는 여러 가지의 곡식들이 익고 여물어 가는 8월 달에는 논과 밭, 들녘에는 메뚜기들이 많이 있었다. 어린 시절에는 영양 간식으로 먹고, 도시락 반찬으로도 먹었다.

    요즘은 메뚜기 보기가 어렵지만 어린 시절에는 논이나 밭에 가면 메뚜기가 엄청 많았다. 특히 콩밭이나 옥수수밭, 수수밭에 가면 여기저기서 메뚜기가 뛰어다니고 날아 다녔다.

    메뚜기 색깔이 보호색으로 자세히 보아야만 눈에 띄인다. 그리고 콩잎이나 옥수수잎 뒤에 숨어서 콩잎이나 옥수수잎을 갉아 먹는다. 그 당시에는 손으로 잽싸게 덮치거나 움켜 잡았다.

    그리고 양파망으로 잠자리 채를 만들어 잠자리 잡듯이 콩잎이나 옥수수잎에 앉아 있는 메뚜기를 휙 저으며 잡던가 날아가는 것을 채로 재빠르게 빠른 동작으로 날려 쳐서 잡는다.

    그러나 햇빛이 쨍쨍 내리쬐는 정오에는 메뚜기도 더워서 그런지 눈에 잘 안 보이고, 콩잎, 수수잎 뒤쪽에 숨어서 있는다. 그래서 메뚜기를 잡으려면 아침 나절에 이슬이 조금 내린 콩밭이나 수수밭에 가서 잡으면 메뚜기가 눈에 많이 보인다.

토요일이나, 일요일 학교에 안 가는 날 아침밥을 먹고 나면, 일곱 시에서 아홉 시 사이 메뚜기를 잡으러, 동생이나, 친구들과 메뚜기를 잡으러 밭으로 간다. 가기 전에 잠자리채나, 유리병, 페트병, 굵지 않은 가는 철사를 준비하여 간다.

콩밭이나 옥수수밭에 가면 이슬이 조금 머금은 상태에는 메뚜기도 이슬을 먹는지는 몰라도, 콩잎이나 옥수수잎 곁에 나와서 여기저기 눈에 보인다.

그러면, 살금살금 가서 손바닥으로 덮쳐서 재빠르게 잡는다. 그리고 준비하여 간 유리병이나, 페트병에 넣고 입구를 종이 마개로 막는다. 점심 때까지 두어 시간 잡으면 유리병이나 페트병에 가득히 메뚜기를 잡을 수가 있었다.

또 다른 방법은 메뚜기를 잡는 즉시, 준비하여 간 가는 철사에 줄줄이 메뚜기의 머리 밑을 끼워서 허리춤에 차고 다니기도 했다.

그 시절에는 농약도 잘 안 치고, 공해가 없는 시절이라 메뚜기도 많았다. 메뚜기가 많을 때는 콩잎과 옥수수, 수수잎을 메뚜기가 갉아 먹어서, 구멍이 많이 보였다.

메뚜기를 잡는 방법은 대부분 손으로 움켜 잡았지만, 잠자리채를 만들어 잡기도 하였다. 메뚜기를 잡는 시간이 충분하고, 마음만 먹으면 많이 잡을 수가 있었다.

그 당시에는 들판이나 밭에 가면, 메뚜기가 엄청 많았다. 그래서 두어 시간 잡으면, 유리병이나 페트병에 가득 잡아서 집으로 온다.

집에 와서 어머니한테 이야기를 하고 가마솥에 들기름을 조금 넣고, 잡은 메뚜기를 살아서 날아가기 전에 재빠르게 솥에 쏟아 넣고 솥뚜껑을 닫는다. 살아 있는 메뚜기가 날아서 가마솥 밖으로 나가기 전에 솥뚜껑을 덮는 것이다.

그리고 군불을 때어 메뚜기를 볶는다. 몇 분이 지난 후에 메뚜기가 가마솥의 열에 의해 죽은 것을 확인하면, 솥뚜껑을 열어 놓고, 큰 주걱으로 살살 저으며, 메뚜기를 골고루 익을 수 있게 한다

그리고 한두 마리 먹어 본다, 잘 익었는지 확인을 하는 것이다. 메뚜기가 익어 가면서 붉은색으로 변해 간다. 간이 안 맞으면 소금이나 간장을 조금 넣어 적당한 맛이 나게 한다.

그렇게 가마솥에 잘 볶은 메뚜기를 바가지나 반찬그릇에 담아서, 집 안이나 부엌에 보관하여, 수시로 간식으로 먹는다. 학교에 가는 날이면 가끔 도시락 반찬으로도 먹었다.

어른이 되어서 사회생활을 하면서 어느날 호프집에 가서 안주를 시키니 메뚜기 한 접시가 나왔다. 맥주랑 한잔 먹어 보니 그다지 메뚜기 맛이 그 옛날 맛이 나질 않았다. 친구 말에 의하면, 메뚜기도 양식을 한다고 하였다. 역시나 메뚜기도 자연산이 맛이 있고 고소하였다.

친구가 주문한 것이라 서비스안주인줄 알았지만, 술을 다 마신 후에 친구가 계산을 하는 것을 보니 한 접시에 일만 오천 원을 받는 것을 보았다. 메뚜기도 귀한 대접을 받는 것이었다.

어린 시절에 밭에 가서 메뚜기를 잡아 가마솥에 익혀 먹던 시절을 떠올리면, 그 시절에는 잡는 재미도 있었고, 맛도 고소하고 입맛이 댕기는 간식이기도 하고 도시락 반찬이기도 하였다.

바쁘게 돌아가는 요즘 시절에 그 옛날 메뚜기 잡던 시절을 생각하면

서, 잠시나마라도 동심의 그 시절로 돌아가 메뚜기 잡아 먹던 추억을
기억으로나마도 생각하여, 마음의 휴식을 취하였으면 좋겠다.

21.

소 밥 주기

시골 농촌에서는 집집마다 소는 한두 마리씩은 키우고 있었다. 농촌 마을의 큰 일꾼이며, 움직일 수 있는 재산 목록 일호이다.

한 마리는 봄부터 가을까지 농촌 마을의 농사일로 밭이나 논을 갈아 곡식을 심는다. 논에서는 소를 몰며, 물구덩이를 오가며, 쟁기질을 하여 논의 바닥을 뒤집고, 모심기 전에 쓰레질을 하여 모를 심을 준비를 소를 이용하여 큰일들을 많이 한다.

요즘은 생산성도 좋고, 능률도 좋은 신형 농기구로 논밭을 갈고 다듬지만 그 옛날에는 소가 사람 서너 사람 몫을 해 냈다.

한 마리는 잘 먹이고 키워서 자녀들 입학금이나 등록금에 보태 쓰고, 한 마리는 논일, 밭일을 교육시켜서 농사일로 큰 역할을 하였다.

이랴~ 하면 앞으로 가고, 워~ 하면 앞으로 가지 않고 멈춘다. 일하는 소와 집주인은 교감이 있는지 집주인을 알아보고, 논밭을 갈고 일하는데, 집주인의 말소리를 듣고 잘 움직여서 논과 밭일을 한다.

그런 일소가 주인의 말소리를 알아듣는 것인지는 잘 모르나, 그렇게 소를 움직여서 농사일을 한다. 그리고 추수가 끝나면 읍내에 곡식을 팔러 갈 때도 추수한 곡식들을 소 등에 실어서 장에 가서 팔고 생필품을 사서 소 등에 실어서 오기도 했다.

농촌에서는 소가 논일 밭일 중 큰일들은 모두 하는 것이다. 그래서 소를 애지중지하고, 소가 아프면, 온가족이 안절부절을 못하고, 수의사를 불러 치료를 한다. 그래서 소를 잘 먹이고 잘 키워야 한다.

산과 들에 풀이 무성할 때는 풀을 베어 지게에 지고 와서 풀을 먹이고, 봄, 가을, 겨울에는 추수가 끝난 볏짚을 주거나, 볏짚을 작두로 작게 썰어 가마솥에 쌀겨를 혼합하여 끓인 후에 소죽을 만들어서 소죽통에 넣어서 소밥으로 먹인다.

그래서 추수가 끝난 볏짚을 집마당이나 텃밭에 볏짚을 차곡차곡 등 그렇게 쌓아서 비나 눈에 젖지 않도록 볏짚 지붕을 만들어 잘 보관하고 신경을 쓴다. 겨울이나 봄에는 볏짚으로 소죽을 쑤어서 소를 배불리 먹이는 일이 집안의 큰 일이다.

볏짚을 서너 뭉치 들거나 지게로 지고 와서 작두로 두 명이 한 조가 되어 작게 썰어 삼태기에 담아서 시커먼 큰 가마솥에 넣고 물을 혼합하여, 볏짚이 흐물흐물하게 익을 정도로 불을 때어 익힌다.

불쏘시개로는 산에서 채취한 나뭇가지나, 쌀을 찧고 난 벼 껍데기인 왕겨를 태우며 풀무로 바람을 불어서 소밥을 익힌다. 그리고 솥에서 익는 소죽 위에 쌀겨를 조금 뿌리고 다시 불을 지핀 후 어느 정도 익으면, 소죽 푸는 바가지로 들통에 소죽을 담아서 소가 기다리고 있는 외양간의 소 밥통에 몇 차례 수북히 담아서 소밥을 먹인다.

배불리 먹으면 소의 배가 양 옆으로 불룩이 나온다. 어른들은 소 배만 보면 소죽을 많이 먹었는지 금방 알아차린다. 아침과 저녁은 소죽을 끓여서 먹이고, 점심은 볏짚을 통째로 준다. 소는 소화기능이 약해 먹었던 소밥을 종일 되새김질하며, 소화시킨다.

여름에는 들이나 산에 가서 소가 잘 먹는 풀을 지게에 수북히 베어 지고 집에 와서 소를 먹인다. 소가 잘 먹는 풀을 찾아서 낫으로 베어서 한 지게를 지고 오려면, 한나절은 족히 걸린다.

지게를 질 수 없는 어린 나이이었을 때에는 가느다란 새끼줄로 엮은 망태기를 어깨에 둘러 메고 들에 나가 풀을 베어서 망태기에 가득 베어 담아 오곤 했다. 그 망태기를 꼴망태기라고 하였다.

그런데 소가 좋아하는 풀을 찾기가 좀처럼 어렵다. 집집마다 소풀을 베어 먹이는 가구수가 많다보니, 가까운 곳의 좋은 풀은 이미 다른 사람이 모조리 베어 갔기 때문에 소풀이 눈에 잘 보이지를 않는다.

그래서 집으로부터 아주 멀리 지게에 싸리 나무로 엮어 만든 소쿠리를 묶고, 낫을 잘 갈아서 두어 자루 지게에 실어서 들이나 산으로 멀리 가야만 좋은 풀을 벨 수가 있다.

그러다 보니 지게 소쿠리에 풀을 가득히 베어 오기가 힘들고, 시간이 많이 소요된다. 학교 갔다 오면, 친구들과 놀고 싶은데, 우선 순위가 소풀 베는 일이다. 더군다나 우리 아버님은 공부보다는 늘상 소풀 베는 일을 아주 중요시 하셨다.

어느 날인가 학교 갔다오니까, 아버님이 부르셔서 가 보니, 오늘은 소풀을 한 지게 베어오고, 소도 몰고 가서 풀을 먹여서, 소의 배도 빵빵하게 채워 먹이고 오라고 하셨다.

그러니까 풀을 베러 가는 중에 소를 끌고 가서, 소가 풀을 많이 먹을 수 있는 곳에 소의 목줄을 길게 묶어 놓고, 소가 스스로 뜯어 먹어서 소의 배를 듬뿍 채우고, 나는 소풀을 한 지게 가득 베어 집으로 오라는 말씀이었다.

친구들과 노는 일이나, 공부는 뒷전이었다. 네, 하고 가방을 마루에 팽개치고, 점심을 대충 물 말아 김치랑 먹고, 창고로 가서 지게와 낫을 가지고 나왔다.

우물가 옆에 있는 낫의 칼날을 갈아 비비며, 세워 주는 숫돌에 낫의 칼날에 물을 묻혀가며, 세심히 낫을 갈아 풀을 잘 벨 수 있게 낫의 날을 서게 하였다.

날이 시퍼렇게 선 낫 두 자루를 지게에 싣고, 외양간으로 가서, 소를 끌고 나왔다. 소가 워낙 크니까 겁도 많이 났다. 문득 전에 동네 형이 하는 이야기로는 소가 아이들을 보면 뒷발차기를 한다고 하여, 한번 소의 뒷발에 맞은 적이 있다는 이야기를 들은 것이 생각이 난다.

겁먹은 모습으로 조심스럽게 소를 끌고, 같이 들을 향하여 집을 나섰다. 집 앞을 지나 논길을 한참 가도 소가 좋아하는 풀은 눈에 띄지를 않았다. 이미 누군가가 소풀을 베어 간 흔적만 남아 있었다.

남들이 베어간 들풀이 자리기까지는 보름 이상이 걸린다. 한참 가다 보니 낮은 산을 지나고, 옆동네 들판이 나왔다. 그곳에 다다르니 소풀이 눈에 많이 보였다.

소풀이 있는 높지 않은 산모퉁이 밑에 있는 작은 나무에 일단 소의 목줄을 길게 묶어 놓아 소가 스스로 풀을 뜯어 먹게 하고, 나는 지게를 내려 놓고, 소풀을 베기 시작하였다.

그렇게 두어 시간 풀을 베다 보니 여름날의 길은 해가 뉘엿뉘엿 서산으로 넘어가기 시작하였다. 얼추 한 지게 가득 풀을 베어 지게에 싣고, 풀이 안 떨어지게 단단히 새끼줄로 묶었다.

그리고 지게를 지고 나무에 묶여 있는 소가 있는 곳으로 갔다. 그곳에 가 보니 나무에 매어 놓은 소가 눈에 안 보였다. 주위를 둘러보아도 소는 눈에 띄지 않았다. 앞이 캄캄하고 온 몸에 힘이 쭉 빠진다.

어깨에 진 지게를 내려 놓고 여기저기 뛰어 다니며, 소를 찾아 보았지만 소는 보이지를 않았다. 소를 잃어버린 것이었다. 아주 큰일이 일어난 것이었다.

주위를 살펴보아도 사람들은 눈에 안 보였다. 누구라도 있으면 도움을 요청하려고 하였다. 한참을 헤매이며 여기저기 소를 찾으러 다녔지만 아직도 소는 보이지를 않았다.

해는 이미 서산 너머로 지고 어둠이 깔려 캄캄한 저녁 밤이 되었다. 어쩔 수 없이 지게를 지고 발걸음을 재촉하며 집으로 황급히 걸어왔다. 집에 도착하니 아버님이 대문 앞에서 기다리고 계셨다.

"왜 이렇게 늦었니? 그리고 소는 왜 안 끌고 왔니?" 하셨다. "아버님 큰일 났습니다. 소를 잃어버렸어요. 소를 나무에 매어 놓고 한참을 풀을 베다 보니 소가 없어졌습니다. 그래서 주위를 돌아다니며, 한참을 찾아봐도 소가 안 보여 아버님께 알리려고 그냥 집으로 급히 왔습니다."

평소에는 작은 일에도 버럭 소리를 지르며, 화를 내던 아버님도, 나의 풀죽은 모습을 보니 안쓰러웠는지 화를 안 내시고, 동네 청년들을 몇 명 부르셨다.

몇몇 동네 청년들이 황급히 우리 집으로 와서 "어르신 무슨 일이예요?" 그렇게 물으니, 아버님이 "우리 애가 소풀 먹이러 소를 끌고 가서 나무에 매어 놨는데, 소끈이 풀려 소가 다른 곳으로 갔는데, 안 보여 그냥 집으로 왔으니 같이 찾아보자"고 하셨다.

동네 청년들과 아버님, 나, 대여섯 명이 어두운 밤에 소를 찾으려고, 횃불을 만들어 앞을 비추며 소를 찾으러 들녘으로 나갔다. 내가 소풀

베러 가던 길을 따라 여러 사람들이 소를 찾으러 여기저기 한참을 돌아다녔지만 소는 보이지를 않았다.

그렇게 동네 사람 여러 명이 한 시간 이상 소를 찾아 다녔다. 시간은 대략 깜깜한 밤 열 시 정도가 된 것 같았다. 어두운 밤이라 좀처럼 소를 찾기란 어려운 일이었다.

찾다 찾다 안 보이니까, 청년 한 분이 "어르신, 날이 어두우니까 내일 찾는 것이 좋을 것 같다."고 하였다. "어디 멀리 가지는 않을 겁니다. 소가 가 봐야 가까운 옆동네에 있을 겁니다." 하며 내일 소를 찾자고 의견을 말하였다. 그러자 아버님은 미안했는지, 힘없는 말투로 그렇게 하지 뭐, 하시며 일단은 철수를 하자 하셨다.

그래서 일행은 뒤돌아 오면서, 동네 어귀를 지나 우리집 뒤산 모퉁이를 돌아설 때였다. 청년 한 분이 손가락으로 산쪽을 가리키며, "어르신 저쪽 산속에 뭔가 움직이는 검은 물체가 보입니다. 함께 가 봅시다." 하였다. 아버님은 기쁜 마음으로 "그럼 가 봅세." 하셨다.

일행은 우리 집 뒷산 움직이는 물체가 있는 쪽으로 향하였다. 가까이 가 보니 그곳에 우리 소가 큰 나무에 목줄이 엉켜 혼자 움직이고 있었다. 소의 목줄이 풀려 혼자 집으로 찾아오는 길에 줄이 나무에 걸려서 엉켜 소가 그곳에 혼자 있는 것이었다.

소를 찾는 우리 일행들이 소가 있는 곳으로 가니, 그 소가 아버님을 알아보는지 음베~ 하며 반가운 모습으로 머리를 흔들어대었다.

그러자 "우리 소가 맞다!" 하시며, 아버님이 기쁜 마음으로 말씀을 하셨다. 일행들은 박수를 치며 내 일 같이 좋아하였다. 늦은 밤에 천만다행으로 잃어버린 소를 찾은 것이었다.

아버님은 얼른 소 있는 곳으로 가서서 엉킨 소 목줄을 풀어서 일행과 같이 소를 끌고, 집으로 오셔서 외양간에 매어 놓으셨다. 그리고는 다들 밤 늦게까지 수고들 많이 하였네, 하시며, 늦었지만 막걸리나 한잔 하고 가구려, 하셨다.

근심 걱정으로 노심초사하시며 기다리시던, 어머님이 어느새 환한 미소를 지으시며, 부엌에서 간단한 안주를 챙겨서, 술상을 준비하시여 들고 나오셨다.

아버님은 술을 전혀 안 드시는데, 어머님은 술을 좋아하신다. 그래서 집에는 항상 막걸리는 담아 놓는다. 그 당시에는 허가 없이 술을 담그면 군청에서 조사가 나와서 밀주를 담아 놓은 것을 들키면 벌금을 낸다.

그래서 집 안의 안 보이는 곳에 숨겨 놓든가, 아니면 텃밭에 땅을 파서 웅덩이를 만들어서 술독을 묻어 놓고 그 위에다 볏짚을 덮어 위장을 하여 놓고, 가끔씩 어머님은 동네 아줌마들과 일이 끝난 후에는 한잔씩 하신다.

어머님이 즐겨 드시는 막걸리 술이다. 어머님도 기쁜 마음으로 동석하여 같이 한잔하신다. 아버님은 술은 안 하시지만, 남들에게 주는 것을 좋아하신다. 그렇게 밤 늦은 시간까지 소를 찾은 기쁜 마음으로 막걸리를 청년들에게 대접하고 마무리를 지었다.

그렇게 소를 잃어버리고 찾는 소동은 끝났다. 늦은 시간이지만 아버님이 나를 불러 하시는 말씀이 농촌에서 키우는 소나, 개, 닭, 염소 등 동물들도 주인을 알아보고, 자기를 좋아하는 사람을 따른다는 것이다.

우리 소와 아버님은 육 년 동안이나 같이 논밭을 일구었으니, 가족이나 다름이 없다. 소의 눈빛만 봐도 소의 컨디션을 안다고 하셨다.

그러시면서 하시는 말씀이 만약에 아버님이랑 소와 같이 들에 나가 나무에 소를 매어 놓아 풀을 먹다가 소 고삐 끈이 풀려져도 소는 멀리 안 가고 아버님 주위를 돌며 기다릴 것이다. 하시면서 소와 교감이 있는 것을 아신다고 하셨다. 어쨌든 오늘 소풀(꼴) 베느라고 수고했고, 소를 찾아서 다행이라고 하시면서 잘 자라고 하셨다.

그렇게 어릴 적에 시골에서는 공부보다는 논밭일을 중요시하였고, 특히 소를 키우는 집들은 소를 자식처럼 애지중지하며 소를 잘 키웠다.

농사일들은 소가 많은 일들을 하는 시절이었다. 요즘의 시대에는 소를 키우는 목적은 잘 키워 살을 많이 찌워서 농가의 소득으로 소 시장에 팔아서 가정의 살림에 수익을 올려 주는 목적으로 소를 키운다. 그리고 키우는 소의 주식도 풀과 여물이 아닌, 사료를 주로 소의 주식으로 많이 주고 있다.

사료 값이 변동이 많아서 소를 사육하는 농촌도 많이 줄어드는 추세로 한우 값이 폭등하고 있는 현실이다. 어린 시절의 집안에 기르는 소는 같은 식구와 같이 생각을 하며, 집안의 큰 재산으로 생각을 하며, 애지중지하면서 소를 키우고, 소를 이용하여 논, 밭일을 많이 하였다.

그래서 사람들은 먹는 밥은 굶어도 소밥은 굶기는 일은 없이 기르는 소를 잘 먹이고 잘 키워 왔다.

22.

산토끼 몰이 잡기와 토끼 기르기

겨울철 눈이 많이 오는 날이면, 동네 형들과 어른들이 함께 산토끼 잡으러 산으로 간다. 그 옛날에는 겨울철 눈이 많이 오는 날이면, 쌓인 눈이 발목까지 빠지고 무릎 밑에까지 눈이 많이 왔었다.

백설기 같은 눈이 온 세상을 하얗게 물들이고 뒤덮었다. 마치 솜처럼 새하얀 눈이 내리쬐는 햇빛에 눈부시게 반짝거렸다. 미세먼지, 공해가 없는 그 시절에는 깨끗한 눈을 한 주먹씩 먹으며, 솜사탕 먹듯이 갈증을 해소하기도 하였다.

눈이 많이 오면 어른들은 눈 치울 걱정을 많이 하지만, 풍년이 든다고 하셨고 아이들은 마냥 좋아서 눈사람 만들고, 눈싸움하느라 정신이 없었다.

그러면서도 눈이 많이 오면, 재미 있고 신나는 일들이 있다. 동네 아이들, 청년, 어른들 여러 사람들이 모여서 손에 몽둥이 하나씩 들고, 합동으로 산토끼들을 몰며 잡는 것이다.

어른 한 분이 집집마다 돌며, 눈이 많이 왔으니 산토끼 잡으러 가지고 한 집당 남자 한 명씩 나오라고 하신다. 우리집은 어른 대신 내가 나갔다. 호기심도 있고, 산토끼 잡는 구경도 하고 배우고 싶었다.

그렇게 하여 아이들 어른 합쳐 십여 명이 동네 가운데 집 마을 마당에 모였다. 손에는 크고 작은 몽둥이 하나씩 들고 나왔다. 어른 한 분이 산토끼 몰이 방식에 대하여 설명을 하고 난 후에 다함께 동네에서 조금 떨어진 약간 산고가 높고, 조금 험한 뒷산으로 향하였다.

우선 모인 사람 모두가 산 정상으로 가야만 한다고 한다. 산정상에서 능선 줄기를 따라 사람마다 간격을 십 미터 정도 유지하면서, 산 정상 위에서 밑으로 옆줄을 대충 맞추어서 내려오면서 몽둥이도 주위에 있는 나무를 툭툭 치면서 산 위에서 밑으로 내려오는 것이다.

그렇게 산토끼를 산 정상에서 산 밑으로 몰이를 하는 것이다. 산토끼는 앞발이 짧고, 뒷발이 길다고 한 어른이 설명하였다. 맞는 이야기일지는 몰라도 산토끼 다리를 재어 보지 못하여 알 수는 없고, 그냥 어른들 말이 맞는 듯 믿는다.

그래서 산 위에서 아래로 몰면 산토끼는 눈에 빠지고, 구르고, 눈 속에서 뛰지를 못한다고 하였다. 산토끼는 산 밑에서 산 위로는 잘 뛰지만 산 위에서 산 밑으로는 엉금엉금 기어다닌다고 하였다.

겨울철이라 산토끼가 먹을 거리도 부족하여 힘이 없고, 산토끼 몰이로 산 아래로 같이 간 사람들이 합동으로 몰면서 내려오면, 산토끼가 내려오면서, 지치고, 힘들면 드문드문 있는 산소 주위의 제사상 준비하는 상석 밑이나 큰 나무 밑에서 웅크리고 있다고 한다.

산토끼가 그렇게 있으면 다가가서 귀를 잡던가, 도망가려고 하면 몽둥이로 내려쳐 기절하여 산토끼를 잡는다고 하였다. 그래서 산 위에서 산 밑으로 몰면 산토끼를 잡을 확률이 높다고 하였다.

그 당시에는 산에 산토끼가 많았다. 겨울 한철에 눈이 많이 오는 날 서너 차례 산토끼 몰이를 하면, 대여섯 마리는 잡는다. 그렇게 산토끼를 잡는 날이면 동네 어른들이 토끼고기 잔치를 한다.

동네 가운데 어른 한 집의 마당에서 반을 자른 드럼통에 장작불을 피워 놓고, 그 위에 솥뚜껑을 올려 놓아 고추장, 파, 마늘 등 양념을 넣고 익혀 산토끼볶음 도리탕을 먹는 날이다.

어른들은 막걸리와 소주로 간만에 잡은 산토끼로 겨울철 단백질 영양 보충을 하는 날이다. 아이들도 옆에 기웃거리며, 한 점 집어 주는 산토끼 고기를 호호 불며 맛있게 먹는다.

소고기 돼지고기보다 엄청 맛이 있었다. 아이들은 또 다른 기대에 부풀어 있다. 고기를 얻어 먹는 것보다는 귀한 다른 물건을 얻는 것이다.

산토끼를 손질하는 어른 옆에 기다리며 산토끼 털을 얻으려고 줄을 서서 기다린다. 산토끼를 손질을 하며, 잡는 광경을 보니, 머리 윗 부분에서부터 다리쪽으로 칼로 째어 가죽을 벗기는 것이다.

그 가죽 안쪽에는 토끼 기름이 누렇게 묻어 있다. 토끼의 몸통과 분리된 토끼털 가죽을 간신히 얻어서 집으로 와서 토끼털 가죽에 붙은 기름을 떼어 내고, 햇볕에 말려 털을 잘 손질하여, 토끼 가죽 털을 둥그렇게 말아서 그 속에 고무줄을 넣어 귀 크기에 맞게 꿰맨 후 두 개를 만들어 고무줄을 연결한 후에 겨울철 귀마개를 만들어 양쪽 귀에 쓰고 다녔다.

겨울철 학교 갈 때나 놀 때, 귀가 추위에 엄청 시려울 때 토끼털 귀마개를 쓰면 귀가 얼지 않고 포근한 느낌으로 따뜻하다.

그렇게 토끼털 귀마개를 하면 귀가 따뜻하고, 겨울철 추위를 이겨내는 좋은 귀마개다. 토끼고추장 볶은 고기도 일품이기도 하고, 토끼털 귀마개도 좋은 귀한 귀마개이다.

/ 그 때 그 시 절

그후로 우리 집에는 토끼를 암컷, 수컷 한 마리씩 사다가 길렀다. 집 뒤 울타리 안쪽에 조그만 둘레망을 설치하여 놓고, 흙벽돌로 자그마한 보금자리를 만들어 주고 토끼를 길렀다.

겨울철에는 가을철 수확하여 말려 놓은 순무의 무청으로 밥을 주고 여름에는 토끼풀인 크로바잎과 아카시아잎을 따다가 열심히 먹이면서 열심히 키웠다.

어느 날인가 흙벽돌 보금자리가 맘에 안 들었는지 벽돌 밑에 땅을 파고 토굴을 만들고 있었다. 그리고 일 년이 지나니까 자기 털을 뽑아 토굴 안에다 수북히 쌓아 놓았다.

새끼 낳을 준비를 하는 것이었다. 그러다가 한 달이 지난 후에 보니 새끼를 일곱 마리를 낳은 것이었다. 새빨간 새끼가 마치 쥐새끼같이 보였다. 보기가 징그러우면서도 한편으로는 귀여웠다.

토끼는 번식력이 좋아 일 년에 몇 번 임신하고, 새끼를 낳는다. 이 년의 세월이 지나 토끼가 20여 마리가 되었다. 동네 친구들을 나누어 주고도 열두어 마리가 잘 크고 있었다.

그러던 어느 날 내 위로 나이 차이가 열 살 이상 나는 형님이 군대에 갔다가 휴가를 나왔다. 자식이 휴가 나오면, 어머님들은 늘상 몸보신하라고 토종닭 백숙을 준비하시어, 힘내고, 몸 보신하라고 잡아 주셨다.

그 당시 우리 집에는 알 낳는 암탉 네 마리와 수탉 한 마리밖에 없어서 어머니는 내가 기른 토끼를 잡아서 토끼 도리탕을 만들어 휴가 나온 형한테 몸보신으로 맛있게 만들어 주셨다.

휴가 나온 형은 토끼도리탕을 아주 맛있게 들며 좋아했다. 토끼 도리탕도 엄청 맛있었지만, 나는 내심 토끼털을 얻으려고 기다리고 있었다.

토끼털을 잘 손질하고 햇볕에 말려서 겨울철 귀마개를 만들어 쓰고 학교에 가고 항상 겨울철에 놀 때는 토끼털 귀마개를 잘 쓰고 다녔다.
토끼털 귀마개를 만들어서 친구한테도 하나 주었다.

그렇게 산토끼 몰이와 토끼털 귀마개를 생각하면 그 옛날 동심의 시
절이 그리워진다. 눈이 많이 오는 겨울철이 되면, 그 옛날 어린 시절에
산토끼를 몰이 하여 잡던 일과, 기르던 추억과 토끼털로 귀마개를 만들
어 귀에 쓰고 다니던 어린 시절이 생각이 나고, 기억에서 잊혀지지가
않는다.

23.

참외 서리

초등학교 5학년 햇볕이 뜨거운 어느 여름날이었다. 학교에서 집으로 오는데 여름철 뜨거운 햇볕이 강렬히 내리쬐며, 눈이 부시고, 땀이 등줄기와 얼굴에는 흠뻑 젖어 있었다.

친구들 네 명과 같이 큰 신작로 길을 지나, 동네 입구의 논뚝방길을 걸으면서, 길바닥에 있는 돌멩이들을 발로 차면서 집으로 오는데, 동네 오는 중간의 큰 저수지를 지나고 있었다.

눈에 보인 파랗게 고여 있는 물이 여름 바람에 물보라가 잔잔히 치고 있었다. 눈에 보이는 그 저수지에 훌러덩 벗고, 뛰어들어 더위를 식히고 싶은 마음이 간절하였다.

그때 친구 한 명이 우리 덥고 목 마르고 배고픈데 참외 서리를 해서 여기서 물장난 치고 수영을 하자고 제안하였다. 자기 먼 친척이 심어 놓은 참외밭이 저쪽에 있다고 손짓으로 가리키고 있었다.

우리들 배도 출출한데, 몇 개씩만 서리해서 맛있게 먹고 땀도 식히자고 제안하였다. 자기 친척집 밭인데 끝물이고, 서리하다 들켜도 조금

혼나면 된다고 하였다.

친구들 모두 좋다고 하여, 집에 오는 방향을 돌려 친구 친척 참외밭으로 향하였다. 가까이 참외밭에 가 보니 크지 않은 조그만 참외밭이었다. 한두 차례 참외를 수확을 한 것 같은 흔적이 한눈에 보였다

눈에 보이는 노랗게 익은 참외가 드문드문 열려 있었다. 우리 한 사람당 서너 개씩만 따서 맛있게 먹자고 하였다. 그중 친구 한 명이 주위를 살피며, 허리를 굽히고, 기어가듯이 참외밭으로 가면서 자기를 따라오라고 손짓을 하면서 참외밭으로 들어갔다.

우리는 그 친구를 뒤따라 참외밭으로 뒤따라 기어들어 갔다. 샛노랗게 익은 참외가 군데군데 눈에 보였다. 그중에 잘 익고, 큰 참외를 서너 개씩 따서, 입고 있는 런닝 셔츠를 위로 올려 접어 싸서 가슴으로 움켜쥐고, 살금살금 참외밭을 기어서 나왔다.

다행히도 누군가 보는 사람이 없었다. 모두들 기쁜 마음으로 참외를 가지고, 저수지가 있는 곳으로 왔다. 친구 한 명이 "야들아, 우리 더운데 여기 저수지에서 참외를 먹고 수영을 하자." 하니까, 다같이 환호를 치며 그렇게 하자고 하였다.

참외 까는 칼이 없으니, 모두가 윗이빨로 참외 껍데기를 위에서 아래로 밀어 내면서 껍데기를 깎아 참외를 맛있게 먹었다. 한두 개씩 남은 참외는 저수지물에 시원하게 담가 놓고 얕은 물가에서 겉옷을 벗고, 팬티만 입고 물장난을 치며 즐겁게 놀고 있었다.

참외를 배부르게 먹고 수영과 물장난을 한참을 하다 보니, 시간 가는 줄 모르게 놀고 있었다. 그때 어디선가 인기척이 나는 소리가 들렸다. 조금 떨어진 논뚝길을 따라 어른 한 분이 우리가 있는 곳으로 걸어오고 있었다.

/ 그 때 그 시 절

농사일을 보러 이쪽으로 오는 어른이라 생각하고, 우리는 무관심하며 개의치 않고, 우리가 놀던 수영을 계속하고 있었다.

우리가 수영을 하고 있는 저수지쪽으로 가까이 와서 물 위에 떠 있는 먹다 남은 몇 개의 노란 참외를 보시더니, 갑자기 큰소리를 내면서 "이 느무 자식들 너희들이 우리 참외밭을 서리하고 작살을 냈구먼!" 하시면서 우리가 벗어 놓은 옷들을 주섬주섬 집어 들고 서서 우리들을 보시고 있었다.

그때 자기 친척집 밭이라 하던 친구가 "야들아, 우리가 서리한 참외밭이 다른사람 밭인 것 같다."며 일단 도망가자고 하였다.

우리들은 겉옷과 책가방을 남겨둔 채 좁은 논뚝길을 따라 우리는 팬티 바람으로 옷 벗어 놓은 반대쪽인 산으로 뛰어갔다. 그중 뜀박질과 행동이 좀 늦은 친구 한 명이 뒤쳐지고, 뛰어가다가 좁은 논뚝길을 잘못 딛어 미끄러지면서 논바닥으로 넘어졌다.

"야들아 같이 가자 나만 잡힐 것 같아!" 하면서 쓰러진 채로 논바닥에서 일어나고 있었다. 뛰다 말고 "우리는 언능 일어서서 따라와!" 하면서 우리는 잠시 멈추어 기다리고 있었다.

다행히 참외밭 주인은 우리들을 뒤쫓아 오시지는 않았다. 우리가 벗어 남겨 놓은 겉옷들과 책가방들을 들고, 우리 동네로 가고 있었다.

우리 일행은 팬티 차림으로 인근에 있는 동네 뒷산 나무 숲으로 들어갔다. 잠시라도 숨 돌리고 숨어 있으려고 산으로 간 것이다. 산속에서 팬티바람으로 어느 산소 옆 잔디밭에 앉아 근심 걱정을 하며, 서로 얼굴만 보며, 말없이 쭈그리고 앉아 있었다.

침묵이 조금 흐른 후에 내가 "야~ 너희 친척집 참외밭이라며?" 하고 물었다. 그 친구는 자기가 잘못 본 것 같다며, 아마도 그 밭에서 조금 떨어진 곳에 있는 밭일 것 같다고 힘없이 말하였다.

그러자 다른 친구들은 그 친구를 원망하는 눈빛으로 멍하니 앉아 있었다. 집에는 가야 하는데 팬티 바람이라 창피하면서도, 혹시나 부모님이 아시면 큰일나고, 엄청 혼날 것 같았다.

여름날의 해는 길어서 우리는 산속에서 해가 넘어가 어두워지기를 기다렸다. 어두운 밤에 집에 들어가려고 하는 것이다. 근심 걱정을 하면서, 시간이 지나고 해가 서산으로 뉘엿뉘엿 넘어가고 있었다.

조금만 기다리면 해가 완전히 서쪽으로 넘어가 어둠이 올 것 같았다. 그렇게 해가 넘어가기를 기다리다 보니, 해가 완전히 넘어가 초저녁 늦은 밤이 찾아왔다.

여름날이지만 해가 지고 어둠이 깔리나까 팬티 바람이라 쌀쌀하고 조금 추웠다. 그때쯤 친구 한 명이 "야들아. 배도 고프고, 조금 추우니까, 우리 지금 집으로 각자 들어가자." 하였다.

그러자 한 친구가 "그래, 여기서 밤을 새울수도 없고, 집에는 가야 한다." 하였다. 모두들 마음은 다 같았다. 우리 일행은 일어서서 동네쪽 각자 집으로 향하였다.

각자 흩어져서 숨을 죽이며 살금살금 고양이 걸음으로 집으로 향하였다. 집 대문 앞에 다다르니 대문이 닫혀 있었다. 기르던 메리라는 개가 꼬리 치며, 소리 없이 반겨 주었다.

다행히 대문의 빗장은 풀어져 있었다. 살살 대문의 문을 열고 살금살금 대문 안으로 들어갔다. 몇 발자국을 걸어 안채집 미닫이 문을 열려는 순간 마루에서 어머님, 아버님이 기다리고 계셨다.

나를 보시더니 아버님이 "이느무 새끼, 공부는 안 하고 남의 집 참외 서리를 해?" 큰소리를 지르셨고, 어머님은 부엌으로 가서 기다란 부지깽이를 들고 나오셔서 등짝과 궁댕이, 다리를 번갈아 가면서 힘껏 내리쳤다.

온몸이 찌릿찌릿 아팠다. "왜 안 하던 짓을 하니!" 하시면서 손가락으로 옆쪽을 가리키며, "저게 니 옷과 책가방이다." 하셨다. 내가 저수지에서 물놀이할 때, 벗어 놓은 겉옷과 책가방이었다.

하시면서 니 친구 누구누구와 네가 뒷동네 누구집의 참외 서리를 해서 참외밭 농사를 다 망쳤다고 하였다. 뒷동네 참외밭 주인이 너희들 옷과 책가방을 우리 동네로 들고 와서 누구누구 집 자식이 자기집 참외밭을 망쳤다고, 이미 모두 파악하고 가셨다고 하였다.

올해 자기 참외 농사를 다 망쳤으니 배상하라고 소리치며 가셨다고 하였다. 다음날 날이 밝으면 다시 온다고 하고 돌아가셨다. 많이 두들겨 맞고 온몸이 욱신욱신하였다.

그보다는 내일 학교도 가야 하고, 참외밭 주인이 다시 와서 참외농사 손해배상을 이야기하자고 하시니 걱정이 생겨 잠이 오지를 않았다.

사실은 우리는 참외를 한 사람당 서너 개씩 따서 총 열두어 개만 따서 먹은 것뿐인데, 참외밭 농사를 다 망쳤으니 우리들한데 손해 배상을 다 하라니 너무 억울한 일이다.

우리가 그 참외밭에 가서 서리를 할 즈음에는 참외가 끝물이라 몇 개 없었다. 이미 참외밭 주인이 수확을 한두 차례 한 시기였다. 예컨대 우리가 참외 서리 하기 전에 누군가가 그 밭에서 참외 서리를 하였다고 하였다.

그 누군가를 못 잡고, 우리들이 들켰으니 우리가 모두 뒤집어 쓴 독박이었다. 근심 걱정 뜬눈으로 밤을 지새웠다. 연신 하품만 나오고 엄청 피곤하였다.

꾸역꾸역 아침밥을 먹고 하품을 하며 학교를 가는 둥 마는 둥 하며, 학교를 갔다가 점심 무렵 집으로 왔다. 집에 와 보니 나의 부모님과 함께 서리한 친구들 부모님들과 뒷동네 참외밭 주인과 참외 농사 배상에 대하여 의논하고 계셨다.

언제 왔는지 몰라도 친구들도 옆에 벌 서듯 부동자세로 어른들 하는 이야기를 듣고 있었다. 그러던 중 아버님이 참외밭에 가 보니 수확 끝물인데, 애들이 따 먹어 봐야 몇 개를 따서 먹었겠소, 하시면서 성의껏 양심에 따라 배상이 아니고, 조금씩만 보상을 하겠다고 제안하셨다.

함께한 친구들 부모님들도 "그렇게 합시다." 참외밭 주인한테 양심껏 보상을 이야기하시라고 하셨다. 그렇게 보상에 대하여 이야기를 주고 받으며, 어느정도 협상이 되는 듯 하더니, 아버님 또래쯤 되어 보이는 참외밭 주인이 버럭 화를 내시면서, 올 한 해 참외 농사를 다 망쳤으니, 참외밭 전체의 수확을 예상한 소득을 배상하라고 하였다.

그렇게 배상 안 하면 경찰에 참외 도둑으로 신고하겠다고 으름장을 놓았다. 억지를 쓰는 듯이 들렸다. 그러자 아버님이 "그 참외밭 올해 전체 소득이 보리쌀로 치면 몇 말이나 되오?" 하고 되물었더니, 참외밭 주인이 보리쌀로 치면 대략 한 가마 정도 된다고 하였다.

논쟁을 주고 받으며, 그날은 보상 협상이 안 되었다. 내일 다시 온다고 하였다. 아버님이 그 당시에는 동네 이장 일을 보시고 있었다. 동네 크고 작은 일, 군청 면사무소에 민원 일을 도맡아 해결하시고, 오지랖이 넓은 분이셨다.

정작 우리 자식 사고친 참외밭 서리 일은 좀처럼 해결이 안 되었다. 여러 궁리 끝에 아버님이 뒷동네 이장을 좀 아시는데 그분한테 찾아가셨다.

/ 그 때 그 시 절

중재 역할을 하여 달라고 하셨다. 뒷동네 이장님과 같이 그 참외밭을 가 보았다. 함께 가서서 현상파악을 한 후에 다음날 다시 우리 집에 관계자들이 모두 모였다. 물론 참외밭 주인이 사는 뒷동네 이장님도 같이 오셨다.

옥신각신 이야기 끝에 우리 아버님이 "우리 논쟁만 하면 서로 피곤한데, 원만하고 합리적으로 양보해서 합의합시다. 그 중재역할을 뒷동네 이장님이 객관적으로 합리적으로, 원만하게 해결해 주십시오." 하셨다.

그러자 뒷동네 이장님이 "이곳 아버님이 보상하시는 생각이 어떠한지 말씀하여 주십시오." 하였다. 우리 아버님은 "우리 애들이 따 먹은 참외가 열서너 개인데 보리쌀로 치면 한 말정도 값인데, 두 배로 쳐서 두 말 보상하면 어떻소?" 하고 말씀하셨다.

그러자 또 다시 참외밭 주인이 화를 내면서 "말도 안 되는 소리 하지 마시오?" 하며 말씀을 하셨다. 그러던 중에 뒷동네 이장님이 나서서, "자, 이렇게 논쟁만 벌일게 아니고 내가 중재를 하겠소." 하시면서, "보리쌀 한 가마는 너무 많고, 두 말은 너무 적고, 중간인 보리쌀 네 말을 보상하는 것으로 합시다." 하셨다.

"참외 서리한 저놈들도 네 명이니까 각각 한 말씩 보상을 하시지요?"

그렇게 뒷동네 이장님이 말하자, 아버님은 가만히 계시고, 친구들 부모님은 너무 많다고 아우성치시고, 참외밭 주인도 만족하지는 못하더라도 자기 동네 이장님이 중재하니까, 못마땅하게 표정 지으며, 가만히 계셨다.

그러자 그 이장님이 그 순간 때맞추어 손뼉을 치며 "그럼 서로 조금 만족하지는 않지만 보리쌀 네 말로 보상 결정합니다." 하시며 다시 손뼉을 치며 말씀하셨다.

"이의가 있어도 이것으로 결정 되었습니다."

참외밭 주인도 자기 동네 이장님이 중재하시니, "그렇게 합시다." 하였다. "오늘 저녁까지 각자 보리쌀 한 말씩 가지고, 이 동네 이장님댁으로 갖다 놓으시면, 내가 내일 오전 중에 자전거 짐차로 가지러 오겠소." 하시며, 각각 헤어졌다.

이렇게 하여 참외 서리 사건의 보상은 이렇게 마무리가 되었다. 그리고 며칠 후 읍내에 오일장이 서는 날이었다. 장날이 열면 어머니가 자주 가시는데, 오늘 따라 아버님이 아침부터 분주히 움직이시며, 새로 빨아 놓은 모시옷을 입고 중절모를 쓰시고, 장에 갈 준비를 하고 계셨다.

잠시 후 사랑방 옆 창고에서 보리쌀 두 말을 자루에 담아 암소의 등에 새끼줄로 엮어 만든 망태기에 싣고 장에 가신다고 하셨다. 오일장에 가셔서 보리쌀을 팔아서 필요한 물건들을 사려고 하시는 것이다.

그 당시에는 시골에서 장에 가는 교통수단이 없어 걸어서 가는데, 무거운 짐이 있으면, 지게로 지고 가던가, 아니면 소등 덮석에 새끼줄 망태기를 엮어 만들어 실어 가곤 하였다.

평소에는 읍내 장에 잘 가시지 않는 아버님이 갑자기 장에 가신다니, 식구들이 어리둥절한 표정으로 아버님을 바라보았다.

그때 어머님이 "아니 무슨 급한 일인데 서둘러 장에 가신다고 하셔?" 그렇게 물으니, 아버님이 "볼일 있어 갔다 올 테니 필요한 물건 있으면 얘기해요, 오늘은 내가 장에 가서 볼일 보고 사서 올 테니까." 하셨다.

그러자 어머님이 "꽁치와 고등어 두어 마리와, 세숫비누 서너 장만 사오면 돼요." 하셨다. "알았소." 하시면서, 아버님은 보리쌀 두 말을 실은 암소를 앞에 세우고, 중절모와 모시옷으로 뽐내 입고 장에 가려고 출발하셨다.

식구들은 우두커니 장에 가시는 아버님을 바라만 보고 있었다. 시간이 흐른 점심 나절쯤에 아버님이 소와 함께 돌아오셨다. 암소 등의 양쪽 덥석 망태기에는 꽁치, 고등어, 세숫비누들이 실려 있고, 많은 참외와 큰 수박이 두 통이 실려 있었다.

소 등에서 물건들을 내리면서 아버님이 여기 참외를 많이 사서 왔으니 부엌광에 두고 실컷 먹어라, 하셨다. 큰 수박 두 통과 노오란 참외를 보니, 잘 익고, 먹음직스러웠다.

참외를 자세히 보니, 여러 종류의 참외가 보였다. 수박참외, 개구리참외, 개똥참외, 먹참외, 토종참외라고, 아버님이 말씀하셨다. 개구리참외와 토종 일반 노란 참외만 보고, 먹어 봤는데 다른 참외의 맛이 궁금하였다.

소등에서 내린 참외들을 큰 소쿠리에 담아서 부엌 뒤에 있는 광으로 갖다 놓았다. 그리고 그중에서 안 먹어 본 수박참외와 개똥참외 두 개씩을 들고 나와 식구들이 마루에 모여 앉아 껍질을 까서 맛있게 먹었다.

오랜만에 편한 마음으로 맛있고 시원한 참외맛을 보았다. 며칠 전에 일어난 참외 서리로 속이 상한 아버님이 큰 맘을 먹고, 장에 가셔서 사오신 것이다.

맛있게 먹는 중에 아버님이 먹고 싶은 과일이 있으면, 언제든지 얘기해라. 사 줄 테니까, 서리는 절대로 하지 말고, 하시면서 주의 주듯이 말씀하셨다.

그렇게 참외 서리로 일어난 이후로 아버님은 그후로 몇 년 동안 여름에 참외 먹는 철이 되면, 장날에 보리쌀을 두어 말 팔아서 참외를 많이 사오셔서 광에 보관하여 놓으셨다. 마음껏 먹을 만큼 먹으라고 하셨다.

그 어린 시절에 일어난 참외 서리 사건이 몇 십 년이 지난 지금도 잊혀지지 않는 것은, 그 동심의 그 시절이 그리운 것이다.

그때 그 어린 시절에 참외 서리한 참외가 꿀 맛이었다. 그 시절을 생각하면은 자기 친척집 참외밭이라던 친구가 생각이 난다.

지금은 어디에 사는지는 몰라도 건강하게 잘 살고 있겠지? 나이도 들어서 나처럼 늙어 가고 있겠지? 궁금하기도 하다.

그런 생각들을 하니, 이젠 나도 나이가 먹었나 보다. 그 옛날 어린 시절에 참외 서리한 기억이 되살아나는 것을 보니, 잊혀지지 않는 즐거운 추억들이었다.

24.

민물고기 잡아 매운탕 끓여 먹기

민물고기를 냇가에서 손수 잡아서 끓인 매운탕은 생각만 해도 군침 돌고 맛깔 나는 음식 중의 하나이다.

마을 개천에서 피라미, 버들치, 붕어, 미꾸라지, 메기, 뱀장어 등 여러 종류의 고기를 잡아서 개천가 한쪽 구석 바람이 잦은 곳에 큼직막한 돌을 두 개 이상 받쳐 놓고 찌그러진 양은 솥을 걸어 놓고, 여러가지 양념들을 넣고, 주위에 있는 흩어져 있는 나뭇가지를 주워다가 불을 피워서, 팔팔 끓여 먹는 잡고기 매운탕이다.

민물고기가 바닷고기와 다른 맛은 말로 표현은 안 돼도, 약간 흙냄새 나면서 맛깔나고 칼칼한 맛이 시원한 물소리를 들으면서 먹으니 더욱 맛있는 탕이다.

집에서 친구들과 민물고기를 잡아 매운탕을 먹자고 누군가가 제안을 하면, 싫다는 사람없이 모든 사람들이 흔쾌히 좋아한다. 시골말로 "야들아, 우리 천렵하러 가자" 하면 모두가 즐거운 표정으로 나온다.

농촌 말로 천렵이란 산골짜기나 시냇물이 흐르는 개천가에서 친구들과 음식을 만들어 먹는 것을 천렵이라고 하였다.

준비물과 양념은 간단하다. 매운탕을 하기 위한 준비물들은 각자 알아서 준비하여 간다. 사람 수에 맞는 적당한 크기의 찌그러진 양은솥과, 수저, 젓가락, 성냥, 그리고 유리재질의 어항과 고기잡는 쪽대, 된장과 밥을 혼합하여 주물러서 떡밥을 만들어서 개울가가 있는 개천으로 가면 된다.

요즘은 잘 만들어진 통발이 있지만 그 당시에는 유리로 만든 어항과 쪽대, 그리고 집에서 사용하는 대나무로 만든, 드문드문 엮은 소쿠리, 그리고 깨를 거르는 들채로 고기를 잡았다.

겨울철 얼음이 꽝꽝 얼어 있을 때에는 냇가에도 물이 얼어 얼음 밑으로 시냇물이 졸졸 흐른다.

겨울철에는 물이 적게 흘러 집에서 장화를 신고, 큰 도끼나 큰 해머(오얀마)와 작은 그릇만 가지고, 시냇물이 졸졸 흐르는 얕은 냇가로 가서, 준비하여 간 도끼로 얼음을 깨고, 도끼나 해머로 흐르는 물속의 바위를 힘차게 내리치면, 잠자던 물고기가 놀라거나 잠시 기절하여 물 위로 뜬다.

그때 재빠르게 준비하여 간 그릇으로 뜨면, 물고기를 많이 잡기도 하였다. 그렇게 열악한 도구로 고기를 잡아도 고기가 많아 잘 잡혔다.

여름철에는 냇가에서 수영을 하면서 물속으로 잠수하여 손으로 더듬어서 물고기를 잡았다. 물이 깊은 곳은 큰 붕어나 메기, 뱀장어가 잡혔고, 물이 얕은 개천 가장자리의 구석진 곳을 손으로 더듬으면 작은 붕어나 송사리, 미꾸라지가 많이 잡혔다.

그렇게 하여 잡은 여러 가지의 물고기들을 내장들을 빼고 손질하고, 흐르는 시냇물에 잘 씻어서, 준비하여 간 찌그러진 양은 냄비에, 양념들은 고추장과 된장, 라면만 가지고 가고, 채소들은 개천 가까운 곳에 있는 밭에서 고추, 깻잎, 대파 등 밭에서 볼 수 있는 몇 가지 채소들을 현지에서 조금씩만 실례하면서 적당한 양만큼 현지 공급하면 된다.

밥이 필요하면 싸 가지고 가거나, 개울가에서 대충 지어 먹는다. 민물고기 매운탕을 맛있게 만들어 먹으려면, 개천가에서 잡는 여러 종류의 잡고기를 손질하여 넣고, 친구들과 함께 만들어 먹으면 그 맛이 일품이다.

우리 동네 개천은 여러 크고 작은 논의 물이 윗논에서 아랫논으로 내려보내는 물관리 또랑과 물꼬가 있다. 그 또랑과 물꼬들이 여러 개 모여서 한 군데 모여 흐르는 커다란 개천이 있었다.

그 물들이 모여서 개천가를 이루고, 흐르고 흘러서 아랫 동네인 두릉리와 계루지를 거처 어연리를 지나 동청리라는 강에서 합류하여 서해 바다로 흘러간다.

그래서 비가 많이 온 후에 개천가에 가면, 강에서 물줄기를 따라 올라온 메기, 뱀장어, 민물 참게, 큰 붕어 등 여러 고기들이 위로 거슬러 올라온다.

논에 물 관리를 하면서 물이 넘쳐 흐르면, 흙으로 막은 물꼬를 열어 논물을 아랫논으로 흘려 보내고, 비가 안 오고, 가물면 물꼬를 닫아 논에 물 관리를 하는 것이다.

비가 많이 오면 개천가의 시냇물이 철철 흐르고, 비가 안 오고 가뭄이 들면 개천가 물이 졸졸 조금 흐른다.

그래서 비가 많이 온 후에는 개천가로 가서 고기를 잡고, 비가 안 오고 가물면 여러 논들의 물꼬들을 돌아다니면서 물꼬 밑에 논물들이 고여 움푹 파인 곳에 쪽대로 한 두 번씩 걸어 올리면 피라미, 붕어, 미꾸라지 등 여러 잡고기를 잡는다.

어린 그 당시에는 논의 물꼬나 개천에 가면 물고기가 많았다. 개울가 개천에서는 수영을 하면서, 맨손으로 흐르는 물이 소용돌이치며, 움푹 파인 곳을 살살 맨손으로 더듬으면 손 끝에 붕어, 송사리, 미꾸라지 등 여러 고기가 있는 감촉을 느끼면, 잽싸게 움켜쥐어 잡는 방법이다.

어느 날은 메기와 뱀장어도 잡는다. 그날은 횡재한 날이다. 그렇게 하여 잡은 많은 고기는 배를 따서 내장들을 꺼내고 깨끗이 닦아 손질하여, 찌그러진 양은솥에 적당한 물과 함께 넣는다. 그리고 준비한 양념들을 넣고 팔팔 끓인다.

어느 정도 끓으면, 라면을 한두 개 넣는다. 여러 명이 천렵을 갈 때는 밀가루도 가지고 가서 펄펄 끓은 매운탕에 밀가루 반죽을 하여 손으로 수제비를 떠서 넣어 주면 매운탕의 양도 많고 맛도 맛깔나고 칼칼하고 일품이다.

그리고 밀가루가 남으면, 손질한 물고기에 밀가루를 묻혀서 준비하여 간 기름이나 식용유 그릇에 넣고 튀기면 아삭한 물고기 튀김맛 또한 일품이었다.

특히 매운탕 속에 칼로 베어 넣은 무의 맛은 고기보다 더욱 맛이 있었다. 매운탕 국물이 무에 배어 담백하고 칼칼한 맛이 더욱 맛이 있었다. 그리고 마지막에는 국물에 라면도 넣기도 하고, 밥도 말아서 먹는다.

친구들과 민물고기를 잡아서 매운탕을 해서 먹는 날은 모두가 많이 먹다 보니 움푹 들어간 배들이 불룩 나와 보인다. 그 당시의 어린 아이들은 식량이 부족하여 모두가 영양부족으로 팔다리가 엄청 가늘어서 바싹 말랐다.

매운탕을 끓여 먹는 천렵하는 날만큼은 많이들 먹어서 모처럼 배가 불룩 튀어 나온 것이 자랑스럽기도 하고, 살이 찐 느낌을 갖고 있었다.

그렇게 시골에서는 봄부터 가을까지는 수시로 친구들과 모여서 천렵을 자주 해서 먹었다. 겨울철에도 종종 얼어붙은 얼음을 깨서 피라미 낚시를 하여 매운탕을 끓여 먹기도 하였다.

시내물이 흐르는 개천가나 뜨거운 여름날에도 산골짜기에 계곡물이 졸졸 흐르는 곳에 가면 버들치가 있는 곳에서도 천렵을 하여 친구들과 천렵으로 즐겁게 끓여 맛있게 끓여 먹던 기억들이 그리워진다.

냇가가 있고, 개천과 시냇물이 흐르는 시골에서만이 즐길 수 있는 천렵이다. 특히 현대를 살아가는 베이비붐 시대들은 그 옛날 어린 시절에 시냇가에서 물고기를 잡아서 천렵을 하여 끓여 먹었던 그 시절을 잠시나마라도 기억을 더듬어서 생각을 하면 가슴이 설레고, 그리워진다.

세월이 흘러도 잊혀지지 않은 가슴속 깊이 남아 있는 추억들이다. 그 시절이 좋았느라고……

25.

찐뽕놀이

　'찐뽕' 하면 요즘 젊은 사람들이 들으면 생소한 단어이다. 어릴 적에 동네 형들이 하던 놀이를 자주 구경도 하고, 머리숫자가 안 맞으면 끼워 주어 같이 놀기도 했다.

　인원수도 양 팀이 같으면 된다. 보통 양 팀 각각 두 명에서 대여섯 명이 손바닥을 폈다 뒤집는 방법으로 편을 가르고, 수비와 공격을 주고받으며 점수를 낸다.

　도구로는 공 하나에 짧은 막대기 하나면 된다. 지금 생각해 보면 찐뽕놀이가 요즘 인기 스포츠인 야구경기가 정착되기 전에 야구와 비슷한 변형된 놀이인 것 같다.

　예컨대 찐뽕놀이가 발전되고, 변형된 것이 야구인 듯하다. 가난했던 옛 시절에는 놀이 도구가 없는 간단한 놀이들을 많이 했다.

　지역별로 조금씩 놀이 방법이 다르기는 하지만, 찐뽕놀이는 공 하나에 40~50센티 막대기 하나로 팀을 나누어 수비와 공격을 번갈아 가면서, 수비공격 횟수를 그때 그때 상황에 따라 2, 3회에서 5, 6회까지 여유

　　　　　　　　　　　/ 그때 그 시절

시간에 따라 정하여 하였다.

우선 공은 그당시 고급 스포츠인 정구공을 읍내에 고등학교 정구선수 형이 많이 치고 난, 약간 낡은 공을 얻어다가 찐뽕놀이를 했다.

공의 재질은 고무공으로 물렁물렁하였다. 또한 낡은 정구공으로도 하고, 테니스용 공으로 털이 거의 다 빠진 헌 공을 얻어다가 찐뽕놀이를 하였다.

요즘은 정구공은 보기도 힘들고, 경기하는 것도 볼수가 없는 것 같다. 테니스 경기가 대중화되어 있다. 방식은 야구경기와 비슷한 경기 방식이지만 투수가 없고, 타자가 자기 왼손으로 머리 높이만큼 공을 던져서 내려오는 공을 오른손에 잡은 막대기로 쳐서 보내고 베이스를 돌아오는 놀이이다.

장소는 추수가 끝난 넓은 밭이나, 평평하고 나무가 적은 뒷동산에서 한다. 사시사철 인원수만 맞으면, 눈이 많이 쌓인 들녘에서도 한다. 물론 배트 대신 나무 막대기로 하고, 공은 고무 재질의 정구공이나 털이 많이 빠진 많이 치고 난 헌 테니스 공으로 한다.

물론 투수는 없고, 글러브와 모자도 없고 베이스는 돌멩이나 책가방, 주위에 있는 표시될 만한 것을 두 군데 정하여 놓고 놀이를 한다.

타석은 베이스와 십여 미터 거리에 두 군데 베이스를 만들어 타석을 포함하여, 총 세 군데 베이스를 통과하여 한 바퀴를 돌면 일점으로 한다.

공격팀이 순서를 정하여, 첫번째 타자가 공을 왼손으로 자기 키만큼 공중으로 올렸다가 팔 높이 만큼 내려오면, 오른쪽에 쥐고 있던 막대기로 공을 맞추어 앞으로 날려 보내고, 막대기를 놓고, 첫 번째 베이스로 뛰는 것이다.

땅볼이나 공중볼을 쳐서 수비수가 못 잡으면 계속하여 베이스를 돌고, 타석 베이스까지 오면 1점을 내는 경기이다. 야구와 같이 수비수 중에 베이스를 지키는 사람과 굴러오거나 날아오는 공을 잡으려는 사람이 서로 협조하여 수비를 해야 한다.

양팀 인원이 많으면 수비가 잘되고, 점수도 적게 난다. 그리고 양 팀 인원이 적으면 점수도 많이 난다. 그래서 인원이 적으면 5, 6회까지 하고 1명이 아웃되면 공격 수비를 바꾼다. 반대로 인원이 많으면 2, 3회로 하고 2명이 아웃되면 공격 수비를 바꾼다.

찐뽕놀이도 팀웍이 중요하다. 공격과 수비할 때 타자 순서도 중요하고, 공을 하늘로 잘 띄우고 내려올 때 타이밍을 잘 맞추어 잘 치는 실력도 있어야 한다.

그래서 양쪽 편을 나눌 때에는 실력과 나이를 대등하게 골고루 나누어 편을 가른다.

"야들아~ 우리 찐뽕놀이 하러 가자."

친구 누군가가 제안을 하면 모두가 좋아라 하면서 친구들을 불러서 모아 편을 갈라서 찐뽕놀이를 즐겁게 하였다.

요즘 티브이로 시청하는 야구 경기를 보면, 그옛날 찐뽕놀이가 생각이 난다. 그 시절이 생각 나고 그리워진다. 그 시절에는 나도 찐뽕놀이 공을 잘 치는 선수였는데? 그 당시에 야구선수로 성장했으면, 비슷한 시기인, 야구선수인 김봉연 선수만큼은 안 되었어도 어느 정도 선수 자질은 있는 듯하였는데? 시대를 잘못 타고 났거나, 시골 태생이라던가, 가난 때문인가?

어쨌든 어릴 적 친구들과 찐뽕놀이를 하던, 동심의 세계를 생각하면 생각할수록 잊혀지지 않는 그리운 옛 추억이다.

/ 그 때 그 시 절

26.

팽이 돌리기

팽이치기, 팽이 돌리기 놀이는 어릴 적에 어른 아이들 모두 좋아하는 놀이이다. 아주 오래전부터 전해 내려오는 놀이이다.

지역마다 팽이 돌리기의 놀이는 명칭이 좀 다를 수가 있지만, 팽이를 만들고 돌리는 방법은 거의 비슷한 것 같았다. 사시사철 하는 팽이 돌리기는 추운 겨울에도 많이 했다.

장갑이 귀하던 시절에 손가락을 호호 불며, 힘껏 가로로 팽이를 팽이채로 쳐서 빠른 속도로 돌리고, 나서 팽이치기를 중단하고 팽이가 도는 상태로 누가 오래 돌리는가? 하는 시합도 한다.

특히 겨울철에는 얼음이 얼은 얼음판에서 돌리면, 잘 돌아간다. 얼음판에서 팽이를 힘껏 돌리다가 미끄러져 넘어지는 경우도 종종 있었다. 아주 추운 겨울철이지만, 팽이 돌리는 데 집중하다 보니, 추위도 잊는다.

팽이는 도톨이와 비슷한 원뿔 모양의 팽이와 삼각형 모양의 팽이를 만들어 놀이 도구로 놀았다. 그 어린 시절에는 팽이를 직접 만들어서 놀았다. 뒷산에 가서 팽이를 만들기 좋은 소나무나 박달나무를 잘라서 집으로 가지고 와서 주로 원뿔형 팽이를 직접 만들어서 놀았다.

톱과 낫으로 적당한 크기만큼 자르고, 모양을 균형 있게 만들고, 갈아서 만들어 놀았다.

팽이를 돌리는 방법으로는 원뿔형 팽이는 처음에는 손으로 힘차게 돌려서 바닥에 놓고, 팽이 채로 팽이 옆을 쳐서 돌리는 팽이와, 팽이에 줄을 감아서 옆으로 힘껏 던지면 감았던 줄이 빠른 속도로 풀리면서 팽이가 떨어진 자리에서 계속 돌아간다.

그리고 방바닥에서 돌리는 팽이는 책받침을 지름 5센티에서 10센티 사이의 원 모양으로 둥그렇게 오려서 중심점인 정중앙에 나무 젓가락이나 나무 막대기로 끼워 위아래 같은 길이로 고정시키고, 엄지와 검지로 잡고 비벼서 좌우로 힘껏 돌리는 놀이도 있었다.

요즘은 다량으로 제조 공장에서 만들어 문방구에서 파는 여러 종류의 팽이가 있었지만, 1960년대 초중반인 초등학교 시절에는 팽이를 직접 만들어서 놀았다.

재질은 나무로 팽이를 만들었지만, 단단하고 수명이 긴 굵은 소나무나 박달나무를 잘라서 톱과 낫으로 균형 있게 잘 다듬어서 만들었다.

팽이가 도는 밑바닥에는 쇠구슬이나 굵은 못을 짧게 잘라서 끝을 둥그렇게 갈아서 팽이 밑의 중앙 꼭지점에 박아서 팽이를 돌리면 잘 돌아가고 오래도록 돌릴수가 있다.

단단한 나무로는 주로 박달나무나 밤나무, 대추나무로 만들고, 그 당시에는 그런 나무들 중 박달나무는 귀하여, 밤나무나, 대추나무로 만들었는데 그 나무들도 팽이 만들 굵기의 나무가 흔하지 않아 단단한 소나무의 광솔 부위를 잘라서 칼과 낫으로 뾰족하게 원뿔 모양이나 상수리 모양으로 깎아서 만들었다.

　　　　　　　　　　　　/ 그때 그 시절

소나무의 광솔 부위가 단단하고 오래 사용할 수가 있었다. 팽이 밑 부분 뽀족한 곳에는 읍내의 고물상에 가서, 베어링의 쇠구슬을 얻거나 사서 그곳에 박아 팽이가 돌 때 잘 돌고 오래 돌려도 마모되지 않게 쇠구슬이나 굵은 철사를 잘라서 심어 뽀족하게 갈아서 사용하였다.

팽이를 만드는 데 가장 주요한 것은 팽이 밑 부분을 꼭짓점으로 하여 중심을 잘 잡아 균형이 맞게 칼과 낫으로 정성스레 깎고 다듬어서 팽이가 잘 돌게 만들어야 한다.

그래서 팽이 모양으로 다듬으면서 수시로 땅바닥에 돌리면서 도는 균형을 보아 가면서 팽이를 만든다.

그런 다음에 햇볕에 건조시켜 나무의 뒤틀림을 확인한 후에 약한 불에 살짝 구운 후에 윗 부분에는 모양 있게 여러 색깔로 원 모양을 그려 놓아 팽이가 돌아갈 때 시각적으로 보기 좋게 색칠을 한다.

팽이 놀이 방법 중 하나는 겨울철 얼음이 꽝꽝 얼은 큰 논에서 십 미터 전방에 반환점을 만들어 놓고, 팽이 채로 팽이를 돌리면서 이동하여 누가 빨리 팽이를 돌리면서 시작점까지 오는 시합도 즐겁게 하였다.

그리고 팽이 싸움도 재미가 있었다. 각자 자기 팽이를 땅바닥에 팽이 채로 힘껏 돌리거나, 감아 던져서 돌린 후에 돌고 있는 팽이를 팽이 줄로 상대방 팽이와 부딪치게 하여 쓰러트리거나, 한두 번 부딪친 후에 누구 팽이가 오래 돌고 있는 시합도 하기도 하였다. 채찍질로 치는 팽이는 힘껏 여러 번 빨리 치면 칠수록 빠르게 잘 돌아간다.

팽이를 잘 만들고, 단단하게 멋있게 만들고 오래 돌아가는 팽이를 갖고 있는 친구가 부러움의 대상이 되기도 하였다.

휴일날 친구들과 팽이를 돌리고, 팽이시합, 팽이 싸움을 하다 보면 시간 가는 줄 모르고, 날이 저물어 늦게 집에 돌아오는 날이 종종 있어 부모님한테 꾸지람을 들은 적도 있었다.

어릴 적에 친구들과 팽이 돌리기 놀이는 신나고 재미 있는 놀이 중의 하나이다.

"야들아~ 우리 팽이 돌리기 놀이 하자!"

그때 친구들과 팽이를 만들어 돌리던, 그 동심의 시절이 생각나고 그립다.

27.

제기차기

제기차기는 전통적으로 전해 내려오는 우리 고유의 놀이 풍습이다. 설 명절이나 추석 명절이면, 오전 중에 세배나 제사를 지내고, 선산의 조상님들께 성묘를 마치고, 아이들, 어른 모두가 마당에 함께 모여서 제기차기를 하였다.

아이들은 설빔으로 새로 사온 때때옷을 입고 어른들은 새 한복으로 입고 아이들과 어른들이 함께 모여서 제기차기를 하였다. 지역에 따라 조금씩은 차이가 나지만, 여자아이, 어른들도 같이 하는 동네도 있었다.

요즘은 문방구에서 여러 가지의 제기를 만들어 팔고 있지만, 그 옛날에는 직접 만들어서 제기를 찼다. 제기차기는 우선 제기를 잘 만들어야 하고, 놀이 방법이 여러 가지이다.

제기를 잘 만드는 방법은 제기 속에 들어가는 물체는 그 옛날 동전인 가운데 사각 구멍이 뚫린 엽전을 많이 사용하였고, 양은재질로 된 사이다, 콜라 병뚜껑으로도 만들고, 기계의 볼트를 조일 때 중간에 들어가는 동그란 철제 와샤도 사용하였다.

요즘 오백 원짜리 동전만 한 크기가 적당한 모양이었다. 그리고 냇가에 가서 동그랗고, 반들반들한 적당한 크기의 돌멩이를 찾아 주워와서 제기를 모양 있게 만들었다.

그리고 겉을 싸는 것은 얇은 한지나, 부드러운 천으로 감싸서 실로 단단히 묶은 후에 제기 술의 길이를 10센티 정도 적당히 잘라서 가위나 칼로 여러 갈래로 쪼개어 나풀거리게 만든다.

얇게 많이 갈라 잘라 제기 술이 많아야만, 제기를 찰 때 제기가 공중에 뜨는 체공 시간을 지연시켜 느리게 떨어트려, 제기차기를 오래 많이 하게 한다.

또한 제기의 모양을 멋있게 하기 위하여 여러 갈래의 제기 술에 물감이나, 크레용으로 여러가지 색깔을 칠하여 시각적으로 보기 좋게 만든다.

그렇게 만든 제기를 명절 전날 몇 번이고 시험적으로 제기 차는 연습을 한다. 보는 사람들에게 제기를 숫자로 많이 차는 것을 보여주고, 뽐내고 자랑스럽게 보이려고, 한다.

제기차기의 방법과 놀이의 종류로는 여러 가지가 있다.

우선 첫 번째로 여러 사람들이 보는 앞에서 혼자 한 발로 누가 많은 숫자를 차는지 시합하는 것이다. 땅바닥에 안 떨어트리고 연속적으로 오래 한 발로 많이 차는 사람이 이기는 것이다.

두 번째로 두 발을 교대로 제기를 차면서 누가 많은 숫자를 차는 것이다. 한 사람이 서서 있는 상태로 오른발 한 번, 왼발 한 번씩 차면, 옆에 있는 사람들이 한, 둘, 셋, 넷…… 제기를 떨어트리지 않을 때까지 숫자를 세어 준다. 양 발로 쉬지 않고 많이 제기를 찬 사람이 이기는 게임이다.

세 번째로 두 명씩 팀을 만들어 한 명씩 제기차기를 한 것을 같은 팀끼리 제기를 찬 숫자를 합산하여, 참가한 팀 중에 제기를 많이 찼는지 친구 중에 심판을 두어 제기를 찬 숫자를 합산하여 많이 찬 팀이 우승을 가르는 게임이다.

네 번째로는 두 명씩 팀을 만들어 같은 팀끼리 교대로 제기차기를 주고 받으며 많은 숫자를 제기를 찬 팀이 이기는 게임이다.

다섯 번째로 같이 즐기는 놀이는 두 명에서 서너 명이 둥그렇게 둘러 서서, 한번씩 돌아 가면서 제기를 차고, 제기가 땅에 떨어지지 않도록 함께 오래 차는 협동심을 기르는 즐거운 놀이이다. 어느 한 사람이 실수를 하여 차던 제기가 땅에 떨어지면 탈락한 것으로, 잔심부름이나, 벌칙을 준다.

별칙은 학교에 가고 오는데 책 보자기 들어 주기, 냉수 떠 오기, 업어 주기 등 갖가지 벌칙들을 준다.

여섯 번째로 서서 한 발은 고정시키고, 한 발은 땅을 짚지 않고 한쪽 발을 든 상태에서 누가 제기차기를 오래 많이 차는지 우열을 가리는 게임이다.

제기차기도 운동 신경이 좋고, 하체가 튼튼하고, 중심을 잘 잡는 운동으로, 상하체 균형이 잘 잡힌 사람이 오래 차고 많은 숫자의 제기를 찰 수가 있다. 운동도 많이 되고, 명절에 제기차기를 오래 하면, 다리가 뻐근하고, 엉치가 아픈 기억도 있다.

어린 시절에 고향에서 뛰어 놀았던 기억들을 생각하면 그 옛날 제기차기를 하던 시절이 생각나고, 특히나 명절 때 시골인 고향에 가면 친구들과 시간 가는 줄 모르게 제기차기를 하던 기억들이 주마등처럼 스처간다.

세월은 가는 게 아니고 반복적으로 돌아가면서 다시 찾아 오는 것일까? 지난간 어린 추억들을 되새겨 보면, 마음속 한 구석에는 동심의 세계에서 놀던 제기차기를 다시 하고픈 마음이 생긴다.

　그런 생각들을 하면 다시 그때의 어린 그 시절로 잠시나마 돌아가 보고 싶다.

28.

겨울철 썰매 만들어 타기

날씨가 추운 겨울철 동절기에는 썰매 타기가 즐거운 놀이였다. 아주 추운 겨울에만 가능한 놀이이기 때문에 그 시대에 썰매를 열심히 타다 보면 추운 줄도 모르고, 시간 가는 줄도 모르게 한겨울을 이겨 내면서 겨울을 보냈다.

썰매는 얼음판에서 타는 얼음 썰매와 눈 위에서 타는 눈썰매가 있었다. 요즘은 인위적으로 얼음과 눈을 만들어, 아주 멋있고, 아름답게 좋은 곳에 잘 만들어진, 썰매나 도구로, 상설 얼음 썰매장이나 눈썰매장이 생겨 어린이들과 어른들이 같이 즐기고 있지만, 그 옛날에는 썰매를 직접 만들어 동네에 물을 가두어 놓은 논이나, 큰 저수지에 얼음이 꽝꽝 단단히 두껍게 얼면, 그때에만 썰매를 탈 수가 있었다.

추운날 얼음이 두껍게 얼은 날만 썰매를 탈 수가 있었던 것이다. 얼음이 꽝꽝 얼은 시기는 겨울철 동안 며칠되지 않은 날들이라 얼음이 꽝꽝 얼은 날 열심히 썰매를 타야만 한겨울을 재미있고 즐겁게 지낼 수가 있었다.

그래서 추운 겨울이 다가오기 전에 작년에 탔던 썰매를 손질하거나, 아니면 새것으로 만들어 놓는다.

　썰매 만들기는 만들 재료와 준비가 필요하다. 썰매를 만들고 탈려면, 썰매 몸체와 두 개의 꼬챙이가 필요하다. 우선 썰매 몸체를 만들어야 하는데 준비할 물건들이 많이 필요하다.

　썰매는 직사각형으로 만들어야 하는데, 두 개의 각목과 널빤지나 합판이 있어야 한다. 사각의 각목을 같은 길이로 잘라서 진행 방향으로 길게 평행선으로 놓고, 그 위에 두꺼운 합판이나 널빤지를 각목보다 가로 세로 조금씩 길고, 넓게 잘라서, 올려놓고 대못으로 고정시키기 위해 단단히 박는다.

　사각 각목과 합판이 한 몸체가 되도록 하여 합판 위에 앉거나 쭈그리고 앉아서 썰매를 타는 것이다.

　그런 다음에 사각 각목 밑면에 진행 방향으로, 낮게 홈을 파서 굵은 철사줄을 직선으로 각목 밑면에 철사 굵기의 반만 묻히게 단단히 고정을 시킨다.

　각목 앞면과 뒷면에 철사를 구부려서 못으로 고정시켜, 썰매를 탈 때 잘 미끄러저 앞으로 잘 나가고, 철사가 이탈되지 않도록 튼튼하게 만든다.

　또 다른 방법은 썰매 각목 밑에 철사 대신 기역자 조립식 선반 만들 때 들어가는 철재로 만든 앵글을 각목 길이만큼 잘라 앞면과, 　면에 라운드 각을 주어 이탈되지 않도록 썰매 밑의 각목에 홈을 파고 못으로 고정시켜서 이탈되지 않도록 고정시키면 된다.

　그리고 썰매를 읍내로 가지고 가서, 썰매 칼날 밑면을 시멘트나 차로의 아스팔트에 곱게 문질러서 매끄럽게 하여, 갈아서 썰매가 앞으로 잘 나가면서 미끄러지게 만들어 가지고 온다.

썰매의 각목 밑에 철사 썰매보다는 앵글 칼날 썰매가 얼음판과 닿는 면적이 작아 얼음과 마찰이 적어, 앞으로 잘 미끄러져 나가고, 앞으로 나가는 속도도 빠르다. 그런데 칼날 고정이 수월하지 않아 수명이 길지 않다.

그렇게 하면 썰매 몸체는 완성이 된 것이다. 그런 다음에 썰매를 타고, 자기 스스로 앞으로 밀기 위해 양손에 썰매 지팡이인 썰매 꼬챙이 두 개가 필요하다.

시골에서는 썰매 꼬챙이라고 한다. 그래서 두 개의 썰매 꼬챙이를 만들어야 한다. 꼬챙이를 만들려면, 톱을 가지고 뒷동산으로 간다. 적당한 굵기의 곧게 뻗은 2미터쯤 자란 소나무를 베어 집으로 끌고 온다.

집에 가지고 온 소나무의 가지를 정리한 후에 낫이나 칼로 껍질을 벗겨 낸다. 그리고 햇볕에 충분히 말리면서 건조시킨다. 썰매 꼬챙이의 길이는 썰매를 앉아서 탈 때에 사용하려면 50센티 정도로 하고, 서서 탈 때에는 1미터쯤 길이를 만들어 타야 한다.

그리고 햇볕에 건조를 충분히 시켜야만 변형이나 뒤틀림을 방지하고, 소나무 속에 있는 송진이 밖으로 나오게 한다. 그런 다음 모래에 비벼 자주 닦거나, 샌드페이퍼로 문질러서 소나무 송진을 없애고, 단단하고, 반들반들하게 만든다.

그렇게 잘 다듬어진 썰매 꼬챙이 나무를 아궁이의 약한 불에 살짝 구워서 튼튼하게 만든다. 그리고 꼬챙이의 굵은 쪽이 손잡이가 되고, 가늘은 쪽이 얼음판을 찍어서 앞으로 밀어 내는 끝이 된다.

그 꼬챙이의 아래 밑면에 굵은 대못을 꽂아야 한다. 그렇게 하려면, 대못의 머리 부분을 망치로 두들겨서 못의 굵기만큼 머리 부분을 잘라 없앤다.

그런 다음에 소죽을 만드는 커다란 가마솥의 아궁이에 벼를 찧고 난 벼의 껍데기인 왕겨에 불을 지핀 후에 수동식 풍로로 힘껏 돌려서 불꽃이 파랗게 보일 때, 펜치로 대못을 잡고, 높은 온도의 불에 달구어서, 빨갛게 달구어지면, 그 상태로 소나무 꼬챙이의 밑면 끝 부분에 직선으로 밀어 넣는다.

물론 그전에 작은 못으로 굵은 철사가 들어갈 곳에 작은 못으로 구멍을 내어 놓는다. 그리고 꼬챙이 끝에 굵은 대못이 직선으로 잘 들어가 고정시킨 후에 그 위에 다시 얇은 철사로 꽁꽁 단단히 동여맨다.

그래야만 썰매를 타고, 꼬챙이로 얼음판을 찍어서 밀어낼 때, 튼튼하고, 힘이 잘 들어가, 앞으로 잘 나가고, 오래 사용할 수가 있다.

썰매몸체와 꼬챙이가 완성이 되면 마음이 뿌듯하고 설레인다. 썰매를 즐겁게 탈 생각을 하면 잠이 안 온다. 그리고 얼른 아주 추운 날이 와서 얼음이 꽝꽝 얼기를 마음속으로 바란다. 그렇게 즐거운 마음으로 뒤척이면서 밤잠을 청한다.

다음날 날이 밝았다. 아침 일찍 밖의 날씨를 보니 춥지 않은 포근한 날씨였다. 오전 내내 찌뿌둥한 날씨가 이어지더니 오후부터 싸라기눈이 내리더니, 점차로 함박눈이 내리기 시작하였다.

저녁 나절까지 눈이 마당과 산과 들녘에 수북히 쌓였다. 열심히 만들어 놓은 썰매를 얼음판에서 탈려면 아주 추워야 하는데, 어른들 이야기로는 얼음이 꽝꽝 얼려면 며칠은 더 기다려야 한다고 한다. 함박눈은 엄청 많이 와서 쌓여 발목끼지 빠졌다.

그때 친구가 찾아왔다. "야들아~ 썰매 타기는 틀렸구먼." 하면서 눈썰매 타러 뒷동산에 가자고 하였다. 그러면서 손에 비료 푸대를 들고 왔다.

"야~ 너도 비료 푸대를 찾아봐." 하여, 옷을 주섬주섬 입고 창고에 가 보니 속이 빈 비료 푸대가 눈에 띄어 들고 나왔다. 그 당시에는 비료 푸대로 눈썰매를 탔다.

비료푸대 속에 찌푸리기(볏짚)를 충분히 넣어 푹신푹신하게 하고 엉덩이가 안 아프게 만들어서 준비하여 가지고 뒷동산으로 간다.

뒷동산 언덕 배기에 위에서 비료 푸대를 깔고, 앞에 조금 여유를 주어 양손을 비료푸대 앞쪽 모서리를 잡고, 앉아서 양발로 조금만 밀면 언덕 경사에 의해 언덕 밑으로 미끄러져 내려온다.

미끄러져 내려오는 속도가 처음에는 느리지만 중간 정도 내려오면 중심을 못 잡을 정도로 아주 빠르게 내려온다. 그러다보면 빠르게 내려오다 몇 번 중심을 잃고 대굴대굴 구르기도 한다.

그 당시에는 비료푸대가 종이 재질로 만들어져 있었다. 언덕에서 눈썰매를 여러 번 타다 보면, 타던 길이 반들반들하여 타면 탈수록 점점 가속도가 생겨서, 속도가 빠르고 잘 넘어진다.

친구가 넘어져 눈 속에서 대굴대굴 굴러도 신나고 즐겁기만 하다. 비료푸대 썰매를 타다가 중심을 잃으면 잘 넘어지고 안 넘어지려고 바둥바둥 하다 보면 더 큰 충격으로 고꾸라진다. 그리고 넘어질 때 사람 몸 따로 비료푸대 따로 내려오기도 한다.

한참을 시간 가는 줄 모르게 비료푸대 눈썰매를 타다 보면, 엉덩이가 축축히 젖어 차가운 기운이 느껴온다. 그래서 비료푸대를 보니 비료푸대 바닥이 해져서 구멍이 난 것이다. 그럴 때는 친구의 비료푸대를 빌려서 타기도 하였다.

요즘은 비닐 재질로 비료푸대가 만들어져 있어서, 어쩌면 그때보다 더 잘 미끄러질 수도 있을 것이다. 그러다가 며칠 후에 추운 날이 와서 물이 고인 논과 저수지에는 얼음이 꽝꽝 얼었다.

그 위에는 아직도 눈이 많이 남지 않았다. 그래도 썰매를 타고 싶어서, 친구랑 같이, 눈 치우는 큰 빗자루와 떡가래를 들고, 얼음판으로 갔다. 물론 얼음판으로 갈 때 잘 만든 썰매와 꼬챙이도 들고 갔다.

추운 줄도 모르고 얼음판을 친구와 함께 쌓인 눈을 둥그렇게 한쪽으로 밀어내어 썰매를 탈 수 있을 만큼 공간을 만들기 위하여 눈을 치웠다.

쌓인 눈을 치우는 데, 한 시간 이상은 족히 걸린 듯하다. 추운 날씨이지만 눈을 치우다 보니 아마에는 땀방울이 송송 맺혔다. 눈을 치우느라 힘은 들지만, 썰매 탈 생각을 하니, 힘은 들어도 즐겁다.

그리고 친구와 함께 눈을 치운 곳에서만, 왕복으로 왔다 갔다 하면서, 어깨가 뻐근할 정도로, 지치도록 신나게 썰매를 탔다. 해가 저물어질 때까지 썰매를 탔다.

그렇게 추운 한겨울을 즐겁게 지내다 보면, 재미도 있지만, 한번쯤은 감기도 걸리고, 콜록콜록 기침도 심하다. 손과 발은 동상이 걸리기도 하였다. 한겨울 추위를 이겨내는 변변한 옷이나 신발이나, 장갑도 없었던 시절이었다.

허름한 옷에 얇은 양말과 고무신 차림이라 더욱 추운 겨울이었다. 그래도 그 시절에는 추운 겨울을 잘 이겨내고, 잘 견디어 왔다.

세월이 많이 흘러 이순에 이르러 있지만, 아직도 그 시절이 잊혀지지 않는 것은 때묻지 않은 순수한 그 동심의 시절이 그리운 것인 듯하다.

해마다 찾아오는 추운 겨울이지만, 그 추운 겨울에만 친구들과 재미있게 놀 수 있는 얼음 썰매와 비료푸대 눈썰매가 재미있고 흥미 있고, 신나는 놀이이다.

살아온 세월이 무수히 흘러, 앞으로 살아갈 남은 세월이 짧지만 그래도 과학과 문명이 발달되어, 한번쯤은 잠시라도 그때 그 시절로 돌아갈 수 있었으면 얼마나 좋을까 하는 바람이 있다.

어릴 적의 얼음판 썰매와 눈이 많이 쌓인 고갯마루에서 비료푸대로 눈썰매를 탔던 기억들이 잊혀지지 않는 소중한 추억들이다.

29.

겨울철 땔감 준비하기

  겨울철 시골의 아침 저녁 풍경은 초가집 굴뚝마다 하얀 연기를 내뿜으며, 파란 하늘을 잿빛으로 물들인다. 추운 겨울철 동안은 집집마다 추운 동절기를 따뜻하게 보내기 위하여, 부엌 아궁이에 군불을 항상 지피는 것이다.

  아침저녁 식사 때마다 부엌 아궁이에 불을 지피기도 하지만, 추위를 이겨내기 위하여, 식구들이 머무는 방 안의 바닥을 따뜻하게 하기 위하여 군불을 많이 지펴야만 한다.

  그 당시 시골집들은 초가지붕에다, 방문은 나무 창살에다 창호지인 한지를 붙여 만든 창문들이라 밖의 추운 온도가 방 안까지 스며들어 아주 추운 기운이 방 안까지 들어와 웃풍이 심한 구조의 집들이다.

  요즘은 시골의 난방 방식도 심야 전기나, 보일러 방식으로 기름이나 가스로 난방을 하지만, 그 옛날에 대부분의 집들이 방바닥 구조를 구들 방식으로 만든 온돌방이라 부엌에 불을 지펴야만 방바닥과 방 안 온도가 따스하게 올라간다.

          / 그 때 그 시 절

그래도 방 안의 온도가 바닥은 따스한데 천정 쪽의 온도는 차갑다. 방안에서 천정을 보고 호~ 하면 하얀 김이 나올 정도로 기온차가 심하였다.

아주 추운 날은 윗목에 담아 놓은 큰 그릇의 대접의 물이 얼은 적도 있었다. 그리고 군불을 지펴도 아랫목은 따뜻한데 윗목은 차갑고 썰렁하다.

잠을 청할 때도 아랫목은 집안 어른이나 어린아이가 자고 윗목은 다 자란 아이들, 엄마, 어른들이 잠을 잤다. 그래서 추운 겨울철에는 부엌 아궁이에 군불을 많이 때야만 한다.

그 불을 지피는 일도 겨울철 아주 중요한 일 중 하나이다. 그런데 그 당시에는 군불을 지필 때 땔감이 많이 부족하였다. 농사를 많이 짓는 집들은 추수가 끝난 보릿짚이나 고춧대, 수수대를 많이 사용하고, 기르는 소의 먹이인 볏짚을 소의 겨울철 동안의 먹이를 남겨 놓고, 군불로 지펴 땔감으로 사용하였다.

논농사, 밭농사를 조금 짓는 집들은 가을철부터 땔감을 준비하여야만 하였다. 땔감은 주로 지게를 지고, 낫과 도끼를 가지고, 산으로 가서 마른 풀을 베거나 죽은 나뭇가지나 뿌리를 캐어 땔감으로 사용하였다. 굵은 나무들의 껍질도 벗겨서 땔감으로도 사용하였다.

많은 집들이 땔감이 부족하여 가까운 산들에는 이미 부지런한 사람들이 땔감으로 거두어 들여 다녀간 뒤라 별로 땔감들이 눈에 띄지를 않는다.

그래서 집으로부터 거리가 먼 산으로 지게와 낫, 도끼를 들고 땔감을 찾으러 가서 죽은 나무를 자르고, 작은 가지를 베어서, 지게에 땔감을 가득 싣고 집으로 와서 부엌 옆 창고에 쌓아 놓아야 한다.

한겨울철을 따듯하게 보내려면 땔감을 충분히 준비하여 쌓아 놓아야만 하였다. 겨울철 땔감을 많이 쌓아 둔 집들을 보면 부럽기도 하고, 땔감을 많히 준비하여 쌓아 놓은 것을 보면, 마음이 든든하고 부자가 된 듯하기도 한다.

그리고 추석 명절에는 조상님들 묘에 벌초를 하는데, 낫으로 벌초를 하고 난 잡풀들도 모아 잘 말려서 군불로 사용하였다. 요즘은 조상묘인 산소들만 벌초를 하지만 그 옛날에는 벌초를 하면서 산 전체에 수북히 자란 잡풀들과, 큰 나무들의 밑둥에 자란 작은 나뭇가지들과 큰 나무들의 씨앗이 떨어져 작게 땅바닥에 자라난 나뭇가지들을 낫으로 베어서 한쪽에 모아 펼쳐 놓아 햇볕에 자연 건조를 시켰다.

그리고 보름 이상 건조시켜 가벼워지면, 지게를 지고 가서, 지게에 차곡차곡 쌓아서 집으로 가져온다. 땔감으로 사용하려고 하는 것이다. 그나마도 산을 소유하거나, 집안 문중의 산을 관리하는 집들만이 땔감 걱정을 안 하는 것이다.

논농사, 밭농사가 적거나, 변변한 산을 소유하지 못한 집들은 겨울철 땔감 걱정이 많아 가을철부터 겨울 동안은 땔감 준비하느라 분주하고 바쁘다.

그런 집들은 겨울철 하루 일과가 땔감 준비하러 산에 가는 것이다. 가까운 산들은 소유주가 있어 산 소유주가 일차로 땔감을 거두어간 뒤에 양해를 구하여, 조금이라도 남겨진 땔감을 줍으러 간다.

그런 때에는 주로 갈퀴와 낫을 들고 간다. 산 소유주가 땔감을 거두어 간 뒤에 남아 있는 작은 풀들과 큰 나무 밑에 마른 솔가지나 나뭇잎들을 갈퀴로 닥닥 긁어서 지게에 담아서 땔감으로 가져오는 것이다.

특히 조상의 문중 산소가 많은 곳은 산소 잔디 들판이 넓어서 마른 잔디를 갈퀴로 닥닥 긁으면 잔디풀을 많이 거둘 수 있었다.

그리고 산 소유는 많은데, 일손이 부족하여 조상묘의 산소만 벌초를 하는 집들과는 벌초를 하여 주는 조건으로, 산소 주위의 잡풀과 나뭇가지를 베어 땔감으로 사용할 수 있도록 허락을 받아서 땔감을 준비한다.

또한 다른 방법으로는 산 소유가 많은 집들의 산을 통째로 임대를 하여, 산소 벌초도 하여 주고, 산 전체의 잡풀과 작은 나뭇가지들을 베어서 충분히 건조시킨 후에 거두어들인 땔감을 반으로 나누어 가져가는 것이다.

그렇듯이 추운 겨울철 땔감 준비는 아주 중요한 일 중의 하나이다. 그리고 추운 겨울을 이겨 내는 방법 중 하나는 돌을 뜨끈뜨끈하게 구워서 잠을 잘 때 수건으로 싸서 가슴에 안고 자는 것이다.

돌은 냇가에 가서 반들반들하고, 들어서 가져올 수 있는 큼지막한 매끈한 돌을 골라서 집으로 가져와서, 저녁에 군불을 땔 때나, 소죽을 끓일 때 가마솥 단지 위 솥뚜껑에 위에 놓거나, 옆에 데우거나, 아궁이 속에 넣어서 데운 후에 수건으로 싸서 잠잘 때, 배와 가슴에 안고 잠을 청해, 온기를 느끼며, 추위를 이겨 내곤 하였다.

돌이켜 보면 그 옛날 어린 시절은 왜 그렇게 추웠는지 모르겠다. 특별한 난방 장치도 없이 군불에만 의존하고, 겉옷이나 양말, 신발, 장갑들이 추위를 이겨 낼만큼 두껍지도 않았다. 그래서 그런지 추운 겨울철에는 어린아이들 대부분이 감기를 달고 살았고, 항상 코 밑에는 콧물이 흐르고, 주렁주렁 매달려 있었다.

콧물이 흘러 내리고 매달려서, 자주 오른손, 왼손의 팔꿈치로 훔쳐 닦았다. 그러다 보니 양쪽 팔꿈치가 반들반들 하여, 콧물을 닦은 흔적들이 많았다.

그 시절에는 추운 겨울철이 한편으로는 두려웠다. 그래서 추석이나, 설 명절에는 도시에 사는 형들이 두꺼운 겨울 옷을 사서 선물로 가져오기를 내심 기다렸다.

그러나 형들도 형편이 여의치 않아 주로 내복이나, 양말, 장갑을 사오셨던 기억들이 생생하다. 겨울철 동안 재미있게 썰매를 타고, 눈싸움하는 재미있는 놀이도 많았지만 어른 아이들 집안 식구 모두가 땔감 준비하는 일이 많았다.

그 옛날 겨울철은 왜 그렇게 추웠는지 모르겠다. 한겨울철 집 안에 땔감이 수북히 쌓여 있으면 마음이 든든하고, 부자인 듯 하다.

한겨울 추운 날을 이겨 낼려면, 가장 중요한 일 중의 하나가 땔감을 준비하는 일이다. 어린 시절에 겨울철 땔감을 하려고, 지게를 지고, 산에 가서 땔감을 하려고 산속을 헤메이던 시절을 생각하면, 춥고, 힘이 들었지만, 그 또한 소중한 추억들이다.

30.

땅따먹기(사방치기)

시골에서는 어렸을 때 땅따먹기 놀이를 많이 하였다. 지역마다 놀이 방식이 조금씩 다르지만, 내가 자라난 평택 지역에서는 땅따먹기 놀이를 친구들과 자주 하였다.

다른 이름으로는 사방치기 놀이라고도 한다. 그 옛날에는 농촌의 주된 업종은 농사를 지어서 추수를 하여, 수확한 소득으로 생활을 하면서 살아 왔다.

그래서 소농이니 대농이니 하는 말들이 많았고, 한편으로는 만석꾼이라는 집들은 일하는 머슴들을 두고 새경을 주면서 논과 밭농사를 경작하여 왔다. 그래서 그 옛날에도 농사를 지을 땅을 많이 소유한 사람들을 시골 부자라고 하였다.

그래서 땅을 많이 소유하고픈 마음이 어른이나 아이들 모두의 바람이고, 그러한 마음이 어린 아이들한테도 성장하면서 보고 배워 온 삶의 방식이었다.

그래서 그런지 몰라도 땅따먹기 놀이가 아이들이 즐겨 하는 놀이가 되었다. 오래전부터 전해 내려오는 놀이로 땅따먹기라고 하는데, 다른 말로는 사방치기라고도 한다.

흙바닥의 마당에 일정한 크기의 구역을 정하여 놓고, 가상적으로 자기 땅이라고 하고, 상대편도 자기 구역을 정하여 그려 놓고 검지와 엄지로 사금파리를 튕겨 밀어서 지나간 곳을 선으로 그려 놓고, 자기 땅으로 정하는 게임이다.

놀이 방식으로는 준비물로 그릇 깨진 조각을 사금파리라고 하는데, 사금파리를 망치로 요즘 백 원짜리 동전 크기 정도로 둥그렇게 다듬은 다음, 신작로로 나가서 시멘트 바닥이나, 아스팔트 바닥에 모양 있게 오랫동안 문지르고 동그랗고, 모양 있게 갈아서 각을 없애고, 모양 있게 만들어서 땅따먹기 도구로 사용하였다.

그리고 깨진 유리조각이나, 냇가에 가서 동그랗고, 가벼운 동전만 한 돌을 골라서 손질한 후 사용하기도 하였다. 두 명에서 서너 명이 즐겨 하는 놀이이다.

놀이 방법으로는 참석한 사람 각자가 준비한 사금파리를 엄지와 검지로, 아니면 엄지와 가운데 손가락으로 세 번 튕겨 밀어서 사금파리가 도착한 지점에서 세 뼘을 재어 컴퍼스처럼 둥그렇게 그려서 자기 땅이라고 정하여 놓는다.

그리고 모인 사람들이 가위바위보를 하여 순서를 정한 뒤, 다른 지점에서 시작하여, 세번 튕겨 보내서 자기 구역땅으로 오면 튀긴 사금파리가 지나간 자리에 선을 그어 지나간 안쪽을 자기 땅이면서 집이 된다.

그런 다음 손바닥으로 뼘 재기먹기를 한다. 뼘 재기는 자기 땅과 다른 땅 사이가 한 뼘이 되면, 그려서 자기 땅으로 편입하여 땅을 넓혀 가는 것이다.

　　　　　　　　/ 그때 그 시절

그리고 사금파리를 세 번 튕겨서 자기 땅으로 정한 구역 안에 못 오면 차례가 바뀌어 상대방이 위와 같은 방법으로 땅따먹기를 한다.

　마당에 그려 놓은 자기 땅들을 점점 넓혀 가는 놀이로 땅따먹기 놀이를 장시간 하면, 상대방과 서로 넓혀 가다 보면 마당이 있는 땅이 거의 없어져 각자 자기 땅의 면적을 많이 점유한 사람이 이기는 놀이이다.

　그리고 도구인 사금파리가 없이 하는 맨손으로 땅따먹기도 있었다. 한 곳에 동그란 원을 그려 놓고, 가위바위보를 하여 순서를 정하고, 각자 한쪽 방향을 정하여, 한 뼘씩 재어 자기 땅으로 그려서 자기 땅으로 정하여 넓혀 가는 게임이다.

　그렇게 오래 하다 보면, 한 뼘을 잴 땅들이 없어진다. 그리고 손이 크고 한 뼘이 큰 사람이 유리하고, 가위바위보를 많이 이긴 사람이 땅을 많이 가지게 된다. 그렇게 놀다가 누구 땅이 넓은지 눈으로 대충 확인하여, 넓게 보이는 땅을 가진 사람이 이기는 놀이이다.

　재미있게 땅따먹기를 하고 나면 손톱이 갈라지고 손가락 끝에 상처가 나서 피를 흘린 적도 있었다. 땅따먹기는 아주 오래전부터 내려오는 놀이로, 기억에서 잊혀지지 않는 전통 놀이이다.

　그 옛날 어린 시절이나 현실이나 땅은 가지고 싶은 욕망은 변함이 없는 것 같다. 오래전부터 전해 내려오는 땅따먹기 놀이들이 현실로 돌아와, 오늘날 뉴스의 이슈거리가 되는 땅이나 집의 부동산 투기로 발전되고 변질되어 온 것이 아닌가 하는 씁쓸한 생각들을 하게 된다.

　어느 유명한 부동산 투자자의 말이 어렴풋이 생각이 난다. 미래에 가치가 있는 것에 투자를 하면 성공한다고…….

　그것은 10년 후의 블루오션은 10년 전에 어린아이들이 즐겁게 놀이를 하는 종류와 아이템들이 어떤 것인지를 확인하고, 미래 가치를 위해

투자하라고 조언을 한다.

땅따먹기를 하다 보면 손바닥과 엄지, 검지가 퉁퉁 붓고 아프다. 사금파리를 손가락으로 거리 조절을 하면서, 세게 튕겨서 놀다 보니 저녁에는 손가락이 욱신욱신하고 피도 나기도 하였다.

그래도 오늘 땅을 많이 따 먹으면, 승리감에 기분이 좋다. 그때 그 어린 시절에 땅따먹기, 사방치기 놀이는 재미있고 시간 가는 줄 모르고, 잊혀지지 않는 추억 속의 즐거운 놀이이다.

31.

토끼풀 뜯어 우유 바꾸어 먹기

초등학교 5학년쯤 되는 1960년대 중후반쯤 되는 시기인 것 같다. 학교 가는 길은 꽤나 멀었다. 앞에서의 글에서 표현했듯이 동네 앞의 좁은 뚝방길과 저수지 뚝방길을 지나 가파르고, 비스듬한 오솔길을 따라 올라가다 보면, 길이 넓은 비포장도로의 큰 신작로가 나온다.

이따금씩 말마차와 우마차가 뿌연 먼지를 일으키며 덜거덕 덜거덕 소리를 내면서 지나간다. 자동차는 눈에 잘 띄지를 않았으며, 읍내인 서정리에 나가야만, 가끔씩 시외버스가 오고 가는 것이 눈에 보이는 차가 드문 시기였다.

학교 가는 길을 따라 구부러진 비포장 신작로를 한참을 걸어가다 보면 얕은 고개마루를 지나 계류지라는 동네 초입에 다니던 초등학교가 눈에 보인다.

그 초등학교는 종덕 초등학교로 내가 다니던 학교이다. 주위의 여러 동네 아이들과 함께 다녔다. 마을의 이름은 당현리, 두룽리, 계류지, 막금리, 문곡리 등 대여섯동네의 아이들과 같이 한 반을 이루었다.

남자, 여자 각각 45명 정도가 한 반으로 구성되어 남자, 여자 한 반씩으로 나누어 공부를 하였다. 우리 남자들 반은 45명 정도 되는데, 그중에 키와 덩치가 큰 아이가 여섯 명이 있었다.

그들은 신작로 옆에 있는 고아원에서 학교에 다니는 아이들이다. 우리들보다 키는 머리 하나 정도 크고, 덩치는 중학교 2, 3학년 정도로 엄청 커 보였다.

초등학교 1학년 때부터 같이 공부를 했지만, 서로가 낯설고, 서먹서먹하여 같이 어울리지는 않았다. 같이 사는 고아원 친구들끼리만 같이 다니고 잘 놀았다.

그렇게 지내다가 초등학교 3학년 때부터 친하게 지냈던 기억이 난다. 어린 아이들이지만, 서로가 마음을 열고 이야기를 하다 보니, 좋은 친구들이었다.

어느 정도 친하게 지내면서 나이를 물어 보았더니 같은 반 우리들보다 두 살, 세 살 많이 먹었다고 하였다. 그래서 같은 반이지만 형이라고 불러 줄까 하였더니, 부담스럽다며, 같은 학년이니까 그냥 편하게 친구로 지내자고 하였다.

그들은 덩치와 키가 큰 학생들로 우리들과 생김새가 달랐다. 얼굴 생김새는 얼굴이 흰 미국인이나, 머리가 꼽슬꼽슬한 검은 미국인이었다. 얼굴도 잘생기고 듬직한 모습들이었다.

그 당시의 말로 혼혈아였다. 한국전쟁 이후 인근 미군 부대에 근무하는 미국 남성과 한국 여성 사이에서 태어난 아이들이었다.

미국 군인들이 한국에 파병하는 기간 근무 중에 한국 여자와의 사이에서 태어난 후에 미국 군인은 파병기간이 끝나 한국 여자와 아이들만 남겨 놓고 본국으로 돌아가서, 어머니가 홀로 키우다가 가정 형편이나

/ 그 때 그 시 절

여러 가지 사유로 고아원에 보내어 자란 아이들이었다.

어머니는 얼굴 모습이 기억나지만 아버지는 얼굴도 모르고 누군지 모른다고 하였다. 생김새는 미국의 백인과 흑인이지만, 한국 여자와의 사이에서 태어난 아이들이라, 덩치는 크지만, 얼굴 모양은 조금은 동양인 모습이 나타나는 아주 잘생긴 모습이다,

행동하는 모습은, 우리들이랑 비슷하다. 그리고 글과 말은 한국말들을 하였다. 요즘은 보육원이라고 하지만 그 당시에는 고아원이라 하였다.

고아원에는 대부분 혼혈아들이 함께 살아가고 있었다. 그들은 키와 덩치가 우리들보다 엄청 커서 운동도 잘하였다. 특히 달리기, 씨름, 축구 등에서도 우리들보다 엄청 잘하였다.

성격은 온순하고 마음이 착하여, 마치 우리들의 형 같이 보디가드 노릇도 하여 주었고 우리들한테 친절하게 대하여 주었다.

그러던 어느 날 그들 중 한 명이 자기가 살고 있는 고아원에 놀러 가지고 하였다. 학교 공부가 끝난 오후에 나와 내 친구는 그들을 따라 큰 신작로 옆의 고아원으로 놀러 갔다.

평소에도 그들이 사는 모습을 궁금해하고, 한번 그곳에 가 보고 싶었다. 그들을 따라 고아원 정문에 들어서니, 학교나, 회사 정문 같이 큰 철문이 닫혀 있었다.

철문을 밀어서 열고 안으로 들어거니, 다른 세상에 온 것 같았다. 철문 초입을 지나 조그만한 운동장이 있었고, 소나무 등 여러 나무들이 잘 가꾸어져 있고 잘 정돈된 운동장이었다.

건물은 시멘트 벽돌로 차곡차곡 잘 쌓아서 보기 좋게 잘 지어져 있었다. 그 당시에 우리 시골동네는 대부분 초가지붕에 벽은 흙벽돌집들이었다.

어리둥절한 표정으로 그들을 따라 그들이 사는 건물 안으로 들어갔다. 안으로 들어가니 휴게실도 있고, 그 당시 보기 드문 탁구장도 있었다. 그리고, 자기들이 자는 방도 구경을 시켜 주었다.

그 고아원에는 엄마, 아빠가 없는 혼혈아만 모여서 산다고 하였다. 방안을 들여다보니 이층 침대가 2개 있었고, 의자가 있는 좋은 책상과 옷장도 있었다. 초등학생은 한방에 2명에서 4명이 이층 침대에 위, 아래에 기거하고 잔다고 하였다.

몇몇 안 되는 중학교 다니는 형들은 한방에 2명씩 잔다고 친절하게 설명을 하여 주었다. 여기에 몇 명이 같이 사느냐고 내가 물어봤더니, 초등학교 1학년부터 중학생까지 30여 명이 같이 산다고 하였다.

여러 곳을 구경하여 보니, 식당과 샤워장도 있었고, 아이들이 먹고 살아가기에는 좋은 환경과 시설들이 있었다. 시골에서는 보기 드문 시설들이었다. 휴게실에서 왔다갔다 지나가는 크고 작은 아이들이 많이 보였다.

침대와 샤워장, 탁구장, 휴게실 등 여러 가지 시설들은 우리 시골동네에서는 볼 수 없는 시설로 마음속으로는 부러움의 대상이 되었다.

단지 어린 나이 때부터 부모가 없고, 여러 명이 단체로 살아가고 있었다. 어린 내 마음에는 부럽기도 하고, 그곳에 살고 싶은 충동도 있었다.

한참을 여기저기 구경시켜 주더니 너희들 배고프지 하면서 영어로 쓴 반들반들한 하얀 종이에 담아 있는 노오란 우유를 나누어 주면서 먹으라고 하였다.

미국에서 만들어 온 우유라고 하였다. 우유 뚜껑을 그들이 손수 열어주면서 먹으라고 하여 받아서 먹어 보니, 이제까지 맛보지 못한 아주 맛있고 고소한 우유였다.

우유를 맛있게 먹고 난 후에 건물 뒤편으로 같이 갔다. 보여줄 것이 있다고 하여 따라갔더니, 그곳에는 조그만 텃밭이 있었고, 여러 종류의 채소가 잘 자라고 있었다.

고아원생들이 함게 채소를 가꾸어 먹는다고 하였다. 그리고 그 옆으로 가보니 동물들을 기르고 있었다. 토끼가 삼십여 마리, 닭이 이십여 마리, 염소가 십여 마리를 기르고 있었다.

자기들이 각각 동물 담당이 되어 기르고 있다고 하였다. 우리반 친구는 자기가 토끼를 기르는 담당이라고 하였다. 그래서 학교에 갔다 오면, 공부를 하면서, 짬짬이 시간을 내어, 채소들에게 물을 주고, 들에 나가 토끼풀을 뜯어다가 먹이로 준다고 하였다.

토끼 먹이로는 씀바귀잎이나, 클로버잎, 아카시아잎을 따다가 준다고 하였다. 고아원 내의 여러 곳을 보여 주고 잘 설명을 하여 주어 즐거운 마음으로 시간을 보냈다.

그리고 휴게실로 안내하더니, 캔 음료수를 하나씩 주면서 목마르니 먹으라고 하였다. 그들의 이야기로는 콜라라고 하였다. 진한 시꺼먼 색깔인데 입으로 마시니 거품이 나면서 짜릿하고 맛이 달콤하였다.

그 당시 시골에서는 사이다를 음료수로 소풍 갈 때나 맛을 본 기억이 난다. 역시 미국산 콜라가 더 맛있는 것 같았다. 그리고는 하는 말이 너희들 학교 공부가 끝나고 집에 가면 뭐하느냐? 공부하느냐? 일을 하느냐? 하고 물었다.

둘다 모두 한다고 하였다. 공부할 때도 있고, 부모님 일손도 조금 덜어드린다고 하였다. 우리들 이야기를 듣고 난 그들은 너희들 학교 공부 끝나고, 돌아오는 길에 우리 고아원에 들러서 자기들이 하는 일을 조금만 도와주면 맛있는 우유를 준다고 하였다.

무슨 일이냐고 물었다. 너희들이 도와줄 일은 자기들이 기르는 토끼의 먹이인 풀을 뜯어 오는 일이라고 하였다. 일주일에 두 번, 화요일, 목요일만 학교 끝나고, 오는 길에 고아원에 오면 자기들이 조그만 푸대자루를 하나씩 줄테니, 그 푸대자루 안에 토끼풀인 씀바귀, 클로버잎, 아카시아잎을 가득 뜯어오면 맛있는 우유를 준다고 하였다.

귀에 솔깃한 제안이었다. 그 당시에는 학교에 가는 길, 오는 길에 보면, 들녘이나 길 옆, 인근 산에는 그런 토끼풀이 많이 눈에 보이고, 지천이었다.

내 친구와 나는 즉석에서 바로 좋다고 하였다. 다음주부터 그렇게 하는 것으로 하고, 그날은 맛있는 우유와 콜라를 공짜로 얻어 먹고, 친구와 같이 즐거운 마음으로 집으로 돌아왔다.

돌아오는 길에 들녘의 주위를 보니 그런 토끼풀이 눈에 많이 보였다. 우리 다음 주부터는 그들한테, 토끼풀을 뜯어 주고 맛있는 우유를 얻어 먹을 수 있으니 좋을 것 같다며, 싱글벙글 웃으며 가벼운 발걸음으로 집으로 왔다.

그리고 며칠이 지난 후에 다음주 화요일이 되었다. 오늘부터는 푸대자루에 토끼풀을 뜯어 담아서 고아원에 갖다 주는 날이다. 친구와 나는 학교 공부가 끝나고 오는 길에 고아원에 들렀다.

고아원 친구는 기다렸다는 이야기를 하면서 준비한 실로 엮은 비료 푸대만 한 자루를 하나씩 주었다. 친구와 나는 우유를 먹을 수 있다는 즐거운 마음으로 푸대자루를 들고 들녘으로 나왔다.

눈에 가장 많이 띄는 것이 아카시아 나무였다. 드문드문 여기저기 아카시아꽃도 피어 있었고, 코에 진한 향기가 스며들었다. 키가 큰 나무는 아카시아잎이 손에 닿지를 않아 못 따고, 작은 아카시아 나무는 쉽게 나뭇잎을 딸 수가 있었다.

두어 시간 정도 아카시아잎을 따서 푸대자루에 얼추 반 이상 채우고, 클로버잎을 따서 푸대자루에 채워서 어깨에 둘러 메고 고아원으로 갔다.

고아원 철문으로 들어서니 고아원 친구가 기다리고 있었다. 그리고 는 너희들 수고 많이 했다 하면서, 팩으로 된 우유 한 통씩을 주었다.

오늘 준 우유는 지난번에 받아 먹어 본 우유보다 많이 들어 있는 큰 우유였다. 내 친구와 나는 그 자리에서 받은 우유를 반쯤씩 쭉 들어 마 시고, 남은 반은 내 동생 준다고 하고, 내 친구는 자기 누나 준다고 하고 먹다 남은 우유를 가지고 집으로 왔다.

집에 와서 남은 우유를 동생을 주니, 미국우유 엄청 맛있다 하며, 좋 아 했다. "형~ 이런 맛있는 우유 매일 얻어와." 하며 졸라 댔다.

매일은 못 먹고, 일주일에 화요일, 목요일 두 번은 먹을 수 있다고 하 였다. 동생은 좋아라 하면서, 다음 주부터는 꼬옥 받은 우유를 남겨서 집으로 가져오라고 나한테 신신당부를 하였다.

그렇게 하여 여름부터 가을까지 두어 달 동안 나와 친구는 아카시아 잎이 무성할 때, 고아원 친구에게 토끼풀을 뜯어다 주고, 우유를 맛있 게 얻어 먹었다.

한달에 한두 번은 종이팩으로 된 우유가 단단하게 굳어 있었다. 종이 팩을 뜯어 만져 보니 아주 샛노란 우유가 단단한 돌덩이 같았다.

고아원 친구한테 이런 것도 있느냐고 물어봤더니, 웃으면서 하는 말 이 그 단단한 우유가 오래 먹고 맛이 더 있다고 하였다. 단단해서 어떻 게 먹느냐고 물어봤더니, 사탕 먹듯이 혓바닥과 입술로 빨아 먹으면 더 맛있고 오래 먹는다고 하였다.

그리고 집으로 가져가서 밥솥에 쪄서 먹던가, 떡 찧는 용기에 증기로 쪄서 먹으면 과자같이 부드럽고 맛있다고 하였다. 그래서 종이팩을 벗겨서 입술과 혀로 빨고 핥아 먹어 보니 고소하고, 단맛이 나며, 맛있고 오래 먹을 수가 있었다.

그래서 집으로 가져와서 망치로 쳐서 조그만 조각으로 만들어 주머니에 넣고 다니면서 가끔씩 혀로 핥아 먹어 보니 더욱 맛이 있었다.

그리고 남은 우유덩어리는 누나에게 이야기하여, 떡 만드는 용기에 넣어 쪄서 달라고 하여 동생과 누나와 같이 나누어 먹으니 과자 같이 달콤하고, 고소하며, 맛있게 먹었다.

그렇게 아카시아꽃이 필 때에는 고아원 친구들의 요청으로 토끼풀들을 뜯어 주고 우유를 얻어 먹은 기억이 생각나고, 그렇게 친하게 지내던 고아원 친구들은 초등학교 6학년을 졸업을 하고, 중학교는 우리와 다른 학교로 진학을 하여, 그 이후로는 만나거나 소식을 들을 수가 없었다.

얼굴 생김새는 달라도 친절하고, 좋은 친구들이었다. 그렇게 그 옛날 그 시절에 토끼풀을 뜯어서 고아원 친구들한테 주고, 우유와 바꾸어 먹던 기억이 세월이 무수히 흐른 후에도 잊혀지지 않는다.

그 시절의 고아원 친구들이 보고 싶고, 그리워진다. 지금은 어디에선가 건강하게 잘 살아가고 있겠지? 살기가 어려운 시절이라 그 어린 시절의 환경에 맞추어 살아온, 모든 것이 그립고 소중한 추억거리가 되어 가끔씩 그때의 추억들을 생각하며, 그때 그 시절로 되돌아가고 싶은 충동이 생기고 그 시절이 그리워진다.

32.

윷놀이로 종이 내기

어릴 적인 초등학교 시절에는 종이가 아주 귀하고 얻기가 어려웠다. 많이 갖고 만져 보고 가지고 있는 것은 학교 다닐 때 공부하는 책과 공책 뿐이었다.

시골에서 일간지나, 주간지 신문을 보는 집도 물론 없었다. 아버지나 할아버지 시대에는 더욱더 종이를 귀하게 여겼다고 한다.

그 시대에는 화장실에서 볼일을 보고 나서 엷은 지푸라기를 뭉쳐서 볼일을 본 다음에 엉덩이를 닦았다고 한다. 그리고 호박잎이나 새끼줄로 뒤처리를 하면서 살았다고 하셨다.

내가 초등학교 시절에는 형들이 공부하고 난 해진 책이나 쓰고 난 공책을 뜯어서 반으로 자른 뒤 화장실에 비치해 놓았다. 사용하다 보면 너무 두꺼운 종이라 뒤처리할 때 잘 닦아지지 않고, 잘못 닦으면 엉덩이가 아프다.

그나마도 종이가 있는 집은 살림이 다른집보다 좀 나은 편으로, 그렇게라도 뒤처리를 하지만 종이가 없는 집들은 그때도 지푸라기나 호박잎을 따서 뒤처리를 하는 집도 있었다.

그렇게 종이가 귀한 시절이라, 형들로부터 전해 내려오는 종이 내기를 윷놀이로 하고 있었다. 윷놀이가 오래전부터 전하여 내려오는 우리 민족의 고유한 놀이이지만, 그 윷놀이로 종이 쪽지 내기를 하였다. 어쩌면 내가 사는 우리 시골동네에서만 있을 수 있는 일이지도 모르겠다.

여러 명이 모여서 윷놀이로 종이 내기, 종이 따 먹기를 하였다. 종이로 만든 책과 공책은 나이차가 적은 형제들은 형들이 공부를 마치고 나면 그들의 동생들한테 물려주지만, 나이차가 없거나 형제가 없는 아이들은 학교의 한 학년이 끝나면, 잘 보관하여 두었다가, 배우고 난 책이나 다 쓰고 난 공책을 반으로 잘라 동네 마당에서 반으로 자른 종이를 한 장이나 두어 장씩 모아 놓고, 종이 내기 참가자가 돌아 가면서 윷을 던져서 결과가 높게 나온 사람이 모아 놓은 종이를 가져가는 종이 내기 윷놀이이다.

봄부터 가을까지는 마당에서 종이 내기 윷놀이를 하였지만, 추운 겨울철에는 친구나 형들의 사랑방에서 종이 내기 윷놀이를 하였다.

그 시대 말로 종이 묻어 놓고 따 먹기 내기이다. 윷은 마른 수숫대를 적당한 크기로 잘라 반을 쪼개서 즉석에서 만들어 표시하여 사용하기도 하였다. 그리고 단단한 대추나무를 잘라 모양 있게 만든 윷으로도 사용하였다.

윷놀이 판에는 말판지기가 항상 있다. 윷을 던져서 윷 모양이 애매한 모양일 때, 공평하게 심판을 보며, 윷을 던져서 바닥에 떨어져서 놓인 각도를 유심히 좌, 우, 위, 아래로 살펴보고, 관찰하여, 판정을 하고, 공평하게 윷놀이를 진행하기도 하였다.

그리고 윷을 던져서 결과가 높게 나오면, 모아 놓은 종이를 높게 나온 사람에게 주면서 고리를 말판지기가 십 프로 떼어간다.

또 다른 방법은 종이를 한번에 열 장 정도 한 군데 모아 놓고, 서너 명이 돌아가면서 윷을 던져서 그때그때 말판을 이용하여, 정해진 말수를 먼저 끝내는 사람이 이기는 윷놀이로 정하여진 숫자의 말들을 빨리 끝낸 사람이 모아 놓은 종이들을 가져가는 놀이이다.

그 정하여진 말들은 일반적으로는 네 개로 정하여 윷놀이를 하였다. 네 개의 말을 먼저 말판을 돌아서 끝낸 사람이 묻어 놓은 종이 다발을 가져가는 종이 내기 윷놀이이다.

그때에 말판지기는 동네 어른이면서 먼 친척 되시는 아저씨가 말판지기를 하신다. 아주 공평하고 정확하게 말을 가면서 말을 잘 이동시켜, 빨리 말들을 끝내는 전략도 가르쳐 주신다.

일례로 말을 시작점에서 홀로 가느냐, 두 개 이상 업어서 가느냐? 하는 조언도 하신다. 그리고 말판을 돌아서 가느냐? 모서리에서 꾸부려서 가느냐? 그런데 그 말판지기 아저씨는 앞을 못 보는 장님 아저씨이다.

우리는 그 아저씨의 호칭을 아픈 아저씨라고 부르다가, 아무튼 아저씨라고 불렀지만, 형들한테 왜 그렇게 부르냐고 물어 보았더니, 앞을 못 보는 장님이시니까, 장님 아저씨라고 부르기가 어색하여, 앞못본 아저씨라고 불려서 오래전부터 그렇게 호칭을 정하여 불렀다고 한다.

우리들보다 이십여 살 많은 형들로부터 전해 내려오는 그 아저씨와의 관계이다. 우리집 형들도 그 앞못본 아저씨랑 어렸을 때부터 종이 내기를 하였다고 하였다.

겨울방학이 오면 저녁 식사 후 우리 또래부터 대여섯 살 위 나이까지 그 앞못본 아저씨댁으로 종이 뭉치를 준비하여 가지고 모인다. 종이 내기 윷놀이를 하기 위하여 모인 것이다.

날씨가 추운 겨울철에는 윷놀이를 앞못본 아저씨 댁 방 안에서 하였다. 그때도 그 아저씨는 앞은 안 보이지만, 서너 명의 윷놀이하는 사람들의 말들을 각각 방향을 기억하면서 말들이 빨리 말판을 돌아오게 조언도 하고 훈수도 두어 준다. 그리고 거기서도 고리를 십프로 뗀다.

앞을 보는 사람들도 말판을 어떻게 가야 하는 고민도 많은데, 그 아저씨는 앞을 못 보면서도 여러 명의 말들이 말판을 진행하는 과정들을 머릿속에 모두 기억하면서 심판을 보면서 같이 즐긴다.

평소에도 숫자의 더하기, 빼기, 곱하기, 나누기 암산을 아주 기가 막히게 잘 하신다. 앞을 보지는 못하지만 기억력은 대단한 어른이셨다. 그리고 동네 어른들의 생일들을 많이 기억하고, 어느집 어른의 제삿날도 많이 기억하여, 동네에서는 유명한 사람이었다.

어느집 어른 생일날은 생일 아침밥 드시러 일찍 오시고, 어느집 제삿날은 저녁 제사 끝날 시간에 제삿밥 드시러 오신다. 앞을 보지 못하면서도 다리가 조금 불편하여 발걸음이 온전하게 못 걷고 절름거리면서 지팡이를 들고 다니신다.

동네 여러 집들을 지팡이 하나로 의지하면서 집집마다 기억으로만 더듬어서 잘 찾아 다니시는 것을 보면 보통 사람은 아닌 듯하다.

여러 사람들이 모여 있으면, 모인 사람 숫자도 알고 누구인지도 알고 계신다. 모인 사람들의 숨소리만 들어도 사람숫자, 누구인지 금방 알아차린다. 앞을 못 보신 대신 기억력과 후각과 청각이 엄청 발달되신 분이셨다.

그리고 같이 놀이를 하고 노는 연령층도 십대부터 사십대까지 같이 윷놀이를 하면서 즐겁게 놀아 주셨다. 그리고 연말이나 신년이 오면 신년 운수를 보아 주신다. 나이와 생년월일, 태어난 시간을 말로 알려 주

　　　　　　　　　　　　　/ 그 때 그 시 절

시면 손가락으로 자신의 손마디를 짚어 가면서 신년 운수를 말씀하여 주신다.

토정비결 등 여러 가지를 보시고, 손과 얼굴을 만져 가면서 관상도 보아 주신다. 그리고 동네에 누가 아프면 사전에 준비물을 준비하라고 하시고 저녁 나절에 푸닥거리도 하여 주신다. 그러면 아픈 사람이 괜찮은 적도 있었다.

또한 이웃동네에 누가 아프면 그 집에서 기별이 온다. 귀신을 몰아내고, 아픈 사람을 낫게 하는 푸닥거리를 하여 달라고, 요청이 오면 정하여진 날에 지팡이를 짚고, 혼자 가던가, 아니면 우리들을 앞세우고 아픈집 푸닥거리를 하려 가신다. 그렇게 푸닥거리를 끝내면, 그 집에서 곡식을 주던지, 아니면 성의 표시로 금전을 조금 주신다.

그러면 같이 동행한 사람에게 받은 곡식이나 금전을 조금 떼어 주신다. 앞을 못 보는 것과, 다리를 조금 저는 것이 선천적인지, 후천적인지는 잘 모른다. 어쨌든 그 아저씨는 우리마을이나 이웃마을에서 아주 유명한 분이셨다.

해가 바뀌면, 신년운수도 봐 주시고, 푸닥거리도 하여 주시고, 어린아이들과 어른들까지 같이 놀아 주시고, 온 동네 사람들이 좋아하는 분이시다.

그 당시에 종이 내기 윷놀이도 그 아저씨가 만들어 낸 놀이이기도 하였다. 우리 또래보다 어린 아이부터 이십여 살 많은 어른들까지 그 아저씨와 어릴 적부터 어른이 될 때까지 같이 놀아 주고, 윷놀이도 하고, 귀신 나오는 옛날이야기도 많이 들려 주시고, 살아가는 방법도 많이 알려 주셨다고 한다.

앞을 못 보는 어른이지만 동네 사람 모두가 나이와 상관 없이 모두가 그 아저씨의 친구가 되고 같이 놀면서 성장하고 살아왔다.

내가 어른이 되고 청년이 될 즈음에 그 아자씨는 나이도 많고, 지병으로 돌아가셨지만, 내가 살던 시골 마을의 유명한 어른이셨다.

세월이 많이 흘렀지만 그 어린 시절의 그 아저씨를 생각하면, 종이 내기, 종이 따 먹기, 옛날 이야기를 하여 주신 기억들이 생생하게 떠오른다.

종이를 많이 따서 즐거웠던 일, 종이를 많이 잃고 나서 허탈한 기분들이 지금 생각하여 보면, 지나간 기억 속의 즐거운 추억들이다.

다시 돌아갈 수 없는 동심의 그때의 어린 시절이지만, 그 앞못본 아저씨와 같이 윷놀이 하던 기억들이 잊혀지지 않는 소중한 추억들이다.

/ 그때 그 시절

33.

산속의 새집 찜하기

봄이 오면 만물들이 기지개를 펴며, 생동하면서 여름에는 들녘과 산은 온통 푸른빛으로 물들어 간다. 들녘의 잘 자란 곡식들과 푸른 잎들은 자랑하고 뽐내듯이 나무들도 생동감 있고 푸른색과 짙은 향기를 내뿜는다.

그 들녘과 산속에는 여러 종류의 산새들이 각자 자기만의 소리를 내며, 지저귀고 있으며, 보금자리를 만들며, 생활하고 있다.

그 산새들도 짝을 지어 생존을 하면서도 후손들을 이어가기 위하여, 기본적인 번식 기능으로 보금자리를 마련하고 그 속에 알을 낳고, 새끼들을 키워낸다.

모성애가 사람보다 강한 산새들도, 암놈과 수놈이 서로 보금자라를 번갈아 가면서 지키고, 품으며 자식들을 키운다.

종달새, 부엉이, 뻐꾸기, 딱따구리새, 참새, 비둘기, 까치, 꿩, 박새, 곤줄박이새, 찌르라기새 등 들녘에는 뜸북이, 황새, 저수지에는 청둥오리, 철새 등 알 수 없는 여러 가지의 새들이 봄부터 보금자리를 스스로 준비하여 여름에 알을 낳고, 밤낮을 품으며, 새끼를 키워 내고 그들만의 삶을 살아가고 있다.

그 어린 시절에 산속에는 이름 모를 여러 가지 새들의 지저귐이 아름다운 하모니로 오케르스타보다 아름다운 소리를 들려 주었다.

하늘 높은 곳에는 독수리와 매가 빙빙 돌면서 먹이사슬의 본능으로 먹이를 찾는 광경들이 눈에 보인다. 그 시절에 초등학생인 우리들은 산속을 돌아 다니며, 더덕, 잔대, 도라지, 칡들을 캐서 먹으며, 여름날을 보냈다.

그중에서도 가장 재미가 있는 일은 산속을 돌아다니면서, 산새들의 보금자리를 찾으러 다니는 일이다. 여름날 아주 더운 날씨이지만, 산속의 큰 나무 속은 그늘이 져서, 시원한 바람과 함께 흘린 땀을 식혀 준다.

그나마도 큰 나무가 있는 곳은 시원하지만, 작은 나무들과 풀만 무성한 산은 찜통 더위가 기승을 부린다. 그런 산속에서도 신나고 재미있는 일은 새집을 찾는 일이다.

이름은 잘 모르지만 여러 가지의 새들이 작은 소나무 밑이나, 나무 위에나, 풀이 무성한 숲속의 아늑한 곳에 보금자리를 만들어 놓는다.

그리고 그 보금자리에 알을 낳고 품으며, 새끼들을 까고 키워 낸다.

그런 새집들을 찾아다니면서 새 집을 찾으면, 자기 것이라고 찜을 하여 놓는다. 찜을 한 그 새집을 학교에 갔다오면, 찾아가 확인하고, 잘 보존되어 있는지 수시로 확인한다. 하루하루 알을 낳은 숫자도 확인하고, 그 새집에 관심을 갖는 것도 재미가 있다.

찜한 새집 근처에 가면 암놈은 새집에 앉아 알을 낳거나 품고 있고, 숫놈은 근처 나무 위에서 경계를 서서 지켜 주고, 보급자리에 웅크리고 앉아 있는 암놈의 새에게 먹이를 잡아서 먹여 준다.

/ 그 때 그 시 절

그 새집에 대한 관심과 애착이 가서 자주 들러, 잘 있는지 확인도 하고, 혹시나 뱀이나, 독수리, 매의 공격을 받지를 않았나 노심초사 근심 걱정을 하며, 지켜 준다.

간혹 보면 뱀이나, 독수리, 매의 공격을 받아 보금자리 근처에 새털만 보이는 적도 있었다. 그래서 찜한 새와 집을 지켜 주고 싶었다. 마음속으로는 새끼를 낳으면 한두 마리를 집으로 가져와서 키워 주고 싶은 심정도 있었다.

한편으로는 찜한 새집을 친구들에게도 자랑도 하고, 새집 근처에 가서 보여 주기도 하였다. 그렇게 찜한 새집에 대한 관심과 정성을 쏟아 알을 낳아 새끼를 잘 키우면, 마음이 흡족하였다.

때로는 알과 새끼를 품는 암놈 근처에 좁쌀이나 작은 메뚜기를 잡아서 먹이로 놓아 주기도 하고, 하여 새끼를 잘 키워 보금자리를 나가서, 넓은 세상에서 잘 살아갔으면 하는 바람이었다.

어느 날 찜한 새 둥지가에 가보면, 둥지만 있고, 텅 비어 있는 보금자리를 보면, 한편으로는 새끼를 잘 키워 새로운 세상으로 가서 잘 살아가고 있을 것이라 생각하니 기분이 좋았다.

또한 마음 한구석에는 섭섭하기도 하였다. 관심을 많이 갖고, 신경을 써서 지켜 주었는데, 서로간에 간다는 이별식도 없이 갑자기 가 버렸으니 가슴속 한 구석이 텅 비어 있어 허전하기도 하였다.

어쨌든 어디에선가 잘 살아갔으면 하는 바람이었다. 그리고 어느 날, 더덕이나 잔대를 찾기 위하여, 산속을 헤메이는 날 큰 횡재를 한 적도 있었다.

깊은 산속 잎사귀가 무성한 작은 재래종 소나무 밑에 부드러운 흙바닥에 얕은 웅덩이를 파놓고, 닭알보다는 작고, 일반 새알의 서너배 만한 알들이 수북히 쌓여 있었다.

동네 형들이 애기하는 꿩의 알이었다. 꿩의 보금자리를 발견한 것이었다. 꿩은 비가 오면 안 맞고, 빗물이 스며들지 않는, 아늑한 소나무 밑에 고운 흙을 약간 파고 보금자리로 만들어 알을 낳는다.

일반 새들은 대여섯 개 정도의 알을 낳지만, 꿩은 적게는 열 개 정도, 많게는 스물 대여섯 개의 알을 낳는다고 들은 적이 있다.

처음 꿩집을 발견하였을 때에는 꿩알이 아홉 개 정도 있었다. 다음날 학교에 갔다 와서 가 보니 한 개도 늘어 열 개가 되었다. 동네 형들의 이야기로는 알을 많이 낳는다고 하여, 매일매일 지켜보았다.

그러던 어느 날 꿩알을 자세히 세어 보니 열아홉 개였다. 집에 와서 엄마에게 꿩집 이야기를 하였더니, 횡재를 하였다며, 꿩도 잡고, 알들을 집에 가져오라고 하셨다.

그 어린 시절에는 꿩고기가 닭고기보다 맛있다고 하였다. 꿩을 잡기가 어렵지만, 꿩고기와 알은 엄청 맛있고, 귀한 것이라고 하였다.

새들 중에 가장 맛있는 고기가 꿩고기이고 꿩알은 쪄서 먹거나, 구워 먹으면 닭알보다 작지만, 더 맛있다고 하였다. 그리고 꿩알은 밥할 때 같이 쪄서 도시락 반찬으로도 먹는다고 하였다.

엄마의 이야기를 듣고 보니 마음속에 갈등이 생겼다. 꿩을 잡고, 알을 가져오면, 꿩이 불쌍해 보이기도 하고, 한편으로는 맛있는 꿩고기도 먹고, 알은 도시락으로 먹을 수 있으니, 맛있는 것이라 생각을 하였다.

고민 끝에 친구에게 이야기를 하였더니, 당장 꿩을 잡고 알을 가져와서 솥에 쪄서 먹으라고 하였다. 그러면서 꿩을 잡는 방법을 알려 줄 테니 꿩알을 몇 개만 달라고 하였다.

친구의 제안에 알았다 하고, 꿩 잡는 방법을 배웠다.

/ 그때 그 시절

친구가 알려준 꿩 잡는 방법은 꿩 보금자리 주위에 올가미를 다섯 개 정도 놓으면, 꿩이 보금자리로 들락거리면서 다리나 목이 올가미에 걸린다고 하였다.

올가미는 색깔이 흐리게 보이는 말의 꼬리털이나, 질긴 명주실, 얇은 나이론 연줄로 다섯 개 만들어 한쪽은 가는 나무에 묶어 땅속에 박아 놓고, 한쪽은 올가미를 만들어 꿩집 주위에 깔아 놓으면, 꿩이 자기 집을 들어오고 나오다가 올가미에 걸린다고 하였다.

친구의 말을 듣고, 며칠을 고민 끝에 올가미를 놓아 꿩을 잡고 꿩알을 가져오기로 결정을 하였다. 다음날 친구와 같이 준비한 말 꼬리털과 연줄을 올가미로 만들어 꿩이 집을 비운 사이 꿩 보금자리 주위에 친구와 같이 올가미 5개를 설치하여 놓았다.

올가미를 놓는 우리들의 모습들은 어디선가 꿩이 보고 있을수도 있어서, 재빠른 동작으로 올가미를 설치하였다. 학교에 갔다 오면 친구와 같이 꿩 보금자리에서 조금 떨어진 곳에서 꿩의 집을 확인하였다.

꿩이 알을 다 낳으면 암놈과 수놈이 번갈아 가면서, 알을 품을 것이라는 친구의 말을 듣고, 기다렸다. 며칠을 기다린 끝에 꿩의 보금자리를 친구와 같이 가서 확인하여 보니, 꿩이 올가미에 걸려 푸드덕거리고 있었다.

친구와 같이 재빨리 꿩의 집으로 가 보니 꿩의 다리에 올가미가 걸려 있었다. 자세히 보니 생각한 것처럼 화려한 깃털의 꿩이 아닌 것 같았다.

평소에 꿩을 산에서 가끔 보면 화려한 깃털을 가지고 있었는데, 올가미에 걸린 꿩은 그렇지 않았다. 친구의 말로는 암놈의 깃털은 수놈과 같이 화려하지 않다고 하였다. 그러니까 올가미에 걸린 꿩은 암컷인 것이었다.

올가미에 걸려 푸드덕거리는 꿩을 조심스럽게 잡아서 알과 같이 집으로 가져왔다. 그리고 같이 가지고 온 알을 친구에게 아홉 개를 주었다. 집에 가져온 꿩의 다리 한쪽을 굵은 줄로 묶어 방 안의 책상 다리에 묶어 놓고, 큰 바구니로 덮어 놓았다.

해가 저물 무렵 어머니가 농사일을 마치고 집으로 오셨다. 꿩 잡은 것과 알을 가져온 이야기를 하였더니, 잘 하였다고 하시면서, 알은 쪄서 먹고, 꿩은 볶음탕을 하여 주신다고 하셨다.

부지런한 어머니는 꿩을 닭 잡듯이 뜨거운 물에 담근 후 털을 뽑고, 손질을 한 후에 칼로 여러 조각을 내어 고추장과 여러 가지 양념을 넣어 매콤하게 꿩 볶음탕을 만들어 주셨다.

식구들과 함께 저녁을 맛있게 먹었다. 생각하였던 것보다 꿩 볶음탕이 엄청 맛이 있었다. 쫄깃쫄깃 하면서 부드럽고, 씹는 식감이 좋아, 오래간만에 맛있는 꿩고기를 먹었다.

그리고 꿩알은 솥에 찐 다음에 집에서 끓여 만든 진간장에 반을 갈라서 넣어 반찬으로 먹었다. 오랜만에 맛있는 꿩고기와 알을 먹은 것이었다.

그리고 논에는 한참 못자리를 한 모가 잘 자라고 있었다. 보름 후면 논에 벼심기인 모내기를 할 계획이었다. 못자리의 모가 잘 자라서 아침저녁으로 물 관리를 하여야 한다.

논에 모심기를 할 때 모가 풍성하고 튼튼하여야만 벼가 잘 자리고, 가을에 풍작을 할 수가 있다. 어느날 아버님과 함께 못자리를 한 논에 가 보니 못자리 한가운데 조그마한 보금자리가 있었다.

가까이 가 보니 들새의 보금자리였다. 아버님 말씀으로는 뜸부기의 보금자리라고 하셨다. 뜸부기는 논의 무성한 못자리에 못자리의 볏잎으로 보금자리를 틀고 알을 낳는다고 하셨다.

　　　　　　　　　　　　　　　　/ 그 때 그 시 절

며칠이 지나면 알을 낳는다고 하셨다. 듬북~ 뜸북~ 뜸부기의 울음 소리는 많이 들었지만, 뜸부기 보금자리는 처음 보는 것이었다.

보름 정도 지난 뒤에 못자리 논에 가 보니 보금자리에 뜸부기 알이 아홉 개가 있었다. 삼 일이 지난 후에 그곳에 가 보니, 알의 숫자가 그대로 아홉 개였다. 더 이상은 낳지 않을 것이라고 아버님이 말씀하셨다.

지난번의 꿩알보다는 조금 작지만 알에 검은 점이 있어 보였다. 아버님 말씀이 먹고 싶으면 가지고 집에 가라고 하셨다. 그래서 뜸부기한테는 미안하지만, 알을 거두어서 집으로 가져와서 어머니한테 드렸다.

밥할 때 쪄서 간장에 졸여 줄 테니 반찬으로 먹으라고 하셨다. 그렇게 하여 뜸부기 알도 맛있게 먹었다.

그 어린 시절에는 먹을 식량이 부족하여, 계절의 바뀜에 따라 자연 환경에서 먹을 거리를 찾아 다녔다. 갖가지 열매도 따 먹고, 약초도 캐어서 먹고 들새나 참새도 잡아서 먹고, 먹을거리를 찾아 다니면서 어린 시절을 성장하여 왔다.

그 어린 시절의 먹고 살기 힘든 시절의 추억이지만, 잊혀지지 않는 그 시절이 어른이 되고 나이가 먹으니 더욱더 그 동심의 시절이 그리워진다.

34.

돼지 오줌보로 축구하기

1960년도 중반 초등학교 3, 4학년 때 그 시절에는 시골 동네의 모든 집들이 먹고 살기 힘든 시절이었다. 돼지고기나 소고기는 일년에 대여섯 번 정도 먹을 정도로 맛보기 힘든 시절에 모든 사람들이 살아가기 어려운 시절이었다.

일 년 중 유일하게 돼지고기나 소고기맛을 보는 시기는 구정 설날이나 보름날, 추석날, 그리고 아버님 생일날이 고기맛을 보는 날이다.

그 어린 시절 먹고 살기 힘든 시절에는 그나마도 집안 살림이 좀 나은 편인 것이다. 그리고 동네 어른신의 환갑날도 잔치를 하기를 위해 돼지를 잡고, 노총각이 장가 가는 날도 돼지를 잡았다.

우리 동네에서는 오십여 가구가 사는 조그만 시골 마을이지만, 돼지를 키우는 집들이 대여섯 가구가 있었다. 그 집에서 돼지 잡는 날이 돼지고기 먹는 날이다.

돼지를 어떻게 잡는지는 자세히 보지를 못하여 잘 모르지만, 어른들은 돼지를 잡는 날은 돼지의 목을 딴다고 하였다. 그래서 그런지 그날

/ 그때 그 시절

은 어디선가 돼지 목 따는 소리가 들렸다.

꽥~ 꽥 소리를 지르는 돼지 잡는 소리가 들리면 그날은 틀림없이 확실히 돼지 잡는 날이다. 구정 전날이나, 보름전날, 추석 전날에는 돼지를 키우는 집에서 돼지를 잡는다.

돼지를 잡아서 동네 사람들에게 저렴하게 조금씩 팔아 고기맛을 보는 날이다. 그러면 동네 집집마다 어른들은 큰 양은그릇이나, 양동이, 비닐봉지를 가지고 돼지 잡는 집에 가서 줄을 서서 먹을 만큼인 한두 근을 사 가지고 간다.

읍내보다 맛있고, 무게 근수인 중량수도 조금씩 더 준다. 그 당시에는 돼지고기 한 근에 대략 백 원 정도 하였다. 돈을 내는 사람도 있고, 곡식과 보리쌀로 같은 금액만큼 맞교환도 한다.

요즘 돼지고기 한 근에 팔천 원에서 일만 원을 하니, 물가로 보면 백배 정도 뛴 값이었다. 어른들은 돼지고기를 사려고 줄을 서고, 아이들은 돼지를 잡으면 돼지 오줌보를 얻으려고 돼지 잡는 집의 마당 주위를 기웃거린다.

돼지를 잡는 어른이 잡은 돼지를 손질을 하여, 부위별로 필요한 사람에게 팔고, 아이들은 어른들의 눈치를 보며, 돼지 오줌보를 달라고 애원한다.

"돼지오줌보도 괴기여." 하며, 농담조로 돈을 내라고 하신다. 한참을 기웃거린 끝에 마지 못해 주는 시늉을 하며, 돼지 오줌보를 우리들 앞으로 던져 주신다.

땅바닥으로 던져진 돼지 오줌보를 얼른 주워서 마당 한 모퉁이로 가져간다. 거기서 고무신 신은 신발로 돼지 오줌보를 밟아서 오줌보 속에 들어 있는 오줌을 밖으로 빼어 낸다.

찌린내 나는 돼지 오줌이 코끝을 진동시킨다. 오줌 냄새가 엄청 지독하다. 그래도 돼지 오줌보로 축구할 생각을 하면 즐겁기만 하다.

축구공은 구경하기도 힘들고, 읍내의 중고등학교에서만 선수들만 연습하고, 축구공으로 공을 찬다고 하였다. 때때로 축구를 하고 싶으면, 부드러운 볏짚을 새끼줄로 동그랗게 꽁꽁 묶어 만들어서 축구 놀이를 한 적도 있다.

그만큼 그 당시에는 축구공이 보기도 힘든 시절이었다. 돼지 오줌보의 오줌을 빼낸 다음에는 입에 한 모금 물을 머금은 다음에 속이 빈 가는 대나무를 이용하여, 돼지 오줌보에 연결한 후에 입으로 물을 뿜어 넣었다가 손으로 눌러서, 남은 오줌과 냄새를 빼내어, 다시 한번 오줌보 속을 닦아 낸다.

역시나 돼지 오줌의 찌린내는 코끝을 진동시킨다. 그리고 오줌보 속에 대나무를 이용하여 입으로 공기를 불어 넣고, 물을 조금 넣는다. 그러면 오줌보가 부풀어서 둥그렇게 모양을 드러낸다.

축구공 같이 둥그렇지는 않아도, 부풀어 오른 오줌보는 마치 럭비공 같이 길죽한 공 모양이 된다. 그런 다음에 부풀은 돼지 오줌보 공의 공기 입구를 고무줄로 단단히 묶어, 불어 넣은 공기가 밖으로 새어 나오지 않도록 한다.

그리고 땅바닥에 놓아 발로 툭툭 차 보면 신축성이 있게 튀어 오르고, 모양이 타원형이라 좌우로 튀어, 공의 방향을 짐작을 하기가 어렵다.

그렇게 돼지 오줌보로 축구공을 만든 후에 친구들과 축구를 하기로 하고 뒷동산으로 삼삼오오 모여 간다. 신발은 고무신으로 새끼줄로 신발의 발등 가운데를 단단히 묶어 신발이 벗겨지지 않도록 한다.

그 시절에는 대부분의 아이들이 고무신을 신었다. 그래도 좀 괜찮은

/ 그때 그 시절

집의 아이들은 하얀 고무신을 신었고, 보통 검은 고무신을 많이 신었다. 운동화는 구경하기도 힘들었고, 초등학교에 가면 한 반에 한두 명 정도가 운동화를 신은 것을 보았다.

뒷동산으로 모인 친구들은 인원수에 관계없이 같은 인원으로 편을 갈라서 축구 시합 놀이를 한다. 인원수가 적으면, 동네 형들이나 동생들도 같이 머리수를 채우기도 한다.

골문은 한쪽은 나무 기둥을 하고 골문 하폭은 같은 거리의 폭에 옷을 벗어 놓아 표시를 하고, 즐겁게 축구 놀이를 한다. 돼지 오줌보를 축구공으로 하여 놀다 보면, 공이 좌우로 튕겨나가, 방향이 여기저기로 튀어, 재미 있는 축구 놀이가 된다.

한참을 공을 차며 놀다 보면, 신발의 새끼줄이 풀어져, 돼지 오줌보 축구공보다, 신발이 벗겨져 멀리 가기도 한다. 그렇게 신나게 돼지 오줌보로 축구를 하다 보면, 재미가 있고, 온몸이 땀으로 범벅이 되도록 축구 놀이를 한다. 한참을 놀다 보면, 오줌보의 공기가 빠지거나, 찢어져서, 공의 형태가 일그러져 발로 차도 앞으로 나가지가 않는다.

공기가 빠지면 입으로 다시 불어 넣어 공놀이를 하고, 찢어지면 찢어진 돼지 오줌보 속에 볏짚이나 잡풀들을 쑤셔 넣어 축구 놀이를 하다가, 돼지 오줌보가 많이 찢어지고, 해지면 산속으로 집어던지고, 돼지 오줌보 축구 놀이를 끝내고 집으로 온다.

어느 날은 점심 무렵부터 해가 질 때까지 축구 놀이를 한다. 돼지 오줌보가 귀한 시절이니까, 시간 가는 줄도 모른다. 오랜만에 돼지 오줌보로 축구를 재미있게 오래도록 한 것이다.

그렇게 돼지 오줌보 축구는 어릴 적의 잊혀지지 않는 추억이었다. 시골마을에 돼지 잡는 날을 기다리며, 돼지 오줌보 축구는 하지를 못하고, 축구를 하고 싶을 때는 볏짚인 지푸라기를 똘똘 동그랗게 묶어서 축구를 하던가, 동네의 형들이 얻어온 낡은 정구공으로 가끔씩 축구를 하였다.

그 돼지 오줌보로 축구 놀이를 하던 시절로 되돌아갈 수는 없지만, 동심의 그 시절이 그리운 것은 왜일까? 잠시나마라도 각박한 현실의 세태를 벗어나고픈 심정일지도 모르겠다.

어쨌든 뒷동산에서 고향의 친구들과 돼지 오줌보 축구 놀이를 한 시절이 그리워진다. 아주 오래된 추억 속의 돼지 오줌보 축구는 세월이 흘러도 잊혀지지 않는 소중한 추억들이다.

35.

콩 타작(콩 구워 먹기)

성인이 되어 사회생활을 하면서 회사 동료나 같은 부서 사람들과 저녁식사를 하기 위하여 자주 다니는 음식점으로 갔다. 주문한 음식을 기다리는 중에 간식으로 콩을 삶아서 주는 경우가 종종 있다.

그럴 때면 어릴 적 초등학교 시절에 학교에 가면서 오면서 논두렁, 밭두렁에 추수하기 전 콩알이 꽉 찬 덜 여문 푸른 콩들을 통째로 뽑아 모닥불에 구워 먹던 시절이 생각이 난다.

그 시절에는 콩 타작이라고 하였다. 학교는 집으로부터 먼 거리인 십리가 조금 못 되는 정도의 거리에 있다.

학교에 가다 보면 주위에 밭과 논들이 한눈에 보인다. 어릴 적 시골에는 논두렁, 밭두렁에 여러가지 콩을 심었다. 메주콩, 서리태콩 검은콩, 강낭콩, 동부콩, 작두콩 등 여러 가지 콩들을 밭에 심었다.

그 시대에는 빈 땅을 활용하기 위하여 논두렁, 밭두렁에도 빈틈 있는 땅이 없을 정도로 콩들을 심었다. 추수하기 전에 푸른 색을 띠는 콩은 추수할 때가 되면 누렇게 익어 간다. 그리고 딱딱하게 여문다.

그렇게 여물기 전에 콩 껍질과 콩 알맹이가 푸른 색을 띠는 콩들을 뿌리째 뽑아서 어른들이 보이지 않는 후미진 산골짜기나 냇가로 가서 마른 가지나 마른 솔잎으로 모닥불을 피워 콩을 통째로 구워 먹으면 아주 맛있다.

친구들과 학교에 가는 중이나 수업이 끝나고 집으로 오는 중에 누군가가 제안을 한다. "야들아, 오늘은 배도 출출한데 우리 콩이나 구워 먹자."고 한다. 옛말로 "우리 콩 타작하러 가자." 그러면 아무도 반대하는 사람이 없다.

모두들 배고프고, 뭔가 먹고 싶은 충동이 생긴다. 그 당시에는 먹을거리가 없어서 들판이나 산에서 곡식이나 약초들을 찾아서 간식으로 먹으면서 배를 채우는 시절이었다.

그중에 한 가지가 들판이나 논두렁에서 자기집이나, 이웃집, 친척집의 논두렁, 밭두렁에 심은 콩을 뿌리째 뽑아서 구워 먹는 맛이 일품이었다.

친구들의 제안으로 가까운 곳에 보이는 콩을 좌, 우 앞뒤를 살핀 후에 표시가 안 나게 드문드문 콩포기를 뿌리째 대여섯 포기 뽑아서 적당한 장소인 아늑하고, 어른들 눈에 안 띄고, 바람이 덜 부는 곳으로 간다.

그곳에서 주위에 있는 돌들을 쌓고, 가운데를 조금 파서 불을 잘 피울 수 있게 만든다. 그리고 친구 모두가 각각 여기저기서 마른 나뭇가지나 마른 솔잎, 나뭇잎들을 한 움큼씩 주워서 온다.

그런 다음에 모닥불을 지핀다. 모닥불이 활활 잘 타오를 때면 밭두렁에서 통째로 뽑아온 콩이 달린 콩다발을 모닥불 위로 얹어 놓는다. 매캐한 연기와 불꽃으로 눈가에는 눈물들이 흐른다.

그래도 눈물을 손등으로 훔치면서, 입으로 홀홀 불면서 불이 잘 타도

　　　　　　　　　　　　　/ 그 때 그 시 절

록 모두들 합심하여 불을 잘 피운다. 후다닥 불타오르고 불꽃들이 하늘에 타오르며, 콩들이 익는 소리가 난다.

그렇게 시간이 지나면, 푸른색을 띠는 콩들이 맛있게 익어 간다. 콩 다발의 가지나 잎들이 불에 타고, 달려 있는 콩들은 껍질이 새까맣게 변해 있다.

콩이 모닥불에 잘 익은 것이다.

그렇게 되면 같이 간 친구들이 모닥불 주위에 앉아서 불길에 익은 콩들을 손으로 주워서 각자 검게 탄 콩껍질을 벗겨 내어 한 알 두 알 먹는다.

양손으로 콩껍질을 벌리면서 입으로 직행하여 혀끝으로 훑어 먹는다. 콩껍질은 새까맣게 탔지만 그 속의 푸른색의 콩알은 적당히 익어 구운 콩알 맛이 일품이다.

친구들과 히히덕거리며, 콩다발을 통째로 뽑아서 맛있게 먹으며 출출한 배를 채우고 간식으로 때운다. 맛있게 구워 먹은 후에 손들은 새카맣고, 입가의 입술 주위도 모두들 새까맣게 재가 묻어 있었다.

서로를 보면서 한바탕 웃으면서 즐거운 콩 구워 먹는 시간을 보낸다. 그리고 남아 있는 잔불 정리를 말끔히 한다. 그렇게 오늘 하루도 콩을 구워 먹는 콩 타작의 즐거운 시간들을 보냈다.

어느집의 논두렁, 밭두렁인지는 잘 모른다. 설령 어른들한테 콩다발을 뽑다가 들켜도 동네 어른들은 누구네 자식들인지 모두 알기 때문에 웃으면서 말씀하신다.

적당히 여기저기서 표가 안 나게 드문드문 잘 솎아 뽑아서 구워 먹으라고 하신다. 먹고 살기 어려운 시절이었지만 그렇게 먹는 것에는 인심들이 후했다.

콩을 맛있게 구워 먹고 집으로 오면, 금세 어머님이 알아 보신다. 웃으시면서 오늘은 어느집 콩밭을 휘저었느냐고 하신다. 그러시면서 앞으로는 우리 논두렁, 밭두렁의 콩들을 구워 먹으라고 하신다. 그러시면서 집안의 잔일들을 시키신다.

그렇게 어린 시절에 친구들과 함께 콩 구워 먹던 시절을 생각하면, 물질이 풍부한 현실이면서, 각박한 요즘 세상들을 보면, 뭔가 마음들이 씁쓸하다. 허전하면서도 각자 자기 삶만을 위하여, 앞으로만 달려가고 있다.

한번쯤은 뒤도 돌아보고, 옆으로도 시야를 넓혀 주위를 살펴 보았으면 한다. 그리고 추억의 어린 동심의 시절들을 생각하며, 그때 그 시절이 좋았다고, 돌이킬 수 없는 세월이지만, 지나간 어린 시절들을 그리워하자. 그러면서 잠시나마라도 현실을 잊어버리자.

/ 그때 그 시절

36.

화롯불에 감자, 고구마 구워 먹기

　추운 겨울철 간식 겸 군것질은 역시나 화롯불에 감자나 고구마 구워 먹는 것이다. 약간 불에 탄 듯하면서도 노릇노릇한 색을 띠며, 익은 감자나 고구마는 맛도 일품이고, 입맛을 댕긴다.

　어릴 적인 1960년대 말에는 시골집에는 냉장고가 거의 없는 시절이었다. 그래서 겨울철에 신선한 상태로 먹기 위해서는 여름부터 가을까지 수확한 감자나, 고구마, 무, 배추 등 신선도가 필요한 채소들은 집앞 텃밭에 구덩이를 깊이 파서 잘 보관하여 놓거나 집 뒤편에 토굴을 만들어 저장고로 사용하고, 먹을 때마다 꺼내어 먹었다.

　텃밭에 파 놓은 구덩이는 땅 밑으로 깊이가 일 미터 오십 정도, 직경이 일 미터 정도 파고, 지상에서 땅 밑으로 오십 센티 정도에 굵은 나무 토막들을 촘촘히 올려 놓고 그위에 볏짚을 깔고, 그리고 그 위에 흙으로 덮는다. 그리고 그 위에 또 한 번 볏짚 뭉치로 또아리를 틀어서 몇 겹 정도 수북히 쌓아 놓는다.

　그렇게 하여야만 겨울철 눈이나 비가 올 때, 물이 스며들지 않고, 얼지를 않는다.

그런 저장고를 만들면 땅속으로 깊이, 직경이 일 미터 정도 공간이 생겨 그곳에 겨울철 먹을 양식인 여러 가지 채소들이나 무우, 감자, 고구마들을 보관하여, 필요할 때 하나씩 꺼내어 먹는다.

그렇게 하여 저장고를 만들어 놓으면 아주 추운 엄동설한에도 보관한 채소들이 얼지 않고 싱싱한 상태로 먹을 수 있다. 채소들을 꺼내는 방법은 저장고 옆으로 비스듬히 대각선으로 어른 두 손이 들락거릴 정도로 구멍을 내어 뚫어 놓는다. 그리고 볏짚으로 적당한 크기만큼 뭉치를 만들어 비료 푸대로 감아서 공기가 통하지 않도록 그곳을 막아 놓는다.

채소들을 먹고 싶을 때마다 그 볏짚 뭉치를 빼내고, 손을 깊이 넣어 꺼내거나 썰매 탈 때 쓰는 쇠꼬챙이로 저장고 속에 넣어서 보관한 고구마, 감자, 무우 등을 찍어서 꺼내어 먹는다.

겨울철에는 집집마다 여러 종류의 화로가 있었다. 대대로 물려받은 오래된 화로부터, 새로 구입한 화로까지 다양한 모양의 화로들이 있었다.

밥을 지을 때나, 군불을 땔 때나, 소죽을 끓일 때에 나뭇가지부터 굵은 장작을 때고 나면, 잘 타오른 불 붙은 장작들의 숯을 화로에 담아서 방 안에 갖다 놓고, 화로 밑에 받침대를 깔아 두면 방 안의 온기가 따뜻하고, 그것이 겨울철 난방 도구이다.

집안이 훈훈하고, 추운 날은 그 화롯불 주위에 모여 앉아서 오순도순 이야기를 하며, 겨울철을 보낸다. 그 화롯불 위에 생선을 구워 먹기도 하고, 꽁보리밥에 김치와 들기름을 넣고 고추장을 넣고, 날달걀을 넣고, 썩썩 비벼 먹는 맛있는 비빔밥도 하여 먹는다.

어린 시절 추운 겨울철에는 그 화롯불에 고구마, 감자를 묻어 두고, 익을 때를 기다리며, 친구나 가족들이 오순도순 화로 주위에 둘러 앉아서, 이야기하면서, 구워 먹는 즐거움이 있었다.

화롯불에 묻어 둔 고구마나 감자가 익을 시간이 되면 인두로 화롯불 속을 뒤적이며, 잘 익은 것부터 꺼내어 호호 불면서 반을 뚝 잘라서 나누어 먹는다.

화롯불에 잘 구운 고구마나 감자는 겉이 약간 부풀어 올라, 반쯤 잘라 보면 노오란 속살이 먹음직스럽게 보인다. 뜨겁지만 입안으로 한입 먹어 보면 달콤하면서도 고구마 향기가 입안에 가득 퍼진다.

추운 겨울철에는 늘상 점심은 고구마 감자를 화롯불에 구워 먹는다. 그런 그 옛날의 어린 시절에 화롯불에 고구마, 감자를 구워 먹던 시절은 잊혀지지 않는다.

요즘은 그 옛날보다 물질이 풍부하고, 삶이 넉넉한 생활들을 하지만, 그 속에서도 빈부의 차가 심화되어, 노숙자가 많고, 실업자가 늘어나는 현실을 보면, 앞으로 젊은 세대들이 살아가는 데 갈등과, 희노애락이 생기고, 그런 세태 속에서 살아가면서 큰 어려움이 생길 것이다.

특히 주위의 사람들과의 빈부의 격차가 점점 커져 빈익빈, 부익부가 점점 커져, 상대적 빈곤으로 삶의 좌절감을 느끼며 살아갈 것이다.

그럴 때에는 그 옛날 어린 시절 화롯불에 고구마, 감자를 구워 먹던, 동심의 세계로 잠시나마라도 돌아가 그때가 좋았노라고 스스로 위로하면서 현대를 살아가는 삶의 활력소와 힐링이 되었으면 하는 바람이다.

37.

굴렁쇠 굴리기

그 옛날 굴렁쇠 굴리는 놀이는 기술도 필요하고, 숙달을 요하기도 하였다. 그리고 아주 재미있는 놀이였다. 어린 시절 구렁쇠를 잘 굴리는 친구들을 보면 부럽기도 하고, 배워서 굴려 보고 싶었다. 그러나 굴렁쇠를 만들거나, 갖기가 어려웠다.

종류가 여러 가지가 있었다. 작은 굴렁쇠, 큰 굴렁쇠, 굴렁쇠의 몸통 가운데가 홈이 파인 자전거 바퀴굴렁쇠, 홈이 없는 두께가 얇은 둥그런 쇠굴렁쇠, 장구로 사용하다가 낡아서 버린 장구 양 끝에 가죽을 펼쳐 고정시킨 둥그런 쇠를 굴렁쇠로 사용하기도 하였다.

그중에서도 자전거 바퀴 굴렁쇠가 굴리기도 수월하고, 잘 굴러갔다. 자전거 굴렁쇠도 어른 자전거용 큰바퀴 굴렁쇠, 어린이 자전거의 작은 바퀴 굴렁쇠가 있었다.

자전거의 바퀴에 튜브를 빼고, 바퀴 안에 있는 살을 빼고 구렁쇠를 굴리면, 자전거 휠 무게가 있어 중심을 잡기도 편하고, 힘차게 굴릴 수가 있었다.

/ 그때 그 시절

자전거 바퀴에 가운데 홈에 가는 나뭇가지로 대고 앞으로 밀면서 굴리면 앞으로 가면서 잘 굴러간다. 천천히 걸으면서 굴리기도 하고, 천천히 뛰면서 굴리기도 하고, 빨리 뛰면서 굴리기도 한다.

시골동네의 구불구불한 길도 숙달이 되면 자유자재로 굴렁쇠를 굴리면서 동네 한 바퀴를 돌면 운동도 많이 되고, 집중력도 향상된다.

그리고 홈이 없는 둥그런 쇠로 된 크고 작은 굴렁쇠도 있었다. 그런 굴렁쇠는 ㄷ자로 굵은 철사를 구부려 만들어서 손잡이를 만들고, 둥그런 쇠굴렁쇠를 ㄷ자 안으로 굴렁쇠를 굴리면서 놀고 동네를 돌아 다녔다.

쇠굴렁쇠가 쓰러지거나, 이탈되지 않게 ㄷ자로 굴렁쇠를 가운데에 끼워 굴리면서 앞으로 밀면서, 굴려 가면서 놀았다. 그런 즐거운 놀이를 할려면 굴렁쇠가 필요했다.

자전거가 귀한 시절에, 1960년대 말에는 우리 동네에 자전가가 한두 대밖에 없었다. 그만큼 자전거 휠인 바퀴도 구하기가 어려웠다.

그래서 십리길인 읍내의 고물상으로 가서 하루종일 밥도 굶어 가면서 고물상 주인한테 낡고, 녹슬은 자전거 바퀴가 고물로 들어오는 날만 기다리면서 수시로 읍내의 고물상을 방문을 하였다.

고물로 들어온 자전거 바퀴의 휠을 사기 위해서이다. 그러던 어느날 자전거 바퀴가 고물로 들어왔다. 그런데 낡고, 녹슬은 것이 아니고, 좀 괜찮은 자전거 바퀴라 돈을 더 받고 판다고 하였다.

그러니까, 어린애가 돈이 없으니, 다른 쇠붙이 고물이나, 떨어진 고무신, 은수저, 놋쇠그릇 등을 가지고 와서 바꾸어 가라고 하셨다.

그래서 고물상 주인한테 며칠 이내에 고물들을 주워 가지고 올 테니 다른 사람한테 팔지 말라고 신신당부를 하고 집으로 왔다.

그럴 만큼 그 당시에는 쇠붙이 고물들이 아주 귀했다. 그래서 그날

이후로 들로, 산으로 바쁘게 돌아 다니면서 고물들을 찾으러 다녔다.

그렇게 여러 종류의 고물들을 주워서 푸대자루에 넣어 읍내로 가지고 가서 고물상 주인한테 잘 이야기해서 승낙을 받아 자전거 바퀴 굴렁쇠를 사서 가지고 오게 되었다.

동네 입구에 들어서니 친구들이 엄청 부러워하였다. 그리고 산에 가서 적당한 굵기의 단단한 밤나무 가지를 잘라 와서 나무 껍질을 벗겨서 잘 말린 후에, 굴렁쇠를 굴리면서 즐겁게 놀았다.

땀을 뻘뻘 흘리면서 동네를 두 바퀴 돌고 나면, 배도 고프고 허기가 진다. 그때쯤 친한 친구가 찾아와서, 아이스께끼 하나를 주면서 자기도 굴렁쇠를 굴리고 싶다고 하여, 잠시 빌려 주기도 하였다.

굴렁쇠 굴리기만큼 재미있고, 스릴 있고, 집중력이 필요하며, 숙달이 필요한 놀이도 없을 것이다. 그리고 넓은 마당이 있는 친구네 마당이나 넓은 공터에서는 ㄹ자나 S자를 폭 30~40센티 폭으로 땅에 그려 놓고 누가 그 사이를 안 쓰러지게 굴렁쇠를 굴리면서 안 쓰러지게 통과하여 지나가는 게임도 하였다.

또한 동네의 좁은 길을 코수로 정하여 넣고 누가 한번도 굴렁쇠가 안 쓰러지게 빨리 굴리면서, 돌아오는 게임도 하였다.

물론 굴렁쇠를 굴리는 본인 스스로 양심껏 혼자 돌아온 다음에 친구들한테 자기는 한번 쓰러졌다고 양심 고백을 한다.

그렇게 굴렁쇠 굴리기는 어릴 적 재미있는 놀이 중의 하나였다. 돌이켜보면 그때 그 어린 시절의 굴렁쇠 굴리기가 지금도 생생히 기억나는 것은 각박한 사회 생활에 지쳐 있거나, 이젠 나이가 들어 늙어가는 것이다.

그러한 굴렁쇠 굴리기가, 그 어느날 눈앞에서 나타나 보였다. 대한민

/ 그 때 그 시 절

국의 아주 큰 행사인 2002 월드컵 경기의 개막식에서, 어린아이가 굴렁쇠를 굴리면서 메인 스타디움에 등장할 때, 가슴이 찡하고, 설레면서 나도 모르게 눈가에 감동의 눈물이 맺혔다.

월드컵 개막식 때의 어린이가 굴렁쇠 굴리는 장면을 본 수많은 관중이나 TV를 시청한 많은 사람들의 감정들도 마음이 벅차고, 가슴이 찡하는 느낌을 오랜만에 느꼈을 것이다.

특히 그 광경을 본 베이비붐 시대들은 더욱 감정이 북받쳐서, 어린 시절의 굴렁쇠 굴리던 그 시절로 잠시나마 돌아간 기분이었을 것이다.

그리고 가슴이 설레이는 감정도 느꼈다. 그 굴렁쇠 굴리는 어린이를 TV로 본 나도 마을이 울컥하고 가슴이 떨렸다.

태어난 지역과 세대와 성장하여 온 환경이 다르더라도 어린 시절의 옛추억들은 누구나 나이가 많고, 적어도 마음속으로 감동의 느낌은 이심전심으로 통하였을 것이다.

38.

탄피, 총알 줍기

내가 자라난 시골 동네에는 주위에 사격장이 두 군데 있었다.

미군 주둔지 내에 큰 사격장이 하나 있었고, 야외에 큰 산을 직각으로 깎아 절벽을 만들어 놓고, 한국군과 미군이 같이 사용하는 사격장이 있었다.

정확히는 모르지만 그 당시에는 일 년에 매월 총 쏘는 연습을 하는건지는 몰라도 매달 사격연습을 하여 동네에서 좀 떨어진 곳이지만 총 쏘는 소리가 동네에까지 자주 들려 왔다.

그리고 추운 겨울이나 눈이 많이 오는 날이나, 여름비가 주룩주룩 쏟아지는 날에는 미군 특수부대 군인들이 마을 뒷산에서 얼굴에 검은색을 칠하고, 위장을 하여, 숲속에서 적과 아군으로 나누어 공포탄으로 공격하는 훈련을 많이 보면서 살아왔다.

전쟁 게임이라고 하는데, 공포탄에 빨간색 페인트가 날아가 상대방 적의 옷에 묻으면 총에 맞은 것으로 하여, 가슴이나 머리에 빨간색이 붙으면, 사망, 팔다리에 공포탄의 빨간 페인트가 묻으면, 중상으로 정하여, 부상자와 죽은 사람으로 구분하여 실전 연습을 하는 것을 종종 보았다.

숲속을 낮은 포복으로 뛰거나 기어다니면서 상대방을 공격하여 실전 연습을 하는 것인데 어린 우리가 보아도 스릴이 있고, 보는 재미가 있었다.

어린 시절이라 정확한 공포탄의 내용물은 모르지만 연습용 공포탄은 총알이 없고, 탄피 앞부분이 잘룩하게 나온 모양의 황동색의 놋새 재질의 탄피였다.

그래서 그 옛날 어린 시절에는 사격이 있는 다음날이면 사격장으로 총알을 캐러 가고, 미군이 야외 훈련을 하는 날이면, 미군 뒤를 쫓아다니면서 훈련하면서 공포탄을 쏜 뒤 떨어지는 탄피를 주우러 위험을 무릅쓰고 미국군인이 훈련할 때 미군들이 훈련하는 뒤를 졸졸 따라 다녔다.

미군들이 동네의 뒷산에서 훈련하는 날이면, 작은 깡통과 장갑을 준비하여 들고, 훈련하는 미군들의 뒤를 따라다니면서 미군들이 쏘고 난, 공포탄의 탄피가 땅에 떨어지면 좀 뜨거웠지만 장갑을 낀 손으로 재빠르게 주워서 깡통에 담는다.

그리고 미군주둔지의 영내에 있는 사격장에서 사격 소리가 있는 다음 날이면 어둠이 진 캄캄한 저녁에 동네 형들과 같이 미군 부대 내로 몰래 들어간다.

들어가는 통로는 튼튼하게 설치되어 있는 철조망을 따라 돌면서 살피면 중간중간에 사람이 들어갈 정도의 하수구가 있었다. 그곳으로 한 사람 한 사람 숨죽이며 살살 기어다니면서 사격장으로 들어간다.

드문드문 가로등이 비치지만, 가로등이 비추지 않는 어두운 곳을 길로 삼아 찾아다니면서 살금살금 기어서 사격장으로 간다.

먼 거리에 초소가 있지만 미군들은 저녁 늦게는 초소 경비가 없는 날이 많다. 사격장 주위에는 초소가 있지만 경비는 없는 날이 많았다.

사격장 총알 줍는 날에 준비하여 간 도구로는 농사용 도구인 호미와, 괭이, 작은 곡갱이와 빈 깡통을 들고 간다. 사격장에 도착하면, 준비하여 간 도구로 사격장 절벽을 살살 파서 총알을 캐는 것이다.

그 당시에 고물로는 총알과 탄피가 고물상이나 엿장수가 값을 많이 쳐 주었다. 사격장에서 총알을 캐는 시간은 보통 저녁 아홉 시부터 열두 시까지 캔다. 사격장에 총알을 캐러 사람들은 열심히 사격장 벽을 파서 찾은 후에 총알들을 캔다.

그렇게 호미나 괭이로 총알을 캐면 대략 깡통에 절반을 캔다. 대략 열두 시쯤 되면 동네 형이 작은 소리로, "야들아~ 이젠 얼추 캘 만큼 총알을 캤으면 집으로 가자." 한다. 그러면 많이 캔 사람이나, 조금 캔 사람 할 것 없이 모두가 동네 형들의 의견대로 따라 일사분란하게 철수를 한다.

그리고 살살 가로등을 피해 가면서 미군 영내로 들어온 하수구를 통하여 집으로 온다. 많은 총알을 캐는 날이면 다가올 오일장이 서는 날, 고물상에 가서 돈으로 바꾸어 생필품인 빨랫비누나, 공책, 연필, 고무신을 사서 집으로 온다.

총알을 적게 캔 날은 동네에 일주일에 한두 번 오는 엿장수 아저씨한테 엿으로 바꾸어 먹는다. 엿장수 아저씨도 총알과 탄피 고물은 값을 많이 쳐 주어 엿을 많이 주신다.

그리고 미군과 한국군이 같이 연습하는 야외 사격장은 험한 산의 절벽을 깎아 놓아 사격장으로 사용하는 곳인데 경비는 없고, 철조망도 허술하게 설치되어 있어, 사격이 없는 날이면, 언제나 드나들 수 있는 곳이다.

그래서 그런지 사격 다음날이면, 다른 여러 동네에서도 어린이 어른 모두가 새벽부터 저녁 늦게까지, 농사도구를 갖고 와서 총알을 캔다.

많은 사람들이 총알을 캐서 그런지 호미로 절벽을 수십 번 찍어도 총알은 눈에 잘 안 보이고, 총알을 캐서 찾기가 쉽지 않았다.

그리고 눈이 많이 온 추운 겨울날이나, 비가 엄청 오는 장미철에는 미군 특수부군인들이 야외 훈련을 종종 한다.

그런 날이면, 겨울철에는 옷을 두둑히 입고, 여름 비 오는 날이면, 비료푸대로 대충 만든 우비를 입고, 깡통과 두꺼운 장갑을 끼고, 미군들이 훈련하는 산으로 간다.

미군 한 사람당 한 명씩 십 미터 간격으로 따라 붙어, 미국군인들이 전쟁연습을 하며, 공포탄을 쏘면, 잽싸게 뒤따라 가서, 뜨거운 탄피를 장갑 낀 손으로 얼른 주워 깡통에 담는다.

그들은 훈련하면서도 껌을 잘잘 씹으면서 공포탄을 쏘면서 열심히 훈련을 한다. 그러면서 우리가 뒤따라가면, 손으로 저으면서 따라 오지 말라고, 저리 가라고 손짓을 한다. 우리는 그런 그들의 손짓에 아랑곳하지 않고, 눈을 흠뻑 맞거나 비를 쫄딱 맞으면서 미군들을 따라다니면서 황금색인 신주 탄피를 줍는다.

우리들이 불쌍한지 간혹 껌도 주고 초코렛도 준다. 우리가 배운 것은 "헤이 초코렛 기브 미." 하면 간혹 초코렛과 껌을 던져 준다. 재수가 좋은 날은 미국 군인용 건빵도 얻어 먹는다.

그들은 한국 어린이들을 엄청 좋아하였다. 학교 가는 신작로 길을 가다 보면 뽀얀 흙먼지를 일으키면서 지나가는 미군 트럭이 눈에 보이면, 뛰어서 쫓아가면서 "헤이 초코렛트 기브미 프리이스." 하면 활짝 웃으면서 껌이나 초코렛을 던져 준다.

우리들은 우루루 그들이 던진 곳으로 달려가 껌이나 초코렛을 주워 먹는다. 한국 껌이나 초코렛과 맛이 다르다. 껌도 여러 가지 맛이 있고, 초코렛도 엄청 맛이 있었다.

그리고 오산 미군 비행장 부대에는 미군의 날이면 전면 개장을 하여 민간인들이 부대 안을 구경하는 날이다. 모형 전투기도 타 보고, 부대 안의 숲속에 들어가면 새카만 오디가 주렁주렁 달려 있다. 실컷 따 먹어 배를 채운다.

점심때가 되면 뷔페 식당도 무료도 개장 출입을 하여 오랜만에 여러 가지 음식을 먹는다. 특히 맛있는 고기를 많이 먹는다.

그렇게 먹고 살기 힘들 어린 시절에는 여러 가지 재미있는 일도 많았다. 먹을 거리가 소중하고 배고픈 시절이지만, 친구간에, 동네 형들간에 우정은 돈독하였다.

사격장에 몰래 들어가 총알을 줍고, 미군들이 훈련하는 야산에 가서, 뒤를 졸졸 따라 다니면서 뜨거운 탄피를 줍고, 그런 시절이 잊혀지지 않는다.

그 옛날 그 시절이 엊그제 같은데 세월이 무수히 흘러, 이순의 나이가 되니 새삼 그때 그 시절이 그리워진다. 미국 군인들 야외 훈련하는 뒤를 따라다니면서 탄피를 줍던 시절들을 생각하면, 왠지 가슴이 찡하여진다. 지나간 시절이지만, 잊혀지지 않는 그 어릴 때 시절이 그리워진다.

39.

어머니의 일생

어머니는 위대한 인간이었다. 이름만 불러 봐도 가슴이 찡하고, 그리움에 사무친다. 이렇게 함박눈이 많이 오고, 추운 겨울날이면 화롯불에 고구마, 감자를 묻어 주시고, 군불에 구워 주시던 어머니가 생각나고 그립다.

점심으로 고구마 감자로 배를 채운 그 옛날, 보릿 고개 그 시절의 어머님이 생각난다. 그리고 아주 추운 겨울날 고뿔이라도 들면, 광에 저장하여 둔 큰 무우를 가져오셔서 위쪽을 칼로 자르고, 가운데를 부엌칼로 파내어 그 속에 감추어 놓았던 토종꿀을 두어 숟갈 넣고, 무우 뚜껑을 덮은 뒤 아궁이 불에 까맣게 구워 익은 무와 따끈한 꿀물을 서너 숟갈 나의 입에 넣어 주신다.

그러면 엄마 손이 약손이라 감기가 뚝 사라진다. 가끔씩 꿀을 먹고 싶으면, 배탈이 난 척, 아니면 감기에 걸린 척 헛기침을 한다. 그러면 그때도 비상용으로 감추어 놓았던 토종꿀을 두어 숟갈 입에 넣어 주신다.

항상 마른기침을 하시면서 당신은 꿀 한 숟갈 못 드시고, 병원 한 번가 보지도 못하셨다. 바쁜 농사일을 하시면서도 자식걱정, 살림걱정으로 늘상 마음을 조이며, 살아오신 어머님을 생각하면, 얼른 어른이 되어, 효도하리라 마음을 먹었건만, 내가 어른이 되기 전 좋은 세상 구경 한번 못하시고, 살아 보지도 못하시고, 갑작스레 하늘나라로 가셨다.

하늘나라로 가신 지가 어언 40여 년이 지났건만, 가슴속에 생생히 기억나는 어머님의 모습이 쉽게 지워지지가 않는다.

그때가 내가 고등학교 학생이었으니까, 어린 나이에 어머님을 여읜 것이다. 외골수인 아버님 성격을 맞추며, 구남매를 낳아서 키운 어머님이 존경스럽고 더욱더 그리워진다.

물론 나는 얼굴도 모르는 위로 삼남매를 6.25전쟁 중에 이미 저세상으로 보내셨다고 한다. 어머니는 늘상 가슴속에 묻어 놓았던 자식들이라고 하셨다.

항상 마른기침을 하시면서 집안일과 농사일을 도맡아 하셨다. 아픈 사연들을 가슴에 안고 살아가시는 모습이 아직도 기억이 난다. 자나 깨나 자식걱정, 농사걱정으로 늘상 노심초사하는 모습이 어린 내 나이에 안쓰러워 보였다.

걱정만 하시다 어느날 갑자기 하늘나라로 가셨다. 어린 나이에 어머니라는 말도 불러 보지 못했다. 엄마로만 불러 봤지, 그것도 많이 못 불러 본 것이 가슴에 사무친다.

항상 바쁘신 어머님을 보면서 세월이 흘러서, 내가 어른이 되면, 큰소리로 "어머님." 하고 불러야겠다고, 다짐을 하고, 효도를 하겠다고 다짐을 했지만, 내가 어른이 되기 전인 오십대의 젊은 나이에 하늘나라로 가셨다.

고생만 하시다 저세상으로 가신 어머님은 오늘따라 생각나고, 그리

/ 그때 그 시절

워진다. 어린 나이에 어렴풋이 기억나는 어머님 모습은 설움과 한이 서려 있었다. 그 설움과 한이 무엇인지 자세히는 모르지만, 어머니 혼자만이 가슴속에 안고 있는 그 무엇의 한이 있는 것 같았다.

그 한을 안고 어렵게 살아가는 먹고 살기 힘들 시기에 아버님의 제안으로 집안살림도 어려운데 6.25전쟁 중 피난민들 열대여섯 명을 거두어, 몇달 동안 우리 집에서 숙식을 제공하시느라 허리가 휘청거렸다.

그런 와중에 피난민의 아기들이 돌림병인 홍역이 걸려, 집안이 어수선하고, 집안 살림과 생활이 엄청 힘들었다고 하셨다. 훗날에 형들로부터 들은 이야기이지만, 집안에 들인 피난민의 아기가 돌림병인 홍역에 걸려, 홍역치레를 할 때, 그 당시 육남매 중 어린 아이 넷째에서 여섯째까지 딸 둘, 아들 하나를 홍역에 전염되어 잃었다고 하셨다.

잃은 아이를 가슴속에 묻고, 생각하면서 늘상 한숨을 쉬었다고 하셨다. 그 모든 것들이 오지랖이 넓은 아버님 때문에 일어난 것이라고 어머님은 항상 생각을 하셨다.

그리고 작은아버지가 서울에서 사업을 하실 때, 시골에 오셔서 큰 아버지댁에 사업 자금을 융통해 달라고 하셨다가 면전에서 거절 당하시고 아버님한테 오셔서 사업 자금을 융통해 달라고, 아니 빌려 달라고 간절하게 부탁을 하셔서, 마음이 약한 아버님이 거절할 수가 없어서, 먼 친척의 쌀을 수십 가마 빌려서 동생한테 빌려 주셨다고 하셨다.

세월이 흘러도 작은아버지는 빚을 갚을 기색도 없는 사이 장리쌀의 이자가 늘어나 간신히 이자만 갚는 집안 신세가 되었다.

장리쌀을 빌려 준 먼 친척 조카가 아버님이 없는 시간에 가끔씩 우리 집에 와서 어머님한테 빚 갚으라고 행패를 부렸다고 하였다. 그러니 가정 형편이 더욱 어려워지고, 마음 고생이 심하시고 힘겨워 하셨다.

허리가 휠 정도의 논일, 밭일을 하시는 어머님은 그 늘어나는 이자를 갚기가 버거워졌다.

집안일의 어려운 사정은 아버님의 오지랖 넓은 탓으로 점점 어려워지고, 뒤처리는 어머님이 하시니 가슴속에는 항상 응어리를 안고 살아가셨다.

그래서 젊은 나이에 늘상 술과 담배를 즐겨 하시며, 심신의 마음을 안정시키려 노력하고 순간순간을 술과 담배로 잊으려 하신 것 같았다.

논일과 밭일을 하시다가 점심 무렵에는 집으로 오셔서 아버님과 자식들 점심을 차려 주시고, 어머님도 한술 뜨시고 다시 밭으로 가신다.

가시기 전에 마루에 걸터 앉으셔서 담배를 두어 개 줄담배를 연거푸 피우시며 한숨을 푹푹 담배 연기와 함께 내뿜으신다. 담배는 그 당시에 가장 싼 새마을 담배를 많이 피우셨다.

담배를 피우시는 그 시간만큼은 담배 연기를 연거푸 들이마시고 내뿜으면서 고단하셨던 삶을 잠시나마 담배연기와 함께 날려보내고 싶은 마음이었을 것이다.

농사일이라는 것이 시작과 끝이 없는 것 같다. 새벽부터 저녁 늦게까지 일하시는 어머님은 철인인 듯하다.

그리고 아침 어둠이 가시기 전 4시 반이면 일어나시어, 집 근처 텃밭에 가셔서 야채들을(열무, 시금치, 상추, 파 등) 뽑아 가지고 오셔서, 정성껏 다듬고 모양 있게 다발로 묶어 광주리에 담아 머리에 이고, 십 리 밖의 읍내 시장에 종종걸음으로 가셔서 시장골목 길가에 좌판을 깔고 진열하여 팔고 6시 반쯤 집으로 오셔서 아침 준비를 하곤 하셨다.

집안 살림과 누나, 나, 내 동생 학자금 준비하시느라 동분서주하셨다. 그리고 낮에는 논일, 밭일 농사일을 많이 하셨다. 허리 한번 펴지 못하고, 일만 하신 것 같다.

젊은 나이에 농사철에는 모심기로 품앗이도 많이 하셨다. 고생만 하신 어머님의 낙은 담배를 피우고, 장날이면 동네 친구들의 엄마들과 시골장에 가서 막걸리 마시며, 시름을 달래곤 하신다. 유일한 낙이 시골에 오일장이 서는 날이면 장에 가시는 것이었다.

전날부터 마음이 설레인 듯 하셨다. 장에 갈 옷도 장롱 속에서 준비해 놓고, 만지작거리며, 밤새 뒤척이신다. 간혹 아버님한테, 표정이 탄로 나서, 면박을 받던 모습이 안쓰러워 보였다.

이 여편네 내일 장에 가서 술 마시려고 안달이 나서 환장하고 있네 하시며 핀잔을 주셨다.

장날 아침이면 전날 준비한 옷을 입으시고, 아침부터 분주하시다. 동네에 장날 같이 가시는 친구 엄마들 중에 대장 노릇을 한다.

근호 엄마, 종관이 엄마, 종복이 엄마, 수복이 엄마 중에 최고 연장자라 그날만은 '형님'대우를 깍듯이 받는다. 더불어 술도 한잔하시고, 담배도 피우시고, 한 주 동안 쌓인 피로와 스트레스를 그날 씻어내듯 다 푸신다.

그런 속마음도 모르는 무뚝뚝한 아버님이 내심 서운하신 듯하다. 물론 특별히 장날에 가서서 살 품목들은 정하지 않고, 장날에 시장 구경도 하고, 지친 심신을 달래려고, 술도 많이 취하시어 휘청거리며 집으로 오신다.

맨손으로 집에 오기 쑥스러운지 비누나, 꽁치나, 고등어 한두 마리 달랑 사 가지고 오신다. 나랑 내 동생은 장날이면, 긴장이 된다. 술이 거나하게 취하신 어머님이 아버님한테, 핀잔과 구박을 받으면 어쩌나 하고 내심 마음이 초초해진다.

많이 취하신 날이면, 그날 같이 가신 동네 어머님들이랑 우리 집으로 오신다. 요즘 말로 2차 하실 계획인 것이다. 나랑 내 동생은 대문 앞과 집에 오는 길 모퉁이인 유석이네 집 앞에서 아버님이 오시나 하면서, 순찰 겸 망을 본다.

그 시간에 우리집에 친구 어머님들과 함께 오셔서 큰 그릇에 물 담아서 바가지를 뒤집어 놓고 젓가락 장단을 맞추며, 옛날 노래가락을 흥겨워 노신다.

아버님이 오시는 것이 멀리서 보이면, 집으로 뛰어나와 내 동생이 어머님한테 아버님이 오신다고 이야기를 한다. 그러면 신나게 놀던 큰 다라와 바가지를 정리하고, 모인 친구 어머님들과 떼지어 집 뒤편 울타리의 개구멍을 통하여, 뒷산으로 떼 지어 가신다.

거기서도 저녁 해 질 무렵까지 춤을 추며, 노래를 부르시며, 음주 가무를 하신다. 그날만큼은 모든 시름들을 잊으시려고 하시는 것이다. 시골 장날이면 그날이 어머님은 최고의 기분 좋은 날이다.

반면 아버님은 집안 농사일은 어머님한테 거의 맡기시다시피 하시고, 동네일로 분주하신다. 이장도 하시고, 동네 민원사항들을 관할 면 소재지나, 군청, 경찰서 등에 가셔서 동네의 온갖 민원사항들을 해결하시곤 하신다.

집안 농사일에 좀 무관심한 아버님이 어머님은 항상 서운하고, 불만인 셈이다. 세월이 무수히 흘러 내가 어른이 되고, 자식을 낳아 키워 보니, 더욱더 어머님이 그리워진다.

마음껏 불러 보고 싶다. 주위에 아직도 나이가 많지만 부모님 계신 친구들 보면 한없이 부러웠다. 어린 나이에 어머님이 안 계시니, 자라면서 어머님이 그립고, 보고 싶었다.

형들과는 나이차가 많이 나고, 일찍 결혼해서 분가하여 사시니 어린 시절 기억이 어렴풋이 가물거린다. 형들과는 형제이지만, 같이 집에서 자라고, 생활한 기억들이 별로 없는 것 같다.

그래서 그런지 위로 세 명의 형들은 나이차가 많이 나서 먼 친척 같은 느낌으로 자라 왔다. 아주 어릴 때 군대 가서 휴가 오면, 어머님이 기르던 닭을 잡든가, 토끼를 잡아 도리탕을 해 주신 기억이 난다. 그 잡은 토끼털을 잘 말려서 보관했다가, 겨울날 귀마개를 한 추억이 생각난다.

어머님은 어느날 일을 마치고, 저녁식사를 하시고, 피곤하시다며 일찍 방에 누워 계셨다. 어깨가 결린다고 담이 든다고 하시며, 어깨를 주물러 달라고 하셨다. 그리고는 피곤하셨는지 끙끙 소리를 내시면서 잠을 청하셨다.

그리고 그 다음날, 동네의 먼 친척 장님 아저씨가 항상 아침 일찍 우리집에 들러 어머님한테 냉수나 막걸리 한잔을 먹으러 아침 일찍 오신다.

그 아저씨가 오실 때쯤이면 어머님이 부엌에서 분주히 아침밥을 준비하시는데, 그날 따라 인기척이 없으니, 그 장님 아저씨의 예감이 이상한지, 누나를 부르면서, "야, 화자야 니 어멈이 아직 안 일어나시니?" 깨워 보라고 하셨다.

그 소리를 듣고 나랑 누나, 동생은 어머님 방으로 가서 보니 숨이 멎어 계셨다. 밤새 돌아가서 운명하시어 하늘나라로 가신 것이었다.

같이 잠을 잔 아버님은 그날 따라 아침 일찍 논에 물꼬를 보러 가신다고 논에 가시고, 없는 시간이었다. 같이 잔 아버님도 어머님의 운명을 모르신 것 같았다.

그 시절 집에는 어머님을 저세상으로 보내시고, 누나, 나, 동생이 농사일을 하면서 학교를 다녔다. 어머님 정이 그리운 시절이라 항상 마음이 허전하고 쓸쓸했다.

그러던 중 누나는 큰형이 중매를 해서 일찍 시집을 갔다. 어린 시절을 어머님 없이 지내는 시간들이 늘상 슬펐다. 가끔씩 아버님이 소 풀베어 오라고 하시거나, 농사일로 논이나 밭에 가서 일하라 하시면 가는 길에 어머님 산소를 들리곤 했다.

나도 어른이 되어 자식을 둘 낳아 키워 보니, 어머니는 역시나 위대하신 분이다. 어른이 되어서도, 그리운 어머니를 함박눈이 오는 날이면 더욱 생각이 나고 보고 싶어진다.

기댈 사람 없는 내가 배 아프다고, 고뿔 들었다고, 응석 부리며, 엄마 어깨에 기대어 보고 싶어진다. 어머님이 살아온 삶을 돌이켜 생각하여 보면, 존경스럽고 위대하신 분이라 생각이 든다.

내가 어른이 되어서 각박한 세상을 살아가다 보니, 어린 시절에 어머님의 생활 모습들이 내가 어른이 되어서 생각을 하여 보니, 세상을 살아가는 방법들을 알려 주시고, 일깨워 주신 것 같았다.

어머님의 길지 않은 삶은 소중하고 위대한 삶을 살아온 분이었다. 엄마라는 말만 불러본 기억이 나지만, '어머니'나 '어머님' 하고 불러본 기억이 나지를 않는다.

어머니라는 말 생각만 하여도 가슴이 설레이고, 어머니라고 불러보고 싶고, 보고 싶다. 그래서 어머니 하고 큰 소리로 한번 불러 보고 싶다. 내가 죽는 날까지 어머니는 잊을 수 없는 위대하신 분이다.

/ 그때 그 시절

40.

땅굴 파기(방공호 만들기)

　어릴 적인 1960대 초에서 1965년도 무렵에는 학교 가는 길의 큰 신작로 옆의 산모퉁이에는 한국 군인의 큰 방공호가 있었다. 숲의 나무로 위장된 방공호는 장갑차와 탱크도 들어갈 수 있는 큰 방공호였다.

　시멘트와 벽돌로 튼튼하게 지어져 있었고, 지붕은 얼룩무늬로 위장되어 있었고, 주위에는 모래를 넣은 푸대 자루가 이중으로 방호막을 쌓여 견고하게 만들어져 있었다. 그리고 현역 군인들이 수시로 와서 훈련도 하였다.

　우리 마을의 주위 앞산이나 뒷산에도 신작로 옆의 큰 방공호의 크기만큼은 아니지만 군대말로 좁은 산길의 높은 곳에 작은 참호가 여러 군데에 설치가 되어 있었다. 군대말로 비트라고도 하였다.

　참호와 참호 간에 거리가 오십에서 백 미터 사이로 참호가 있었다. 그리고 참호와 참호 사이를 오고 갈 수 있게 큰 고랑을 파서 전쟁 유사 시 그곳으로 몸을 숨기면서 이동하면서 빠르게 갈 수 있게 어른들의 어깨 높이로 이동 통로를 만들어 그곳에서 가끔씩 방공호를 왔다 갔다 하는 훈련하는 모습들을 보아 왔다.

잘 짓고, 튼튼한 참호는 시멘트나 벽돌로 쌓아 잘 짓고 주위에 모래를 넣은 푸대자루를 이중으로 쌓아 놓아 전쟁 유사시 총알이 날아와도 몸을 보호할 수 있게 잘 만들어 있었다.

그리고 그 위에 위장할 수 있게 작은 나무를 심어 놓은 참호도 여기저기 눈에 보였다. 물론 허술하게 만든 참호가 있었지만, 대부분 잘 만들어져 있었다.

비가 많이 오면 참호가 무너지고, 이동통로인 깊은 고랑도 무너져 있는 경우가 있었지만 그때마다 인근 부대에서 군인들이 출동하여 삽과 곡괭이로 보수 공사를 하여 잘 정리되어 있었다. 어린 우리들은 그곳에 군인들이 훈련하듯이 전쟁 연습을 하며 놀았다.

편을 둘로 나누어 거리가 좀 떨어진 참호 두 개를 정하여 하나씩 거점을 잡아 놓고, 참호간의 이동 통로를 왔다 갔다 하면서 상대편을 모형으로 만든 나무총으로 숨어서 몰래 등 뒤에서 먼저 찌르면 죽은 것으로 정하여 전쟁놀이를 재미 있게 하였다.

편을 나눈 인원 네 명 중에 두 명이 상대편의 나무총에 찔리면 전쟁놀이에서 지고, 남은 인원은 포로로 잡는 놀이였다.

보고 자란 것이 군인들 훈련하는 것을 많이 보았기 때문에 우리들도 나뭇잎으로 옷 위에 붙이고 머리에는 나뭇잎이 큰 칡잎이나, 오동나무 잎을 만들어서 모자를 만들어서 머리에 쓰고, 군인들 훈련하듯이 위장하여 전쟁놀이를 하였다.

마을 앞산이나 뒷산에 가 보면 여러 개의 참호가 설치되어 있어서, 그곳에서 숨바꼭질도 하였다. 산속이라 겁도 나지만 숨바꼭질할 때 숨을 곳이 많아 재미가 있지만, 술래놀이 하기가 조금 무서운 산속의 방공호

술래잡기였다.

고목나무 뒤, 산소 뒤, 큰 비석 뒤 그리고 군인들이 설치하여 놓은 참호 등 숨을 곳이 많아서 숨바꼭질 놀이하는 곳으로도 많이 하였다.

잘못 숨었다가는 산속 깊숙이 들어가 길을 잃은 뻔한 적도 있었다. 그 당시에는 동네 사람 어른들 사이에서 전쟁이 언제 또 일어날지 모른다는 소문이 돌기 시작하였다.

시골집은 흙벽돌로 지은 지하가 없기 때문에 전쟁 발발 시 대피할 적당한 장소가 없었다. 유사시 시골 마을에서 대피할 곳은 시멘트로 지어진 지하가 없는 마을회관뿐이었다.

그래서 이장을 보시는 동네 어른이 집집마다 대피소를 준비하라고 하셨다. 그리고 한달에 한 번씩 방공 사이렌이 울리면, 집집마다 전등이나 호롱불을 끄고, 이불을 뒤집어 쓰고, 한쪽 구석으로 숨어 있는 연습도 하였다.

지상의 집이나 건물들은 전쟁 유발시 포탄 한 발이면 시골집들은 화염에 휩싸이고 한방에 폭삭 무너지고, 불타고 없어진다고 하셨다.

어린 마음에 전쟁은 안 겪어 보았지만, 어른들의 이야기를 들어 보면 많은 사람들이 죽고, 숨어 있어야 하고, 적군이 점령하여 오면 피난을 가야 한다고 하셨다. 그리고 엄청난 재산 피해를 당한다고 하셨다.

어느날 아버님이 나랑 동생을 불러 하시는 말씀이 우리집도 땅굴을 파야 하니, 학교에 갔다와서 하루에 조금씩 집안 뒤뜰에 땅굴을 파라고 하시면서 땅굴 파는 위치와 땅굴인 방공호를 파는 요령들을 알려 주셨다. 그래서 빠른 시간에 대피하여 숨기 위한 땅굴을 집안 뒤편에 하나씩을 준비하는 것이 좋다고 하셨다.

어른들의 말씀에 의하면 땅속 밑으로 깊이가 삼 미터 직경이 일 미터에서 일 미터 오십 정도를 수직으로 파고 내려가서, 땅속 일점오 미터 지점에서 옆으로 다시 높이 일 미터이상, 깊이 삼 미터를 파서 대피할 시에 다섯 명에서 열 명 정도가 대피할 수 있게 땅굴을 파서 방공호로 활용하기 위하여 대피소로 준비하라고 하셨다.

그리고 토질이 마사토인 땅굴은 무너질 수가 있으니, 땅굴 좌우에 굵은 나무토막으로 촘촘히 지지대를 설치하고 그 위에 나무 토막이나 합판으로 올려 놓아 움직이지 않게 고정시켜 우천시 비가 새어들지 않고, 무너지지 않게 땅굴 파는 요령들을 아버님을 통하여 알려 주셨다.

그리고 땅굴로 내려가는 곳에 내려가기 쉽게 나무로 만든 사다리를 만들어서 경사지게 세워 놓으라고 하였다. 그래서 집안 뒤꼍에 아버님이 정하여 주신 곳에 땅굴을 팔 계획을 하고 삽과 곡갱이를 준비하고, 내일부터 땅굴을 파겠다고 하였다.

다음날 학교에 갔다 와서 나랑 내 동생은 아버님이 정하여 주신 곳에 집안 뒤꼍의 경사가 진 곳에 땅굴을 파기 시작하였다.

삽으로 직경 일 미터 오십을 사각으로 그려 놓고, 땅을 파기 시작하였다. 땅이 워낙 딱딱하여 삽이 좀처럼 잘 안 들어가 힘만 잔뜩 들었다.

그래서 곡갱이로 땅을 찍어서 흙의 균열을 만들어 놓고 흙을 삽으로 파면서 땅굴을 파는 시작을 하였다. 땅 밑으로 삼사십 센티 파니 이마에 땀이 송글송글 맺히고 숨이 차서 냉수 한 그릇 마시고 또 다시 땅을 파기 위하여 곡갱이질과 삽질을 계속하였다.

한두 시간 땅을 판 다음에 동생이 파겠다고 하여 삽을 넘겨 주었다. 학교에 갔다 온 후에 동생과 다섯 시간 정도 땅을 삽으로 팠지만 밑으로 대략 일 미터 정도는 판 것 같았다.

저녁 무렵에 일을 마치고 집으로 오신 아버님이 땅을 판 곳을 둘러

보시더니 잘 팠다고 칭찬을 하셨다. 쉬엄쉬엄 파야지 한번에 팔려고 하면 힘만 들지 땅 파는 진척이 더 늘어진다고 하셨다.

저녁을 먹고 나니 온몸이 욱신거리고, 노곤노곤하여 졸음이 쏟아졌다. 땅 파는 것이 힘이 든 셈이었다. 우리집의 앞마당에 파 놓은 우물도 지하로 십오 미터 이상은 파 놓은 지하수 우물이다.

그 우물을 팔 때도 동네 어른들이 열흘 이상 땅을 판 기억이 난다. 어른들도 땅 파는 것이 엄청 힘든 일이라고 말씀하신 것을 들은 적이 있었다.

다음날도 학교에 갔다 와서 또 다시 나와 동생은 땅을 파기 시작하였다. 한 시간 정도 파고 내려가는 중에 큰 난관이 부딪쳤다. 삽질을 하는데 삽에 부딪치는 쨍쨍 소리가 들려서 자세히 보니 땅을 밑으로 파서 내려가는 곳에 큰 바위만 한 돌이 박혀 있었다.

돌이 둘레를 삽으로 살살 파 보니 엄청 큰 돌이었다. 돌의 직경이 오십 센티 이상은 되어 보였다. 그래서 곡괭이로 돌의 주위를 파기 시작하였다.

한 시간 정도 돌 주위를 파서 보니, 돌의 윤곽이 드러나, 직경이 육십 센티 되는 큰 돌이었다. 돌이 약간 움직이기는 하나, 어린 나와 동생 힘으로는 꺼낼 수가 없어서 땅 파는 것을 중단하고 아버님이 오실 때를 기다렸다.

저녁 때쯤에 아버님이 오셔서 "오늘은 얼마만큼 팠니?" 하면서 물으셨다. 그러나 동생이 "오늘은 조금밖에 못 팠어요." 하면서 "땅 파는 곳에 큰 돌덩어리가 있어서 중단하였어요." 했다.

그러자 아버님이 땅을 판 곳을 가 보시더니, 새끼줄을 가져오라고 하셨다. 그리고 돌을 묶어서 나, 내 동생, 아버님, 세 명이 합심하여 일 미터 깊이에 있는 돌을 끌어올렸다.

오늘은 그 큰 돌덩이 때문에 땅 밑으로 오십 센티 정도 판 셈이다. 다음 날은 비가 엄청 쏟아져서 땅을 못 팠다. 그 대신 저녁 나절에 땅 판 곳에 빗물이 고여서 바가지로 물만 퍼내었다.

그리고 그 다음 날부터 다시 땅을 밑으로 파 내려가기 시작하였다. 땅 밑으로 파면 팔수록 흙은 점점 딱딱하고, 돌덩이 같아 땅을 파는데, 삽이 좀처럼 땅으로 들어가지를 않았다.

그래서 곡갱이로 팔 곳의 땅 위를 수없이 찍은 후에 삽으로 연신 흙을 퍼내지만 진척이 더디기만 하였다. 그렇게 세 시간쯤 땅을 파다 보니 이마에 구슬땀이 흐르고 지쳐 있어, 땀을 닦고, 냉수 한 그릇씩을 먹고, 다시 땅 밑으로 파내려가니 얼추 지상에서 땅 밑으로 이 미터쯤은 조금 더 판 듯한 것 같았다.

땅 밑으로 파면 팔수록 힘이 들었다. 작은 몸 전체가 땅 밑으로 들어가 움직이면서 삽질, 곡갱이 작업하기가 어려웠다. 그리고 땅을 판 곳에서 땅을 판 흙을 땅 위로 위로 퍼내기도 여간 힘들지 않았다.

그래서 우물에서 물 푸는 물바가지에 새끼줄을 묶어 물 푸듯이 밑으로 동생이 내려 주면, 땅을 판 흙을 물통에 담아 놓으면 동생이 끌어올려서 땅을 팠다.

해가 넘어가기 전까지 땅을 파 보니 내일까지만 땅을 파면 땅 밑 수직으로 깊이가 삼 미터 정도 될 것 같았다. 오늘은 여기까지만 땅을 파고 쉬기로 하였다.

그리고 다음 날 학교에 갔다와서 다시 땅을 파기 시작하였다. 우선 땅 밑으로 깊이가 삼 미터가 되니 내려가기가 어려워, 나무 토막으로 간이 사다리를 만들어서 땅속으로 비스듬히 걸쳐 놓았다.

사다리를 타고 땅 밑으로 내려가니 약간 어두컴컴하고, 찬 기운이 돌았다. 오늘은 땅 밑에서 일 미터 오십에서 이 미터까지의 높이로 옆으로 파고 들어갈 계획이었다.

그러니까 땅 위에서 땅 밑으로 삼 미터 지점에서 밑바닥 옆으로 일 미터 오십 센티 지점으로 옆으로 가로 방향으로 땅을 팔 계획인 것이다.

어른들의 이야기를 들은 적이 있었다. 옆으로 땅굴을 파는 것은 탄광에서 석탄을 캐는 사람 같이 조그만 곡괭이로 흙이 무너지지 않도록 살살 파 들어가야 한다고 들은 것이 생각이 났다.

그래서 작은 곡괭이와 작은 삽으로 직경이 일 미터 오십 정도 지점에서 굴 옆으로 땅굴을 파기 시작하였다. 전날과 같이 판 흙을 물통에 담아 땅 위로 올려 보내면서 땅을 팠다.

땅을 옆으로 파는 것이 땅 밑으로 파는 것보다는 좀 수월한 듯하였다. 조그만 야전삽으로 흙을 찍으면 흙이 잘 파이는 것 같았다.

그렇게 두 시간 정도 판 다음에 내가 땅을 파는 요령들을 동생에게 알려 주고 동생과 교대로 땅을 옆으로 파고들어 갔다. 동생도 비지땀을 흘리면서 땅을 파니 조금씩 옆으로 판 땅굴이 직경이 일 미터 오십이 되는 땅굴 형태가 조금씩 보이기 시작하였다.

물론 옆으로 판 깊이가 오십 센티 정도쯤 되어 보였다. 저녁 때쯤 아버님이 오셔서 판 땅굴을 내려가 보시더니 잘 파고 있다고 하시면서, 아버님도 거들며 땅을 파고 계셨다. 역시나 어른들이 파시니 힘껏 잘 파시고, 흙을 파내는 진척이 빠르게 진행되었다.

내일부터는 아버님도 같이 팔 것이라고 하셨다. 역시나 다음 날도 학교에 갔다 오니, 그곳에서 아버님이 점심때부터 땅굴을 파고 계셨다.

그렇게 사 일 동안 아버님과 같이 땅을 옆으로 파고들어가니 대략 3

미터 정도는 판 것 같았다. 아버님이 이제는 그만 파고 튼튼한 사다리를 만들어서 놓아야 한다고 하셨다.

그리고는 산으로 가서서 굵은 소나무를 네 그루 잘라서 적당한 토막을 내어 지게에 싣고 오셨다. 그리고 낫으로 나무 껍질을 벗겨내고, 햇볕에 말려서 송진을 조금 빼낸 다음에 사다리를 만들 것이라고 하셨다.

그리고는 땅굴이 우천시에 무너지지 않도록 하기 위하여 땅굴 받침목을 세워 놓아야 한다고 하시더니, 집안 구석구석을 둘러보시고는 적당한 나무들을 골라서 나무기둥을 만들고, 부족한 나무들은 산으로 가서 나무를 베어 가지고 오셔서 땅굴 받침대와 천정 버팀목인 깔판 천정을 해야 한다고 하셨다.

그래야만 땅굴이 튼튼하고 모양이 있게 보이고, 방공 훈련 중에 대피하면 안전하게 대피하여 숨을 수가 있다고 하셨다. 그리고 우천시 비가 안 들어가게 땅굴 위에 지붕도 해야 한다고 하셨다.

지붕은 나무로 짜서 땅굴 위로 경사지게 덮고, 그 위에 볏짚을 엮어서 덮어서 비가 오면, 빗물이 안 들어가고, 경사면으로 볏짚을 타고, 흘러 내려가게 볏짚 지붕을 만들어야 한다고 하셨다.

그렇게 오 일 동안 아버님이 땅굴 사다리와 버팀목, 지붕을 튼튼하고 모양 있게 만드시고는 땅굴 바닥에 볏짚을 깔아 놓았다. 땅속 바닥은 습기가 많이 찬다고 하셨다.

집 안에 땅굴을 다 파고, 몇번 사다리를 이용하여 들락날락하여 보니, 보기만 해도 마음이 든든하였다. 전쟁이 나도 대피할 곳이 있어서인지는 몰라도, 아니 집 안에 땅굴이 있다는 것이 가슴 뿌듯한 부자가 된 것 같았다.

그리고 며칠이 지난 후에 동네에 누구네 집은 땅굴을 잘 팠다고 소문

/ 그때 그 시절

이 나서 동네 사람들이 땅굴 구경을 하려 몇 분이 왔다 갔다.

자기네 집도 우리집 같이 파고 싶으니 땅굴 팔 때 아버님이 오셔서 조언을 하여 달라고 하셨다. 그렇게 땅굴 파는 일은 끝났다.

잠자코 계시던 어머님이 집안 뒤꼍의 땅굴을 들어가 보시더니 여기가 엄청 시원하니 여름철 반찬을 보관하면 좋은 장소라고 하셨다.

아버님이 그 소리를 들으시더니, 전쟁 시나, 방공훈련 시에 대피하는 곳이라고 하셨다. 얼마간 며칠이 지난 후에 땅굴 속에 들어가 보니 더운 여름철 날씨지만 그속에는 반팔로는 추울 정도로 서늘하였다.

나를 보시던 어머님이 땅굴 속에 반찬을 넣어서 보관하라고 김치와, 나물 무침, 등 몇 가지 반찬을 주셨다. 그 당시에는 냉장고가 없었다.

앞마당의 지하수 수돗가에 찬물을 큰 다라에 받아 놓고, 물 속에 반찬들을 보관하고 식사 때마다 꺼내어 먹고, 다시, 큰 다라 속에 넣고, 물이 미지근하여지면 다시 찬물을 퍼서 담아 놓고 반찬들을 보관하여 식사 때마다 꺼내어 먹었다. 집 안의 땅굴이 요즘의 냉장고로 이용하는 곳이었다.

반찬들도 오래 보관할 수가 있었다. 땅굴 속에 반찬들을 보관하여 보시더니, 어머님이 가장 좋아하시는 것 같았다. 반찬들을 땅굴에 갖다가 놓고, 가져올 때에 사다리를 타고 오르락내리락하는 것이 조금 어렵지만 그 일은 나와 동생이 하였다.

일석이조로 땅굴의 가치가 돋보였다. 그리고 일찍 판 우리집 땅굴을 이장님이 보시더니, 잘 팠다고 하시면서, 동네의 땅굴 표준이 되어 다른집 땅굴을 팔 때 아버님이 조언을 하여 주시라고 당부를 하셨다.

그리고 얼마 후에 방공훈련이 있었다. 해가 저물고 저녁을 먹은 다음에 사이렌이 울렸다. 이제까지는 싸이렌이 울리면 가정집마다 전등이나 호롱불을 끄고, 방 한쪽으로 모여서 두꺼운 이불을 뒤집어 쓰고, 숨어 있다가, 사이렌 소리가 끝날 때, 이불을 걷고 나와서 일상으로 돌아가는 훈련이었다.

그런데 이번 방공훈련 때에는 방공호인 땅굴이 있는 집들은 촛불이나 후레쉬를 들고 방공호인 땅굴로 대피하여야 한다고 하고, 싸이렌 소리가 끝나면 방공호인 땅굴에서 나오라고 하였다.

그래서 이번 방공훈련 때에는 우리 가족들은 집안의 호롱불은 끄고, 촛불을 가지고 앞을 비추면서 온 가족이 땅굴인 방공호로 대피하여 들어가서 사이렌 소리가 끝날 때, 밖으로 나왔다.

한 달에 한 번 실시하는 방공훈련 때에는 방공호를 이용하고, 그때 외에는 반찬들을 보관하는 장소로 이용하면서 아주 더운 여름 찜통 더위를 피하는 서늘한 장소로도 이용하였다.

나는 여름철에 그곳에 참외나 오이 등, 과일들을 보관하여 먹으면 오래도록 먹을 수가 있어서 좋았다. 그리고 겨울철에는 여름, 가을에 추수 수확한 고구마, 감자, 무우, 배추 등 채소들도 보관하여, 신선하게 보관하고 먹을 수 있는 집안의 아주 중요한 장소로 여겨졌다.

그리고 찜통 더위에 흘린 땀을 식히는 장소로도 사용하기도 하였다. 그렇게 우리집은 땅굴 파는 일을 끝났다. 그 이후로 집집마다 땅굴 파는 가구가 늘어나고, 온 동네가 농사철인데도 시간 나는 대로, 아니면 저녁 늦게, 집안에 땅굴을 파는 집들이 많았다.

한동안 온 동네가 땅굴 이야기로 시끌벅적하더니, 한 달 후에는 땅굴 이야기는 잠잠해지고, 일상으로 돌아가 농사일들에 모두들 열중하고 있었다.

그리고 집안에 판 땅굴은 두고두고 기억이 나면서, 냉장고가 없던 시절, 일반 시골 가정에 보급되기 전까지 반찬이나 곡식, 과일, 채소들을 보관하는 장소로 잘 사용하였다.

그 당시에 집안 뒤꼍에 파놓은 땅굴은 냉장고가 시골 마을까지 싼 가격에 보급되기까지 방공호가 냉장고 역할을 하였다. 그리고 가을추수가 끝나면 무우, 배추, 고구마, 감자 등을 보관하는 장소로 십여 년 이상 사용하기도 하였다.

어른이 되어서 명절 때 시골에 가서 그 옛날의 땅굴을 판 곳을 찾아보면, 그 땅굴의 흔적은 있어도, 땅굴을 흙으로 메운 지가 오래 되었다고 아버님이 말씀하셨다.

지금도 어릴 적에 땅굴 파는 기억들을 더듬어 보면 힘들 일이었지만, 기억 속에 지워지지 않는 것은 그 일 또한 동심의 옛 추억 속의 한 편의 드라마인 듯하다.

41.

물수제비 뜨기

초등학교를 갔다 오는 길에는 조그마한 냇가에 개천물이 졸졸 흐르고 있었고, 그 개천을 지나면 큰 뚝방이 나오고, 그 뚝방의 옆에 큰 저수지가 있었다.

우리 시골 동네에 뚝을 높이 쌓아 저수지가 생긴 지는 몇 년이 안 되었다. 비가 오면 물을 가두어 놓아 농사에 용수로 사용하는 저수지인 것이다.

바람이 살살 부는 날이면 저수지의 물결이 바람결에 물보라를 치며, 잔잔한 저수지의 물이 출렁거리어 잔잔하면서도 아름다운 물결을 볼 수가 있었다.

그러한 저수지를 바라보면 그 저수지에 물수제비를 뜨는 놀이를 한 기억들이 되살아 난다. 친구들 서너 명이 같이 학교에 갔다 오면서 누군가 "야들아~ 오늘은 우리 물수제비를 누가 많이 뜨나 시합을 하자."고 한다.

농사일은 싫어해도, 노는 데는 다들 좋아하고 반대하는 친구는 없었다. 그러면, 학교에 갔다오는 길에 저수지 밑에 시냇물이 졸졸 흐르는 냇가로 간다.

비가 많이 오면 저수지의 물이 넘치거나 수문을 열어 놓아 시냇물이 많이 흐르지만 평소에는 시냇물이 졸졸 흐르는 개천이었다.

그 냇가에서 우리들은 반들반들하고, 납작한 적당한 돌들을 열 개 정도 고른 후 책보자기에 넣어 가지고 저수지로 온다. 저수지로 온 친구들은 냇가에서 가져온 둥글고, 납작한 돌들을 책 보자기에서 꺼내어, 열 개 중 별로 수제비 뜨기에 좋지 않은 돌 중에 다섯 개를 골라 저수지에 옆으로 던져서 물수제비 뜨는 연습을 하면서 몸을 푼다.

본 게임을 들어가기 전에 돌을 던지는 연습을 하면서, 몸을 푸는 연습이었다. 같이 간 친구들이 연습을 대충 끝나고 나면, 한 친구가 "자~ 이제는 본게임 시작을 하자."라고 한다.

남은 돌들은 납작하고, 물수제비 뜨기 좋은 모양의 돌 다섯 개를 물 위로 던져서 물수제비를 누가 많이 뜨는지 시합을 하는 것이다.

다섯 번 돌을 던져 합산하여 저수지 물 위에서 총 몇 번의 물수제비를 떴는지, 누가 많이 떴는지 시합을 하는 놀이이다.

물수제비를 뜨는 요령도 있어야 한다. 우선 첫 번째로 수제비 뜨는 돌을 잘 골라야 한다. 납작하고 얇은 돌이면서 직경이 오 센티 정도가 되고, 두께가 일 센티 이내이면서, 밑면이 반들반들하고, 둥그런 돌이 적당한 돌이다.

그리고 두 번째로 잘 던져야 한다. 몸을 옆으로 낮게 낮출 수 있는 만큼 낮추고, 저수지 물과 수평이 되도록 낮은 자세로 돌을 던져야 한다. 돌을 던지는 각도가 낮을수록 물 위를 잘 떠서 날아갈 수가 있다.

그리고 세 번째로 던지는 돌의 밑면이 반들반들한 면을 밑으로 잡고

물 위로 낮게 힘차게 던져야 한다. 네 번째로 허리와 어깨힘을 최대한 사용하여 야구 스윙하듯이 몸통과 허리를 힘차게 돌려서 던져야 한다.

각자 연습이 끝난 후에는 친구들과 던지는 순서를 가위바위보를 하여, 진 사람부터 돌을 먼저 저수지에 돌을 던져서 물수제비를 뜬다. 그럴 때 던지는 친구의 자세와 요령들을 잘 보았다가 자기 차례에 참고로 하여 던진다.

마지막 던지는 사람이 저수지에 먼저 다섯 번 던진 사람의 수제비를 뜬 총 횟수를 공책에 연필로 적어서 기록을 남긴다. 같이 간 친구들이 정하여진 순서에 의해 돌을 저수지에 다섯 번 던져서 총 수제비를 뜬 횟수를 합산하여 물수제비를 많이 뜬 사람이 이기는 놀이이다.

그렇게 물수제비 뜨는 시합을 하여, 네 명이면 물수제비를 적게 뜬 두 명이 많이 뜬 사람의 책보자기를 들어서 집에까지 가져다 주는 놀이이다.

간혹 규정을 어기는 친구들도 있다. 물수제비를 뜨는 시합을 돌로 해야 하는데, 몰래 다섯 개중에 한두 개를 도자기 깨진 납작하고 밑면이 약간 휘어진 조각이나 깨진 그릇 조각을 감추어 두었다가 보는 사람 몰래 재빨리 던져서 물수제비를 많이 뜨는 친구도 있었다.

그때에 물수제비는 보이지만 물 위를 빠른 속도로 날라가는 그릇 조각들은 한눈에 구분하기가 어려웠다. 그렇다고 저수지 물속에 들어가 던져진 돌이나 그릇 조각들을 찾을 수가 없었다.

예전에 물수제비 시합에서 많이 진 친구가 깨진 그릇으로 하면 알면서도 모른 척 넘어가기도 하였다. 그렇게 재미있게 놀다가도 더운 여름날이면 누군가가 "우리 미역을 감자." 하면, 다들 좋아라 하여, 옷들을 훌러덩 벗고 저수지의 얕은 물속으로 뛰어들어가 수영도 하고 더위도 식히곤 하였다.

그 당시에는 수영하는 것을 미역을 감는다고 하였다. 저수지에서 물수제비를 뜨는 시합에서 진 친구들은 다음에 다시 하면 자기가 이길 것이라고 다짐을 하면서 주둥이가 댓발 나온 표정으로, 투덜대며 이긴 사람의 책 보자기를 어깨에 걸터 메고 집으로 향하여 앞장선다.

이긴 친구는 뒤에서 히히덕거리며 좋아라 하면서 진 사람의 푸념들을 들어 준다. 그렇게 친구들과 학교에서 오는 길에 저수지에서 물수제비를 뜨는 놀이도 재미있는 놀이 중의 하나이다.

돌이켜 보면 놀이기구가 없는 그 시절에는 주위에서 흔한 물건들을 가지고 놀거나 맨몸으로 노는 놀이문화가 많았다. 저수지에서 물수제비 뜨는 놀이도 추억 속에서 잊혀지지 않는 놀이 중의 하나이다.

그 친구들의 얼굴을 본 지가 꽤 오래된 것이다. 세월이 무수히 흘러서 그 친구들도 지금쯤은 할아버지가 되어 있을 것이다.

42.

다슬기 잡아 삶아 먹기

초등학교 가는 길은 꽤나 좀 먼 거리였다. 학교에 가면서 오면서 거쳐 가는 시냇가의 징검다리를 건너서 졸졸 흐르는 개천가는 평소에는 졸졸 물이 흐르지만 비가 오면 물이 많이 흘러 출렁거리면서 많이 흘러간다.

장마철에는 어른들이 업어서 건너던 개천가였다. 아침에 학교 가는 길에 징검다리를 건너면서 흐르는 물속을 자세히 보면 송사리떼들이 줄을 지어 시냇물이 흐르는 위쪽을 향하여 무리지어 줄기차게 헤엄을 치는 모습이 아름답게 보였다.

그리고 밑바닥을 자세히 보면 거무스레한 돌 같은 것들이 물결속에 희미하게 보인다. 언뜻 보기에는 자그마한 조약돌인 것 같이 보인다.

아침에 맑게 흐르는 물속은 더욱 조그맣고 검은 조약돌들이 눈에 많이 띈다. 그 조그마한 검은 조약돌들이 그 당시 말로는 내가 자라난 시골에서는 민물 소라라고 하였다. 요즘 말로는 다슬기라고 하고 민물 고둥이라고도 하였다.

　　　　　　　　　　　　　　　　/ 그때 그 시절

학교에 안 가는 날 어느날 비가 보슬보슬 오는 날이면 시냇가에 가 보면 다슬기들이 무리를 지어서, 물속에 한 군데 모여 있거나 물 위로 보이는 바위 위에 올라와 돌바위에 붙어 있는 모습들이 종종 보였다.

그래서 쉬는 날이면 아침 일찍 시냇가에 가면 물안개가 자욱이 끼고, 물속을 자세히 들여다보면서, 다슬기를 눈에 보이는 것만 잡아도 많은 양이 잡아서 양은 냄비에 담아서 집으로 오곤 하였다. 특히 보슬비가 오는 날에 시냇가에 가면 다슬기가 더욱 눈에 많이 보였다.

요즘은 깊은 산골의 청정 계곡에서나 볼 수 있는 다슬기였으나 어린 초등학교 시절에는 동네에 흐르는 개천가에서도 오염되지 않은 맑은 물이라 다슬기가 많이 자라고 있었다.

아침 일찍이나 보슬비가 오는 날에 다슬기를 잡으러 개천가로 자주 갔다. 그 시절 시냇물이 흐른 개천가에서 두어 시간 맨손으로 다슬기를 잡으면 양은 냄비로 한 그릇은 족히 잡았다. 그 잡은 다슬기를 집으로 가져오면 엄마가 좋아하셨고, 누나와 동생도 다슬기를 좋아했다.

엄마는 봄철에 냉이와 다슬기를 넣고 된장찌개를 보글보글 끓이면 양념이 없이도, 구수하고 감칠맛 나는 된장국이 되어 온 식구가 맛있게 밥 한 그릇을 뚝딱 비웠다.

입맛이 까다로운 아버지도 다슬기 된장찌개를 엄청 좋아하셨다. 그리고 누나와 동생, 나는 다슬기를 삶아서 성냥개비로 속살을 빼어 먹는 것을 좋아했다.

우선 잡아온 다슬기를 우물가에서 큰 그릇에 담아 소금물에 두어 시간 담가서 깨끗하게 다슬기 속의 흙과 부유물들을 빼내고 다시 손으로 비벼서 세척을 한다.

그리고 적당한 크기의 양은솥에 다슬기를 넣고, 된장을 세 숟갈 정도 수돗물에 풀어서 넣고, 물을 적당히 붓고 나뭇가지로 불을 붙여 적당히 삶는다.

중간에 조금 익은 다슬기를 한두 개 꺼내어서 맛과 간을 본다. 그리고 싱거우면 왕소금을 조금 넣고 다시 약불에 삶는다. 그렇게 잘 삶아서 꺼낸 후에 다슬기 맛을 본다. 누나와 나, 동생 셋이서 삶은 다슬기를 그릇에 담아서 함께 둘러앉아서 다슬기의 속살을 성냥개비나 바늘로 빼어서 먹는다.

먹는 방법도 여러 가지이다. 우선 평소에는 어금니로 다슬기의 뾰족한 부분을 깨물어 잘라서 입으로 다슬기 앞부분을 쪽 빨아서 속살을 빨아 먹는다.

신선한 풀잎 향기가 나면서, 짭짤하고 쫄깃한 맛이 군침을 돌게 한다. 그리고 먹는 다른 방법은 다슬기의 입구를 성냥개비나, 시내에서 얻어온 이쑤시개나 바늘로 찌른 후 살살 다슬기가 생긴 모양 방향으로 돌려서 다슬기 속살을 길게 빼내어 먹는다.

속살을 빼내어 먹기 전에 보면 푸른색의 풀 색깔을 띄지만, 된장맛과 짭쪼름한 맛이 난다. 그렇게 잘 삶은 다슬기를 누나, 나, 동생과 둘러앉아 쪽쪽 빨아 먹다 보면 맛도 일품이고 시간 가는 줄 모르면서 오순도순 이야기를 즐겨 하였다.

어른이 되어 인근의 유명산에 등산 겸 산책을 하다 보면 길 옆에서 다슬기를 삶아서 파는 곳이 여기저기 눈에 종종 보인다. 그곳의 다슬기를 보면 그 옛날 어린 시절의 다슬기를 잡아서 삶아 먹던 추억이 되살아난다.

나의 아내도 어린 시절에 고향에서 다슬기를 많이 잡아서 삶아 먹었다고 하면서, 등산길에서 파는 다슬기를 보면, 그냥 지나쳐 가지를 않

/ 그 때 그 시 절

는다.

종이컵으로 한 그릇에 오천 원 하는 데도 주저없이 사서 쪽쪽 잘 빨아 먹는 모습을 보니 아내도 동심의 어린 시절이 그리운 것 같았다.

나도 어린 그때 그 시절이 그리워진다. 아마도 동심의 어린 시절은 고향과 자라나고, 태어난 곳이 달라도 그 옛날 어린 그 시절은 살아온 삶이 비슷하게 자라온 어린 시절인 것 같았다.

요즘처럼 경제가 어렵고 미세먼지가 많고, 정치가 어지러운 각박한 시절을 살다 보니 그 옛날 그때 어린 그 시절이 새삼 그리워진다. 되돌아갈 수 없는 동심의 시절이지만 잊혀지지 않는 소중한 추억의 시절이었다. 잠시나마도 그때 그 시절로 돌아가고 싶다.

43.

메리의 마지막 모습

　어렴풋이 기억나는 잊혀지지 않는 어린 시절의 슬픈 일이 있었다. 초등학교 2학년쯤 때인 것 같으니 1960년도 초중반으로 기억된다.

　우리집 시골에서는 두 마리의 개를 키우고 있었다. 요즘은 애완견이라고들 하지만 그 당시에는 집을 지켜 주는 개로 시골 집집마다 평범하게 개를 키우고 있었다.

　한 마리는 사냥개처럼 생긴 것으로 쫑이라고 불렀고, 한 마리는 잡종개로, 시골말로 똥개라고 하는 개를 내가 지어 준 이름은 메리였다.

　동네 사람들은 메리를 누렁이라고들 하였다. 사람들이 메리를 보는 눈은 잡종견으로 그 당시의 말로는 시골 똥개라고들 하였다.

　그러면서 무더운 복날이 오면 잡아 먹기 딱 좋은 개라고, 동네 어른들은 우리집 메리를 볼 때마다 저 누렁이는 복날 몸보신용으로 잡아먹기 딱 좋은 개라고 지껄이는 소리를 종종 들었다.

　그런 소리를 들을 때마다 왠지 기분이 좋지를 않았다. 나와 우리 식구들을 잘 따르고, 우리 식구를 보면, 꼬리를 잘 흔들며, 집에 올 때마다

　　　　　　　　　　　　/ 그때 그 시절

반겨 주었다. 그리고 낯선 사람들이 집 앞을 지나가면 큰소리로 짖어 대며 집을 잘 지키는 충견이었다.

늦은 밤에도 무언가 어디에서 부시럭 소리가 나면 큰 소리로 짖어 대어 밤낮으로 집을 잘 지키는 귀여운 메리라는 시골 개였다.

학교에 가는 아침이면, 집으로부터 백여 미터까지 마중을 나와서 꼬리를 흔들며 서 있으면, 언능 집으로 가라고 내가 손짓을 하면, 말뜻을 아는지 몇 번씩 뒤돌아보면서 꼬리를 흔들고, 집으로 가곤 하였다.

그리고 학교에 갔다가 집으로 오는 길에 집앞 백여 미터 전까지 꼬리를 흔들며, 마중을 나오고 하였다. 어떻게 내가 학교에 갔다 오는 길에 멀리서도 내 발자국 소리를 듣는지, 아니면 나의 냄새를 기억하는지, 내가 오는 시간이면 항상 메리가 마중을 나왔다.

시골 동네에서는 친구가 몇 명이 안 되지만 메리가 내 친구가 되어 같이 뒷동산에 가서 뛰어 놀기도 하고 공놀이도 무척 좋아하였다.

쫑보다는 메리가 정이 많이 들었다. 요즘은 애완견의 먹이로 사료를 주기만 그 옛날에는 식구들이 식사를 하고 남은 밥 찌꺼기나, 먹고 난 음식들을 섞어서 주면 아주 잘 먹어 준다.

그런 메리를 애지중지하면서 키우고 동고동락한 지가 4년 정도가 되었다.

4년 전 어느날 아버지가 장에 갔다 오시면서 사 오신건지 아니면 시내 지인분한테 얻어 오신 것인지는 자세히 모르지만, 강아지를 데리고 오실 때, 아주 예쁘고 귀여웠다.

강아지 때부터 키워서 어른 개가 되었으니 정도 들 만큼 들고, 같이 산 지도 오래된 것이다. 그렇게 나를 잘 따르고 항상 귀여운 나의 메리였다.

그렇게 잘 자라던 엄청 더운 여름 어느날이었다. 어른들 말로는 한여름 찌는 더위의 중복날인 것으로 기억된다. 동네 청년 어른들 대여섯 명이 우리집으로 급히 오시더니, 우리가 키우던 메리에게 목줄을 채우고, 강제로 끌고 가려고 하는 것이었다.

　나는 필사적으로 막아서면서 왜 우리 메리를 끌고 가려고 하느냐고 어린 내가 다그쳐 물었다. 그랬더니 어른 한 분이 "너희 아버님이 메리를 우리한테 주셨다."고 하셨다.

　"그게 무슨 말씀이서요? 메리는 내가 키우는 개고 내 친구예요." 그러면서 나는 목줄로 매어 끌고 가는 메리를 어른들한테 빼앗았다. 그랬더니 어른 한 분이 벌컥 화를 내시면서 너희 아버님이 우리한테 주신 것이니 언능 이리 개를 달라고 하셨다.

　그렇게 나랑 어른 대여섯 명이 옥신각신하고 실랑이를 하다가 끝내는 내가 어른들 힘에 못 이겨 강제로 메리를 빼앗겼다.

　메리도 안 끌려가려고 나를 보며 발버둥을 쳤지만, 어른들 힘에 못 이겨 억지로 끌려가면서 연신 뒤를 돌아다보며, 나를 향하여 울면서 짖어 댔다. 자기를 구해 달라는 신호였다.

　같이 놀던 쫑도 메리를 보며 메리를 끌고 가는 어른들에게 달려들어 바지가랑이를 물고, 그들을 향하여 사납게 짖어 댔다.

　나의 힘으로는 도저히 감당 못하는 상황들이 가슴이 아팠고, 끝내는 눈물을 흘리면서 끌려가는 메리를 보면서 나도 엉엉 울었다.

　멍하니 바라만 보다가 메리를 끌고 가는 어른들의 뒤를 따라갔다. 내가 멀리서 따라오는 것을 안 메리는 나를 뒤돌아보면서 계속 짖어 대며 울부짖었다. 메리가 눈물을 흘리면서 슬프게 우는 것이었다.

　어른들이 메리를 목줄로 매어 끌고 가는 뒤를 멀리서 따라갔다. 한참을 따라 가다가 보니 뒷동산의 깊은 계곡으로 가고 있었다. 나는 숨어서 계속 어른들의 뒤를 나무 숲속의 기둥 뒤에 숨어서 숨 죽이면서 따라갔다.

뒷동산 깊은 계곡으로 메리를 끌고 들어간 어른들은 계곡 한 곳에 자리를 잡고 둘러앉아 애기를 하고 있었다. 그리고는 준비하여 간 막걸리와 소주를 한잔씩 들이키고는 무슨 이야기를 하였는지는 모르지만, 어른 한 분이 갑자기 끌고 간 메리의 목줄에 새끼줄을 길게 연결하여 매고, 큰 나무 가지 사이에 목줄과 연결된 새끼줄을 걸어서 두 명이 힘차게 끌어 당기는 것이었다.

굵은 나무 가지에 메리의 목을 걸어 당기면서 메리가 숨을 거둘 때까지 당기는 것이었다. 숨이 막힐 지경에 이른 메리는 계속하여 발버둥을 쳐 보지만 시간이 조금 지난 후 얼마 있다가 축 처져 있었다. 메리가 숨을 거둔 것이었다.

순식간에 벌어진 광경들이 어린 나의 눈에는 엄청난 사건의 순간이었다. 나는 영문도 모른 채 숲속에서 벌어지는 어른들이 행동에 엄청 충격을 받았다.

그러니까 중복날 어른들이 우리 메리를 몸보신용으로 목 졸라 죽이는 광경이었다. 멀리 숲속에서 숨어 보는 나의 가슴은 찢어지도록 아팠다. 그리고 너무 슬퍼서 숲속에서 나무를 부둥켜 안고 혼자 한참을 엉엉 울었다.

메리가 안간힘을 쓰면서 발버둥을 치고, 오줌을 싸는 메리의 모습이 끝내는 축 늘어져서 나뭇가지에 매달려 있었다. 멀리서 보기에는 메리가 숨을 거둔 것이었다.

나는 집으로 오면서까지 한참을 울면서 집으로 왔다. 집앞에서 그들이 메리를 끌고 간 산쪽을 바라보니 연기가 나고 있었다. 짐작하건대 그들이 우리 메리를 몸보신용으로 중복날 잡아서 불로 익혀서, 드신 것으로 짐작이 갔다.

집에 와서 메리를 생각하면서 또 한번 한참을 울었다. 오후 늦게 아버님이 오셔서 어떻게 우리 메리를 그들에게 주셨냐고 아버님한테 물었더니, 그들이 아버님한테 우리 메리를 중복날 달라고 하여서 그냥 주셨다고 하셨다.

어린 내가 아버님 말씀을 듣기에는 너무 어처구니가 없었다. 너무 쉽게 결정을 하신 것이었다. 메리를 엄청 좋아하는 나한테 한마디 말씀도 안 하시고 어른들이 결정한 것이 나의 마음을 슬프게 하였다.

아직도 기억나는 것은 메리가 어른들 목줄에 묶여 끌려가면서 계속하여 뒤돌아 나를 보면서 울부짖는 모습이 너무 불쌍해 보였다.

메리도 눈물을 많이 흘리면서 끝내는 나와 이별을 한 것이었다. 학교를 갈 때에도 뒤돌아보면 뭔가 허전하였다. 항상 메리가 백 미터까지 따라오면서 잘 갔다오라고 꼬리를 흔들던 모습이 눈에 선하게 느끼지만 메리는 없었다.

그리고 학교에 갔다 오면 집에서 백 미터쯤에 마중을 나와서 꼬리를 흔들던 모습도 영영 보지 못하는 슬픈 현실이었다. 메리의 마지막 모습을 생각해 보면 세월이 무수히 흘렀지만, 그 어린 시절의 메리 모습만 생각해도 마음이 슬프고 가슴이 찢어지는 아픔이었다.

그 당시에 어른들은 왜 하필 우리 메리를 몸 보신용으로 드셨는지 물어보고 싶지만 세월이 흘러 그 어른들도 지금은 이 세상 사람들이 아니다.

자연에서 태어난 동물이나 식물들도 모두가 생명이 있는 것이다. 그 생명들을 외부의 힘과 환경에 의하여 가지고 있는 생명을 단축한다면,

동물이나 식물들도 슬픈 일이다. 더욱더 우리 메리의 마지막 모습은 두고두고 잊지 못한 슬픈 기억이었다.

어릴 적 어른들한테 들은 얘기로는 부모가 살아 생전에 어떤 사유로 자식을 먼저 하늘 나라로 보내면 먼저 간 자식을 가슴에 안고 죽을 때까지 평생을 자식 생각하면서 여민 가슴을 안고 살아간다고 하였다.

나 또한 어린 나이지만 어린 나이에 메리를 먼저 하늘나라로 보내니 두고두고 살아가는 동안 메리를 가슴에 안고 살아가야 할 운명인 듯하다.

어린 시절의 슬픈 추억이지만 잊혀지지 않는 것은 그 당시의 어린 나의 가슴이 너무 아프고 슬픈 추억을 영원히 가슴에 안고 살아가야만 하는 것이다.

한 동안은 가슴속에 메리의 마지막 모습이 트라우마로 남아 있어서, 학교 공부도 잘 안 되고, 잠도 못 이루는 지경까지 이르러 마음 고생을 많이 한 기억도 있었다.

요즘은 동물 보호법이 있어서 동물 학대로 신고를 하여 처벌을 받게 할 수가 있으나, 그 당시에는 그런 법들이 있는지 없는지 몰랐다.

누구나 어린 시절에 기쁘고, 즐겁고, 행복하고, 슬프고 가슴 아픈 추억들이 있었겠지만, 어른이 되어서 생각하여 보니, 앞으로 자라나는 우리의 어린 새싹들에게는 인위적으로 그러한 슬프고 가슴 아픈 추억들을 물려 주지 않았으면 하는 바람이다.

어른들은 아이들에게 즐겁고 행복한 환경들을 추억으로 만들어 줄 책임과 의무가 있는 것이다.

44.

저수지에서 생긴 일

    무더위가 기승을 부리는 찜통 계절인 8월의 여름 어느 날이었다. 초등학교 가는 중간에는 큰저수지와 개천이 흐르는 냇가가 있었다.

    내가 초등학교 2학년 시절에는 저수지가 아주 작았고, 개천가에는 징검다리를 팔딱팔딱 뛰어서 개울가를 건너서 학교에 갔었다. 여름철 비가 많이 오는 날이면 개천에 물이 많아, 어른들이 등에 업어서 개울가를 건너 주어서 학교에 가곤 하였다.

    그리고 여름철 가뭄이 들면 논에는 바닥이 쩍쩍 갈라져 물 걱정으로 농사꾼들이 한숨을 쉬면서 각자 자기 논의 한 곳을 웅덩이로 파서 물이 고이면 논에 물을 조금이나마 해갈하고자 고인 물을 퍼서 논에 공급하여 주기도 하였다.

    그래서 내가 초등학교 오학년이 되는 봄에 군청의 지원과 동네 어른들이 합심하여 한 달 정도 삽과 가래, 곡괭이를 동원하여, 공사를 시작하여, 작은 저수지를 크게 만들기 위하여 논둑인 제방을 넓고, 높게 쌓고, 논둑길도 넓게 넓혀 경운기나 리어카가 지나갈 정도로 제방 공사를 하고 징검다리를 없애고, 시멘트로 튼튼하고 높은 다리를 놓게 공사를 하였다.

그래서 비가 많이 오면 저수지에 물을 가득 저장하여 논농사, 밭농사 시 큰 저수지에서 물을 양수기로 퍼서 각자 농에 공급하여 저수지를 공사 후에는 물 걱정으로 논농사를 망치는 경우가 줄어들었다.

저수지로부터 멀리 떨어진 논에는 수로를 만들어 놓아 저수지 물을 공급받아 농사를 짓기도 하였다. 그리고 개울가를 건너는 다리를 잘 만들어 다리 위로 개울가를 마음 편하게 걸어서 학교에 잘 다니고 있었다.

다리 밑은 저수지 물의 관리를 하기 위하여 물의 높이를 조절하는 저수지의 수문을 열고 닫는 물 조절 장치를 하여 놓았다.

그리고 무더운 여름날은 학교에 갔다 오다가 더위를 못 참으면 옷을 벗고, 개울가나 저수지에 뛰어들어 수영을 하고 더위를 식혔다.

그런데 저수지를 크게 공사를 한 후에는 저수지가 깊어서 물에 들어가기가 겁이 나서 얕은 개울가에서 물놀이를 하면서 손으로 땅을 짚고 물놀이 수영을 하였다.

그리고 저수지를 지날 때마다 파아란 저수지에서 수영을 하고픈 마음이 들었지만, 선뜻 나서기가 두려웠다. 왜냐하면 저수지 공사 후에 저수지가 깊었기 때문이었다.

큰 저수지로 공사 후에 언젠가 한번 수영을 하려고 옷을 벗고 저수지에 살살 들어갔는데 물가 입구에는 물이 얕아서 무릎 정도까지 잠기면서 들어가다 보면, 육칠 미터까지는 내가 6학년 시절에는 어깨까지 물이 차는 깊이로 수영하기가 좋았다.

그러나 물의 깊은 쪽으로 십 미터 이상 들어가면 물속의 땅이 밑으로 급경사가 지어 어른 키보다 깊은 이 미터 이상되는 깊이의 저수지였다.

그래서 어른들은 아이들한테 저수지에서는 수영을 하지 말라고 종종 말씀들을 하셨다. 그리고 수영금지 경고문도 푯말을 만들어 저수지 뚝에 꽂아 놓았다.

그래서 학교에 갔다 오면서 더위를 식히기 위하여, 수영은 얕은 개천 가에서 물놀이 겸 수영을 하였다. 저수지는 어른들만 가끔씩 수영을 하였다.

그러던 어느날 내가 초등학교 6학년 때인 8월 여름날인 것으로 기억된다. 학교에서 공부를 마치고 집에 오는 길에 백여 미터쯤 멀리서 저수지를 보니 초등학교 2학년 되는 동네의 아이들 세 명이 저수지의 얕은 곳에서 수영을 하며 물놀이를 하고 있었다.

멀리서 보니 즐겁게 물놀이를 하며, 수영을 하던 아이들과 저수지를 보면서 가까이 오니, 물놀이를 하는 세 명 중 두 명이 깊은 물속으로 미끌어 들어가더니 허우적거리면서 물속을 들어갔다 나오면서 물 밖으로 못 나오고 점점 허우적거리면서 물속 깊은 곳으로 들어가고 있었다.

수영을 하다가 깊은 물속으로 미끄러져 들어가 못 나오는 것이었다. 같이 놀던 세 명 중 한 명이 물 밖으로 간신히 나와서 저수지 앞으로 걸어서 온 나한테 "형~ 내 친구들이 물속에 빠졌어요, 어서 구해 주세요!" 하면서 애원을 하였다.

저수지 물속에서 허우적거리는 동네 동생들을 보니, 나도 모르게 책보자기를 팽개치고, 빠른 동작으로 옷을 입은 채로 그 아이들을 구하려고 급히 물속으로 뛰어들었다.

생각하였던 대로 그 아이들이 빠진 곳은 깊이가 어른 키만큼 깊은 이 미터쯤 되는 깊이였다. 나는 수영을 조금은 하지만 잘하지는 못하는 개구리 수영만 조금 하는 수준이었다.

/ 그 때 그 시 절

다급한 마음으로 물속으로 뛰어들어가 그 아이들을 구하려고, 그들이 빠진 곳으로 헤엄을 쳐서 가서 그 아이들을 물 밖으로 밀어내려고 하였다.

　개구리 수영은 온 힘을 다하여, 손과 발을 빨리 움직이면서 앞으로 가는 수영이다. 그 아이들이 빠진 곳까지 가서 물에 빠진 아이들을 구하려고 보니 나도 숨이 차고 힘이 들었다.

　그 아이들이 허우적거리는 곳으로 다가가서 먼저 빠진 성록이를 물 밖으로 밀어내려고 팔을 뻗어 성록이를 잡는 순간 성록이가 제정신이 아닌 상태에서 나의 팔을 잡고 안 놓아서 나도 수영을 못 하고 같이 허우적거리면서 물을 많이 마셨다.

　그러는 순간 나도 겁이 나고, 당황을 하였다. 그러면서 마음속으로 나만이라도 정신을 차리자 하면서 다짐을 하고, 내 팔을 잡고 안 놓는 성록이를 끌고 물속을 오륙 미터 정도 걸으면서 나오니, 내 목 높이만큼 얕아 그곳을 걸어서 나와서 성록이를 저수지 둑에 뉘여 놓고, 내 친구한테 가슴을 눌러서 많이 먹은 물을 토하도록 요청을 하고, 나는 다시 물속으로 들어갔다.

　성록이를 구하려고 뒤따라 들어간 종복이가 물속에서 또다시 허우적거리면서 물 밖으로 못 나오고 있었다. 종복이가 빠진 곳으로 수영을 하여 들어가서 종복이의 손을 잡으니 그 아이 역시 나의 팔과 목을 잡고 안 놓아 주면서 나와 종복이 둘이 물에 빠져서 물속을 오르락내리락하면서, 허우적거리면서 물 밖으로 나오려고 안간힘을 쓰고 있었다.

　나도 기진맥진하여 힘에 벅찼다. 이러다가는 나도 물속에 빠져 죽겠구나 하는 생각이 들면서 정신이 바싹 났다. 정신을 차리자 하면서, 나를 잡고 안 놓는 실신한 종복이를 내 몸에서 떼어 내어 물 밖으로 밀어

내고 나도 물밖으로 간신히 나왔다.

물밖으로 나온 나도 실신하여 저수지 둑 위에 엎어져 있었다. 내 친구가 내 등을 손바닥으로 탁탁 치니까 내 입에서 많이 먹은 물이 나오면서 간식으로 먹은 옥수수빵까지 토하였다.

간신히 정신을 차리고, 실신한 성록이와 종복이는 보니, 아직도 저수지 둑에 누워서 못 일어나고 헛소리만 하고 있었다. 그래도 물에 빠져서 허우적거리면서 물을 많이 먹고, 살아난 것만으로도 천만 다행이었다.

어느 정도 시간이 지난 후에 성록이와 종복이가 조금 정신이 든 것 같았다. 나와 내 친구는 성록이와 종복이를 한 명씩 업고 걸어서 그 아이들의 집으로 데려다 주었다.

마을 입구에 들어서니 온 동네에 소문이 나서 내가 물에 빠진 두 아이들을 구하였다고, 하면서 어른들이 큰일을 하였다고 칭찬들을 많이 하였다.

나는 집으로 와서 젖은 옷을 갈아 입고, 자초지종을 엄마한테 이야기하였더니 니가 죽을려고 환장을 하였구먼 하시면서 화를 내시고는, 그래도 그 아이들을 살려내고, 너도 살았으니 천만 다행이라고 하셨다.

잠시 후에 아버지가 동네에서 그 이야기를 듣고 오시더니, 너는 오늘 좋은 일하였구나 하시면서 칭찬을 하시고는, 하시는 말씀이 물이 빠진 사람 구하다가 물에 뛰어든 사람이 죽는 경우가 더 많은데 너는 겁도 없이 그 일을 하였구나, 하시면서 하시는 말씀이 앞으로 그런 일이 생기면 물에 들어가지 말고, 긴 나무나 줄넘기 줄, 새끼줄을 던져서 구하라고 하셨다.

그리고 저녁 나절에 성록이 아버지가 우리집에 오셨다. 읍내에 볼일을 보러 가셨다가 저녁 늦게 집에 오셔서 그 이야기를 들어서 고맙다고 이야기하러 오신 것이었다.

니가 물에 빠진 우리 아이를 구해 주어서 고맙다고 하셨다. 그리고 조금 있다가 종복이 아버지도 우리 집에 오셔서 아버지한테 인사를 하고서는 나한테, 우리 아이를 구해 줘서, 니가 큰일을 하였구나 하시면서, 고맙다고, 보리쌀을 반 말 갖고 오셨다.

그리고 그 다음 날 학교에 갔다 오니 성록이 아버지가 등에 지게를 지고 오셨다. 지게의 소쿠리에 참외를 한 지게 가득히 가지고 오셨다.

그리고는 우리 아버지한테 형님 이 참외 우리 아들 구해 줘서 보답하고자 가져 왔으니 군우랑 온 식구가 맛있게 드셔요 하시면서 앞마당에 멍석을 깔고 바닥에 지게에 싣고 온 참외를 내려놓고 가셨다.

가시면서도 연신 나와 아버지한테 고맙다고 인사를 하시면서 성록이 아버지가 가셨다. 앞마당에 수북히 쌓인 참외를 아버지가 보시더니 니 덕분에 올해 참외는 실컷 먹겠구나 하시면서 좋아하셨다.

그 광경을 보시던 엄마, 누나, 동생도 좋아하면서 참외 하나씩 들고 깎아서 먹었다. 맛있게 참외를 드시던 엄마가 이게 니 목숨 값이야, 앞으로는 절대로 누가 물에 빠지면 뛰어들어가지 말라고 신신당부를 하셨다.

참외가 너무 많아서 이웃집에도 나누어 주었다. 한동안 참외는 실컷 먹었다. 참외를 먹다 보니 몇 년 전에 참외 몇 개를 서리하다가 들켜서 보리쌀로 보상을 한 기억이 났다.

그리고 그 다음 해에 내가 중학생이 되던 그때에도, 여름철 과일이 나올 때, 성록이 아버지는 장날에 가서서 여러 가지 과일을 많이 사오셔서 나 먹으라고 마루에 놓고 가셨다.

한동안 온 동네에는 내가 물에 빠진 두 아이들을 건졌다는 소문이 돌면서 동네 길을 지나가다 보면 어른 아이들 모두가 나를 칭찬하는 모습들이 나의 어깨를 으쓱하게 만들었다.

그 옛날 어린 시절에 내가 남을 위하여 좋은 일을 한 것 중에 잊혀지지 않는 가장 소중한 추억이었다.

누구나 그런 긴박한 상황을 보면 자기도 모르게 대다수 사람들이 물에 빠진 사람들을 구하려고 뛰어들 것으로 생각된다.

세월이 무수히 흘러 어른이 되고, 사회 생활을 하다 보면 여러 가지 희노애락들이 수없이 많고, 때로는 몸과 마음이 많이 힘들 때가 있다.

그럴 때마다 지나간 어린 시절들을 생각하면서, 즐거운 일, 좋았던 일들, 잊혀지지 않는 추억들을 하나하나 생각하여 보자.

지난간 어린 시절의 기억들을 더듬어 생각을 하여 보면, 마을의 큰 저수지에서 동네의 작은 아이들이 저수지에 빠져서 허우적거릴 때, 무작정 물에 뛰어 들어가서 동네의 아이들을 구한 것을 생각하면 세월이 지난 지금도 가슴이 뿌듯하여 온다.

그러면서 이제껏 살아오면서 조금은 어렵고 힘들어도, 건강하고 잘 버티어 온 것만으로도 감사하고 행복하게 생각하면서 자기 스스로를 위로하여 살아가 보자.

45.

아이스께끼의 추억

어린 시절에 무더운 찜통더위가 기승을 부리는 날은 시원한 나무 그늘 밑에 있거나, 찬물이나, 과즙이 많은 과일을 먹으며, 더위를 식히는 유일한 방법이다.

근처에 물가가 있으면, 저수지나, 냇가에 풍덩 들어가 수영을 하면서, 더위를 식히는 것도 더위에서 잠시나마 벗어나는 일이다.

그러나 1960년대 초에는 시골집에는 냉장고나 에어콘이 없어서 시원한 물이나, 과일은 맛을 볼 수가 없었고, 지하수의 찬물이나, 밭에서 금방 따온 오이나 수박 등으로 더위를 식히고 갈증을 해소하고 자랐다.

그렇게 더운 어느 여름날 우리 시골동네에 초등학교 6학년쯤 되어 보이는 낯선 꼬마 형이 자기 덩치만 한 큰 나무 박스에 줄을 메어 어깨에 걸쳐 메고 뭔가 소리를 내며 동네를 돌아다니고 있었다.

가까이 가서 그 소리를 들어 보니, "아이스 께이끼~" 하며 동네를 한 바퀴 돌아다녔다. 다가가서 낯선 형 또래 되는 그 사람한테 지금 팔고 있는 것이 무엇이냐고 물었더니, 내가 팔러 동네를 돌아다니며, 소리치는 것이 아이스께끼라고 하였다.

몇 번 들어본 이야기였다. 그 형은 너는 아이스께끼 맛을 못 본 모양인데 이 아이스께끼 맛은 시원한 얼음으로 만든 엄청 달고 맛있는 얼음 과자라고 하였다.

얼음 과자라고 하여 생각하여 언젠가 들어 본 이름이지만, 먹어 보지 않은 생소한 이름이었다. 돈 있으면 한번 사 먹으라고 하였다. 시원한 얼음 과자라? 생각하니 먹고 싶은 생각이 간절하였다.

한 겨울에 장독대 위에 놓은 그릇에 얼은 얼음이나 쌓인 눈을 먹어 본 기억은 나지만, 달고 시원한 얼음 과자인 아이스께끼는 말로만 들었지, 먹어 보지 못한 얼음 과자라 하니, 먹고 싶은 호기심 가는 아이스께끼였다.

그래서 그 아이스께끼 값이 얼마예요? 하였더니, 그 형이 나무 박스에서 꺼내어 보여 주더니, 이것이 하나에 5원이라고 하였다.

그 당시에는 5원이 큰 돈이었다. 마침 지난 봄 소풍 때 엄마가 소풍 가서 사 먹으라고 30원 주신 돈 중에 10원을 안 쓰고 가지고 있었다.

그래서 집으로 얼른 달려가서 책갈피 속에 감추어 놓은 10원 중 5원의 돈을 꺼내어 아이스께끼 파는 형한테 가서 돈을 주며, 아이스께끼 하나를 달라고 하였다.

그랬더니 어깨에 걸터 멘 나무 상자를 내려놓고 나무상자 뚜껑을 열으니 그 속에는 하얀 스티로폼으로 된 상자가 있었고, 스티로폼 뚜껑을 열으니 하얀 서리가 올라오고, 입김 같은 차가운 연기가 아이스께끼 통 밖으로 모락모락 새어 나오고 있었다.

그 속을 자세히 보니 아이스께끼가 눈으로 보기에는 많은 수량이 들어 있었다. 그중에서 하나를 꺼내어 먹어 보라고 하였다.

/ 그 때 그 시 절

나무 젓가락이 손잡이 만큼 나와 있고, 둥그런 막대기 모양의 굵기가 3센티, 길이 10센티 정도 되는 얼음 과자인 아이스께끼였다.

다른 말로는 하드라고 하였지만 그 어린 시절에는 아이스께끼나 하드라는 말이 많이 사용되었다. 읍내에 사는 아이들은 자주 사 먹는다고, 우리 동네에 살다 읍내로 이사 간 친구가 간끔 우리 동네에 놀러오면 아이스께끼 얘기를 자주 하였다.

그 친구한테 듣기만 하던 얼음 과자를 오늘은 사서 맛을 보는 날이다. 긴장감과 호기심이 가득찬 마음을 갖고 꺼내어 준 아이스께끼를 받아서 혓바닥으로 후르륵 핥아 먹었다.

혓바닥으로 아이스께끼가 닿는 순간 혀가 얼어붙는 찬 느낌이 들면서, 달콤한 맛이 입안을 가득 메웠다. 입안이 엄청 시원하고, 달고 맛있는 얼음은 처음 먹어 본 것이었다.

아이스께끼 파는 형이 오래 먹으려면 혓바닥으로 살살 빨아 먹으라고 하였다. 그리고 햇볕이 안 쬐는 그늘에서 먹으면 오래 먹을 수 있다고 하였다.

조금을 혀로 빨아 먹다 보니 깨물어 먹고 싶은 마음이 생겨서, 한 입을 깨물어 먹어 보니, 이빨이 시렵고, 달콤한 맛이 입안을 얼어붙게 하여, 무더운 더위를 잠시나마 잊게 하였다.

한번 맛 본 달콤하고 시원한 아이스께끼 맛은 잊을 수가 없었다. 우리동네에 아이스께끼 장사가 다녀간 뒤로는 동네의 아이들이 아이스께끼 맛을 알았는지 한번 먹어 본 아이들은 자주 아이스께끼를 먹고 싶다고 하였다.

무더운 날이면 더욱 아이스께끼를 먹고 싶은 생각이 간절하였다. 그 후로 일주일에 한두 번쯤은 읍내에 사는 어른이나 아이들이 우리동네에 나무 상자를 메고, 우리 동네에 아이스께끼를 팔러 오곤 하였다.

동네의 몇몇 아이들은 그날을 기다리며, "아이스께이끼, 하드"를 외치는 얼음 과자 장사를 기다리고 있었다. 몇 번 팔러 온 사람이 하는 말이 아침에 아이스께끼를 공장에서 한 박스 떼어 오면 그날 해가 지기 전에 다 팔아야지, 못 팔으면 녹아 물이 되어 없어진다고 하였다.

저녁 나절에 산 아이스께끼는 흐물흐물하고, 조금 녹아서 작아진 것 같았다. 그 이후로 두세 번 아이스께끼를 사서 먹으면서, 우리동네에 아이스께끼를 팔러 자주 오는 읍내 형한테 물어보았다.

형은 몇 살이고, 몇 학년이냐고 물었더니, 나이는 열세 살이고, 초등학교 6학년이라고 하였다. 내가 초등학교 2학년이니까, 나보다 네 살이 많았다.

그러면서 토요일이나, 일요일 아이스께끼를 공장에서 떼어다가 다 팔면 40프로는 남는다고 하였다. 그 돈으로 용돈으로 쓰고, 공책과 학용품을 사서 공부한다고 하였다.

그리고 어께에 메어 갖고 온 아이스께끼를 다 못 팔으면 떼어 온 값만큼만이라도 빠른 걸음으로 다른 동네를 돌아다니면서 팔고, 그래도 다 못 팔아서 남는 것은 자기 동네에 자주 사 먹는 친구나 형들과 나누어 먹는다고 하였다.

아이스께끼가 안 팔리고 팔기 싫은 날은 본전만 빼고 혼자서 여러 개를 실컷 먹고 남으면, 자기 동생이나 동네 친구들에게 나누어 준다고 하였다.

그 형의 이야기를 듣고 나니, 앞으로 이 년 후에 초등학교 4학년이 되면 나두 아이스께끼 장사를 하고 싶은 충동이 생겼다.

그래서 그 형이 우리동네에 오면 아이스께끼를 사 먹으며, 친하게 지

/ 그때 그 시절

내고, 아이스께끼를 만드는 공장에서 떼어오는 방법 그리고 파는 방법들을 자세히 물어서 일주일에 한두 번, 장사를 배워 보기로 마음을 먹었다.

여름날 토요일이나, 일요일은 읍내의 그 아이스께끼 파는 형이 우리 동네에 자주 왔었다. 세월이 흘러 그동안 그 형과 친하게 지낸 지가 벌써 이 년이 되어 나도 초등학교 사 학년이 되고, 그 형은 중학교 2학년이 되었다.

그 형은 아이스께끼 파는 경험이 많아 중학생이 되어서도, 요즘도 여름철 주말이면 아침부터 오후 세 시까지 아이스께끼를 판다고 하였다.

아이스께끼 통도 덩치기 큰 만큼 커서 예전보다 많은 수량을 갖고 다녀도 거의 다 판다고 하였다. 그 형은 장사도 잘하고, 용돈과 학비도 자기 스스로 벌어서 쓴다고 자랑도 하였다.

너도 그동안 나한테 물어서 배운 것이 많으니, 4학년이나 5학년 되면 한번 아이스께끼 장사를 하여 용돈과 학비를 벌어서 쓰라고 하였다.

아이스께끼를 떼어서 파는 과정들을 자기가 잘 설명하고, 시범을 보여 줄 테니 자기가 하라는 대로만 하면 그리 어려운 일은 아니라고 하였다.

아이스께끼 장사를 하면서, 힘든 것은 낯선 동네에 가서 "아이스께끼~" 하는 큰소리를 내는 것이 처음에는 좀 쑥스럽다고 "시원한 하드가 왔어요."라고 하라고 하였다. 또 한 가지 힘이 드는 것은 아이스께끼 통이 무거워서 어께에 메고 걸어 다니는 것이 조금 힘든 일이라고 하였다.

그리고 다른 동네에 처음으로 가면 그 동네 형들이 반 강제로 하드맛을 보자며, 외상으로 먹자고 하거나, 윽박지르며 한두 개 빼앗아 먹는 경우도 있었다고 하였다.

그래서 처음으로 아이스께끼 팔러 가는 동네에 가면, 그 동네의 덩치가 크고, 힘 있는 형들을 잘 사귀고 친하게 지내야 한다고 하였다. 그렇게 친하게 지내던 그 형들한테 여러 가지 정보를 얻고, 아이스께끼 파는 데도 도움이 되고, 자신감이 든다고 하였다.

한 해가 지나고 어느 무더운 여름날, 내가 5학년이 되던 해에 중학교 3학년이 된 그 형이 우리 동네에 아이스께끼 통을 메고 팔러 왔다.

예전에는 일주일에 한두 번 오더니, 3학년이 되어서는 고등학교 갈 준비를 한다고 하며, 공부를 해야 한다고 하여, 한 달에 두세 번만 아이스께끼를 팔러 다닌다고 하였다.

나는 그 형한테 다가가서 올해 여름부터 나도 아이스께끼를 팔고 싶다고 하니, 그럼 오늘은 나를 따라다니면서 파는 것을 배우라고 하면서 어깨에 멘 아이스께끼 통을 나한테 건네 주면서 이것부터 메는 연습을 해야 한다고 하였다.

나는 기분 좋은 마음으로 아이스께끼 통을 어깨에 메고 그 형을 따라다니면서 하나하나 배우기 시작하였다. 그 형의 우렁찬 아이스께이끼~ 하는 소리는 따라하기가 힘들고 쑥스러웠다.

그리고 그러한 목소리가 목구멍에서 잘 나오지가 않았다. 그때 그 형이 더 큰소리로 외치라고 하였다. 그렇게 아침 아홉 시부터 오후 두 시까지 두 군데의 동네를 따라다니면서 아이스께끼를 몇 개 안 남기고 거의 다 팔았다.

점심때가 지나니 배가 고팠다. 그때에 그 형이 하는 말이, 우선 출출하니 팔다 남은 아이스께끼라도 먹으라고 하나를 주어서 맛있게 먹었다.

그리고는 자기 집으로 돌아가는 길에 짜장면 집에 들려, 짜장면 사 줄 테니 따라 오라고 하였다. 그 형을 따라 읍내까지 이십여 분 따라가니,

/ 그 때 그 시 절

허름한 중국집이 눈에 보였다.

그 형을 따라 그 집으로 따라 들어가서 배고픈 참에 그 형이 사 준 짜장면 한 그릇을 뚝딱 맛있게 먹었다. 오늘 같이 아이스께끼 팔러 따라다니면서 수고했다고 하면서, 수고비라고 하면서 십 원을 주었다.

나는 짜장면과, 아이스께끼를 맛있게 얻어 먹고, 수고비까지 받으니, 몇 시간 같이 걸어다니면서 다리 아픈 피곤함이 한꺼번에 풀리는 느낌이 들면서 왠지 기분이 좋았다. 그리고 집으로 돌아왔다.

내일부터는 그 형이 아이스께끼 통을 메고 올 테니 나한테 메고 다니면서, 소리 치고 팔라고 하였다. 그 형은 나의 뒤를 따라다닌다고 하였다.

내가 혼자 다 팔면 팔고 난 후에 아이스께끼를 떼어 온 원금만 빼고 이익의 반을 준다고 하였다. 그 이야기를 듣고 집으로 온 후에도 마음이 흥분되어 가슴이 설레기도 하였다. 마음이 설레 밤새 잠이 오지를 않았다.

다음날 날이 밝은 일요일 아침이었다. 어제저녁에 여러 가지 생각 끝에 잠을 늦게 들어서 그런지 어깨가 무겁고 온몸이 노곤하였다.

오전 열 시쯤 온다던 형이 아이스께끼 통을 메고 우리집 앞에서 기다리고 있었다. 아침 일찍 공장에서 떼어 온 것이라고 하였다. 반가운 미소로 나를 보더니 오늘은 네가 이 통을 메고 돌아다니면서 아이스께끼를 팔아 보아라 하였다.

그러면서 우선 너희 동네는 아는 사람들이 많으니 여기에서부터 돌아다니면서 팔아 보라고 하였다. 자기는 뒤를 따라다니면서 보아 주면서 도와준다고 하였다.

그래서 나는 그 형의 아이스께끼 통을 메고 우리 마을을 돌아다니면서 아이스 께이끼~하며 외치면서 다녔다. 처음이면서 내가 사는 동네라 그런지, 좀처럼 큰 목소리가 안 나오고, 뭔가 좀 이상한 목소리가 나오는 것 같고, 쑥스럽기도 하고 뭔가 좀 어색하기도 하였다.

그래도 큰 소리도 외치라는 형의 소리헤 힘을 얻어 더 큰소리로 여러 번 외쳤다. 그 소리를 들은 동네 친구나 형들, 동생들이 하나, 둘씩 오더니, 우르르 몰려와서 맛을 보자며, 사는 바람에 순식간에 열 개 이상을 팔았다.

그리고는 너희 마을을 한 바퀴 더 돌면서 팔아 보고, 뒷동네로 가자고 하였다. 그래서 우리 마을을 한 바퀴 더 돌면서 외치고 다녔더니 대여섯 개를 더 팔았다.

우리 마을에서 팔으니 아이스께끼가 잘 팔린 것 같았다. 옆에 있던 형이 처음치고는 성적이 좋은 편이라고 하면서, 아는 사람들이니까 많이 판 것이니, 여기서는 살 사람 거의 다 사 먹었으니, 뒷동네에 가서 팔아 보자고 하였다.

그래서 나와 형은 조그만 산 하나를 넘어 뒷동네 입구로 들어섰다. 그 마을은 우리 동네 마을보다 두 배 정도는 큰 백여 가구가 모여 사는 마을이었다.

마을 입구에 들어서자마자, 그 형이 하는 말이 여기서부터 아이스께끼~를 큰소리로 외치라고 하였다. 나는 큰소리로 아이스께~끼~ 하며 외쳤다. 그 소리를 들은 한 꼬마가 내 앞으로 왔다. 자세히 보니 초등학교 우리 반 아이였다.

나를 보더니 반가워하면서, 너도 아이스께끼 장사를 하니 하면서, 오 원을 주고 하나를 사 가지고 돌아갔다. 그 마을을 두어 바퀴 돌면서 아이스께끼를 팔다 보니 그마을이 큰 마을이라 그런지 초등학교 같은 반도 열 명 이상 되었고, 안면이 있는 초등학교 동생들, 형들한테도 팔아서 아이스께끼를 몇 개 안 남기고 거의 다 팔았다.

"야~ 너도 잘 파는구나, 네가 아는 사람들이 많아서 그런가?"

어쨌든 거의 다 팔았으니, 오늘은 그만 팔고, 남은 몇 개는 우리 둘이 먹자고 하여 아이스께끼 통 안을 보니 다섯 개가 남아 있었다. 아침 열 시부터 오후 한 시 반까지 팔은 것이었다.

네가 수고했으니 세 개를 먹고 자기는 두 개를 먹는다고 하면서 마을 입구에 있는 그늘진 큰 나무 밑으로 가서 아이스께끼 통을 엉덩이 반쪽씩을 걸터 앉아서 남은 아이스께끼를 맛있게 먹었다.

배도 출출한테 아이스께끼는 엄청 맛이 있었다. 아이스께끼를 먹으면서 그 형한테 물어보았다. 이 아이스께끼 통안에 총 몇 개의 아이스께끼가 들어 있는거예요? 하고 물었더니, 오늘은 오십 개만 공장에서 떼어 왔다고 하여, 오늘 사십오 개를 팔은 것이라고 하였다.

그러더니 형과 내가 팔아서 받은 돈을 모두 꺼내어 세어보니 225원이었다. 아이스께끼를 공장에서 떼어오는 가격이 한 개당 삼원이니까, 원가가 150원이고, 순이익이 75원이었다.

순이익 75원 중 그형이 나한테 40원을 주면서 수고했다며 일주일에 토요일이나, 일요일 중 하루는 아이스께끼를 팔아 보라고 하였다.

그리고는 다음부터는 그 형이 공장에서 두 통을 떼어서 가져올 테니 너와 나 각각 한 통씩 어께에 메고 여러 마을을 각자 혼자서 돌아다니면서 팔아 보자고 하였다. 그리고는 헤어져서 즐거운 마음으로 걸어서 집으로 왔다.

그 형 덕분에 장사도 하여 보고 나 스스로 생각하여 보니 대견스러워 보였다. 집에 와서 점심밥을 물 말아서 김치랑 먹고, 방으로 들어가 밀린 숙제를 하였다.

밭에서 일을 하고 돌아오신 엄마가 "너는 아침 나절에 안 보이더니 어디 갔다 왔니?" 하고 물으셨다. 엄마도 대략 이야기는 들은 듯하였다. 마을에 소문이 나 있었다.

누구랑 아이스께끼를 팔러 다닌다고 하는 소문이 난 것이었다. 나는 주머니에서 40원을 꺼내어 엄마한테 보여주면서 드렸다.

"엄마 이거 오늘 아는 형과 아이스께끼 팔아서 번 돈이예요." 하였더니, 어린 네가 무슨 장사냐 하시면서, 앞으로는 하지 말고 공부나 하고 소풀이나 베어 오라고 하였다. 아버지가 아시면 혼날 것이라고 하셨다.

"일주일에 토요일, 일요일중 하루만 하는 것이예요."

올해 여름 몇 번만 하여 본다고 엄마한테 사정을 하였다. 그랬더니 엄마가 하시는 말씀이 다른 동네에 돌아다니다 보면, 나쁜 형들한테 걸리면 매 맞고, 아이스께끼 통도 빼앗긴다고 하셨다.

그래서 나는 아는 형이랑 같이 다닌다고 하였다. 그 다음주도 그 형이 아이스께끼 두 통을 떼어 와서 우리마을과 이웃 마을을 다니면서 아이스께끼를 팔았다.

지난주처럼 많이 팔지는 못해도 점심도 굶어 가면서 오후 세 시쯤에 40개를 팔았다. 마을 중간에서 그 형을 만나서 이야기를 하여 보니 그 형도 많이 못 팔았다고 하였다.

그러면서 잘 팔 때도 있고, 못 팔 때도 있으니, 본전만 팔으면 된다고 하면서, 남은 것은 먹고, 식구들이나 동네 친구들 나누어 주라고 하면서 헤어졌다.

그렇게 하여, 그 해에 아이스께끼 맛도 실컷 보았고, 장사도 하여 보기도 하였고, 그때 읍내의 그 형이 가르쳐 준 아이스께끼 장사도 잊혀지지 않는 소중한 추억이었다.

세월이 무수히 흐른 지금은 어디에서 건강하게 잘 지내고 계신지 궁금하고, 또 그 형이 그립고 보고 싶어진다.

어린 시절의 아이스께끼의 맛과 기억은 잊혀지지 않은 추억이 되어, 어른이 되어서도 그때의 그 시절을 생각하면, 두고두고 기억이 나는 소중한 추억이 되는 동심의 즐거운 시절이었다.

어른이 되어서도 더운 여름철에는 그 어린 시절의 아이스께끼 생각이 나서 동네의 마트에 가서 여러 가지의 하드를 사다가 냉장고에 넣어두고, 가끔씩 먹어 보기도 한다.

46.

인분 푸기

1970년대 초에는 새마을 운동이 한창이었다. 우선적으로 변한 것이 마을의 초가 지붕들이 스레트 지붕으로 변하면서 볏짚의 지붕 색깔들이 파란색이나, 녹색 빨간 벽돌 색깔로 스레트 지붕으로 변하고 있었다.

뒷동산 위에서 마을을 보면 예전에는 초가집만 보였는데, 동네 마을의 지붕이 울긋불긋한 색깔로 보여 시골동네의 모습들이 한층 밝아 보였다.

그리고 또 한 가지 변한 것은 화장실 지붕도 볏짚에서 파란 스레트 지붕으로 변하고 있었다. 농촌 마을의 화장실은 집으로부터 10여 미터 멀리 떨어져 있다. 옛말에 화장실과 처갓집은 멀수록 좋다고 하던데 그래서 그런지 화장실이 집으로부터 좀 떨어진 곳에 있었다.

화장실 구조는 재래식으로 큰일을 보는 곳은 땅을 깊게 파서 배설물들이 고이게 만들거나, 시멘트로 찍어 낸 둥그런 녹강통을 파놓은 곳에 묻어서 대변을 본 오물들이 한곳에 저장하도록 만들어 놓고, 한쪽은 집 안에서 밥을 짓고, 난방을 위하여 불을 피고 난 재를 보관하는 곳으로 일 년 동안 쌓아 놓아서 봄날에 지게 소쿠리로 담아서 밭으로 가서 거름으로 뿌린다.

그래서 시골 화장실은 두 칸으로 나누어서 한쪽은 큰일과 소변을 동시에 보는 곳이고 한쪽은 소변을 보고 재를 쌓아 놓는 구조로 되어 있다.

어린 시절에 밤에 화장실에 가려면 컴컴한 밤이라 무섭기도 하고, 겁도 나서 어른들이 화장실까지 촛불을 들고 바래다 주기도 하고, 볼일을 보는 중에도 화장실 밖에서 볼일보는 시간동안 기다려 주다가 볼일이 끝나면 집 안으로 데려다 주었다.

시골 화장실은 재래식이라 시멘트 녹강 위에 나무로 된 널빤지를 두 개 걸쳐 놓고, 볼일을 보며, 아이들인데도 널빤지가 휘청거려 불안한 마음을 갖고 볼일을 보며, 냄새가 코를 찔러 대변을 보는 시간중에는 열 번 중 다섯 번만 숨을 쉬면서 숨을 참아 가면서 대변과 소변을 보았다. 집안 식구가 많은 집은 줄을 서서 가면서 볼일을 보았다.

그렇게 온 식구가 볼일을 보는 화장실이 식구 많은 집은 일 년에 한 번, 가족이 적은 집은 이 년에 한 번, 가을에 추수가 끝나고 겨울이 오기 전 인분과 오줌이 섞인 오물들을 똥바가지로 퍼내어 똥지게통에 담아서 지게로 지고 밭으로 옮겨 놓는다.

집으로부터 그리 멀지 않은 밭에 가로 세로 이 미터, 깊이 일 미터 오십 정도의 웅덩이를 사전에 파 놓는다. 그리고 그곳에 인분을 퍼다가 갖다 저장하여 놓은 일이다. 일명 똥지게를 지고 이동하는 것이다.

우선으로 인분을 푸는 똥바가지로 인분을 푼다. 똥바가지는 아버지나 형님들이 어디서 얻어 온 군용 헬멧에 구멍을 뚫어 나무 막대기를 끼워 손잡이로 사용하며 그것으로 똥과 오줌을 퍼낸다.

또한 박으로 가마솥에 삶아서 바가지를 만들어서 손잡이를 달아서 사용하였다. 그 이후로 플라스틱 바가지가 나와서 그것으로 똥 푸는 그릇으로 사용하기도 하였다.

퍼낸 인분을 나무로 만든 인분 바께스 그릇에(똥통)에 두 개 담아서 지게를 지고 중심을 잡아가면서 종종걸음으로 걸어가 사전에 파 놓은 똥통 웅덩이에 인분을 부어 저장한다.

그런데 똥지게를 지는 요령이 필요하다, 움직임이 많고, 울퉁불퉁한 길을 걷다 보면 똥을 담은 똥통그릇이 출렁거려서 조금씩 쏟아져 흘리거나, 옷에 인분이 묻는 경우가 종종 발생한다.

그래서 인분을 담은 그릇에 볏짚을 둥그렇게 말아서 인분을 담은 그릇에 띄워 놓아 인분이 출렁거리는 것을 조금이나마 덜 출렁거리게 한다.

양쪽 어깨에 균형이 맞게 적당한 인분량을 담아야 한다. 그러면 똥지게를 지고 가는 중에 조금은 덜 출렁거려, 인분이 밖으로 쏟아지는 것을 방지를 한다.

그래서 똥지게를 지고 밭으로 가는 동안은 살살 종종걸음으로 지게를 지고 양손을 지게 양 끝의 연결된 줄을 잡고 조심스럽게 걸어가야 한다.

그것도 숙달이 안 되면 똥지게를 지고 밭으로 이동하는 동안에 인분을 담은 똥통이 출렁거려서 입은 옷에 묻기도 하고, 반은 밖으로 흘려서 냄새도 나고, 어른들한테 혼나기도 일쑤였다.

그리고 화장실 옆에 쌓아 놓은 아궁이 불을 피고 난 재도 지게의 소쿠리로 담아서 바람에 날리지 않게 볏짚으로 덮은 다음에, 텃밭에 만들어 놓은 똥 웅덩이 옆에 쌓아놓고 물을 뿌려 바람에 날아가지 않도록 하고 가마니로 덮어 놓는다.

가을에 인분을 퍼서 옮겨 저정하여 놓은 인분을 겨울 동안 얼었다 녹았다 하면서 한겨울 동안을 발효를 시키면서 저장하여 놓는다.

겨울 동안에 친구들과 밭에서 축구나 술래잡기 놀이를 하다 보면 자기도 모르게 얼어붙은 통통에 숨기도 하고, 날씨가 풀리면 얼어붙은 똥웅덩이가 녹아서 뛰어가다가 그곳인 똥웅덩이에 빠지기도 하였다.

한겨울이 지나고 봄이 오면 농촌 마을에는 일손이 바빠진다. 밭을 갈기 전에 밭에 거름을 주어야 한다.

요즘은 농협에서 파는 거름과 비료도 싼 값에 나오지만 그 당시에는 비료도 귀하고, 선진국의 원조를 받아서 사용하기 때문에 구하기가 어려워서, 집에서 발생한 인분이나, 소똥, 닭똥, 돼지똥 등을 한 해를 묵혔다가 걸음으로 많이 사용하였다.

작년 가을에 퍼서 저장하여 놓은 인분과 재를 밑거름으로 밭에 뿌려야 한다. 밭에 저장하여 둔 인분을 풀 때도 똥바가지로 한 바가지 퍼서 밭에 골고루 뿌려야 한다. 그 일 또한 힘든 일이다.

우선 냄새가 코를 찔러 독하고, 군용 헬멧으로 만든 똥바가지 가득 담으면 무게도 무겁다. 팔의 힘이 부족하여 인분을 퍼서 밭고랑으로 갖고 가다가 흘리거나 비틀거려서 넘어져서 옷에 묻기도 하여 조심스럽게 하여야 한다.

그래서 어른들은 인분을 퍼서 지게로 지는 일은 어지간하지 않으면 아이들을 시키지 않는다. 나도 어릴 적에 몇 번 똥지게를 져 봤지만 가장 하기 싫은 일 중의 하나였다. 그러나 아버지가 시키면 무조건 해야 한다.

밭에 뿌린 인분과 오줌은 밭길을 지나가다 보면 역시나 일정 기간 동안은 냄새가 독하게 난다. 친구들과 놀다가 보면 농담조로 얼렐리 꼴레리, 얼레리 꼴레리, 누구누구네 똥은 냄새가 많이 난대요, 하며 자기네

밭을 지날 때는 친구들이 한 마디씩 하며 놀려 먹기도 하였다.

그 당시에는 인분 냄새가 나면 창피하기도 하였다. 어린 시절의 그때에는 많은 일을 하여 보았지만 힘든 일이 있는가 하면 쉬운 일도 있고, 바쁜 농사철에는 아이들 어른 모두가 함께 일을 하였다.

그중에서도 가장 하기 싫은 일이 화장실에서 똥 푸는 일과, 소통 치는 일이다. 그 일들은 힘도 들지만 그보다는 냄새가 코를 찔러 숨을 덜 쉬어 가면서 일을 한 기억이 난다.

학교 공부보다는 일이 더 중요한 시절이었다. 그만큼 먹고살기 힘든 시절이었다. 그래도 그 어린 시절의 소중한 추억들이 성인이 되어서 사회 생활을 하는 동안에 힘든일과 어려운 일이 발생하면 가끔씩은 그 옛날의 살기 힘든 추억들을 생각하면서 스스로 견뎌 가면서 위로도 하고, 이겨 내어 왔다.

그래서 어린 시절의 힘든 일과 어려운 일들이 성인이 되어 살아가면서 인내의 기초가 되어 이제까지 잘 견디고 버티어 왔던 것이 아니었나 생각이 든다.

그리고 어린 시절의 추억들이 소중한 기억으로 되살아나 동심의 그 시절이 그리워진다. 세월이 흘러서, 돌이킬 수 없는 어린 시절이었지만 마음 한 구석에는 재래식 화장실에서 똥을 푸던, 그 추억들이 있다는 것이 뿌듯하다.

세월이 흘러 어른이 되어서 그 옛날 어린 시절의 추억들을 생각하면 잊혀지지 않는 소중한 추억들이다. 한 살 두 살 나이가 들어 가면서 그런지 그때 그 어린 시절이 더욱 그리워진다.

47.

수박 서리

   한여름의 찌는 불볕 더위는 모든 동물이나 식물들의 갈증을 더욱 심하게 느끼게 한다.

   학교에 가고 올 때에는 등허리에 땀이 줄줄 흐르고, 일을 할 때도 얼굴과 온몸에 땀이 많이 흘려 옷을 적시면서 한여름을 이겨내 왔다.

   그럴때면 시원한 냇가에서 옷을 훌러덩 벗고 수영을 하거나 나무 그늘에서 커다란 나뭇잎을 따서 얼굴을 덮고 누워서 한숨 자기도 하고 쉬기도 한다.

   그리고 그 당시에는 냉장고가 없기 때문에 시원한 물은 그늘진 시냇가의 물이나, 집집마다 파 놓은 지하수를 먹고, 계곡으로 가서 발과 몸을 물에 담그고, 계곡물에 수영을 하면서 찜통더위를 이겨 내면서 한여름을 보냈다.

   그렇게 한여름의 더위를 이겨 내는 여러 가지 방법을 다 써 가면서 더위를 이겨 내고 어린 시절을 보내면서 살아왔다. 그중에서도 찌는 더위를 한 방에 식히는 것은 시원한 물이나 과일을 먹는 것이다.

그런 어린 시절에는 먹고 살기 힘든 시절이라 과일도 귀하여 사 먹는 것이 부담이 되고 엄두도 못내는 실정이었다. 그 무더운 더위를 이겨 내는 방법 중 하나가 수박 서리였다.

시골동네에는 논에는 벼를 심지만, 밭에는 보리나 호밀을 많이 심었다. 쌀밥은 명절이나 생일날만 맛을 볼수가 있었고, 수확한 쌀은 시장에 팔아서 자녀들 학자금이나, 생필품을 사서 생활을 하여 왔다.

주식으로 보리밥이나 호밀을 추수하여 밀가루를 만들어 빵이나, 국수, 수제비를 만들어 먹으면서, 많은 집들이 주식으로 먹으면서 살아왔다.

그래서 밭에 여름 과일을 심는 시골집은 농사를 많이 짓는 집들 몇몇 집들만 밭에 오이, 참외, 수박을 재배하여 스스로 따서 먹기도 하고, 그 것들을 시장에 팔아서 생활에 보탬이 되고 팔기 힘든 상처가 난 무지렁이는 집에서 먹으면서 살아왔다.

그래서 어린 그 시절에는 장날에 시장에서 사 먹는 것보다는, 동네 친구들과 수박 서리를 하여 시원하고, 꿀맛같은 수박 맛을 보기도 하였다.

지난 시절에 참외 서리하다 들켜서 배상을 많이 해 주고, 부모님한테 혼난 적이 있어서 자주 하던 수박 서리도 여름 동안에 한두 번만 하였다.

수박 서리의 가장 중요한 것은 첫째는 동네에서 멀리 떨어진 원두막이 없는 한적한 수박밭의 수박을 서리하는 것이다.

그리고 수박 서리를 하는 시간도 해가 넘어가기 전, 어스름한 초저녁이 적당한 시간이다. 그 시간에는 수박밭 주인도 없고, 저녁 식사하러 간 시간 때이다. 그래서 초저녁의 어스름한 시간에 맞추어 친구 두어 명과 수박 서리를 할 준비를 철저히 한다.

우선 시냇물이 졸졸 흐르는 개천으로 가서 옷은 팬티만 입고 다 벗은 상태에서 얼굴과 온 몸에 그 당시 말로 개흙, 요즘말로 찰흙을 발라서 위장을 한다.

개흙은 요즘 말로 머드팩으로 쓰는 부드럽고 얼굴과 몸에 잘 붙는 찰진 냇가의 굴곡진 벽에 붙어 있는 물기가 섞인 곱고 부드러운 찰흙이다.

그 당시의 인근 미군 부대 특수요원들의 훈련 중에 얼굴과 온몸을 위장을 하여 구별하기 어려운 색깔이나 머드 흙을 발라서 훈련하는 것을 보면서 자라 왔기 때문에 그것들을 흉내 내는 것이다.

그렇게 위장을 하면 누군지도 모르고 수박 서리를 하다 들켜도 재빠르게 산속으로 도망가면 후에 누군지 몰라서 쉬쉬하면서 지나갔다.

그래서 수박 서리를 하기 전에 만반의 준비를 하고 어스름한 초저녁을 수박밭 인근 산 속에서 겉옷들을 소나무 숲에 감추어 놓고, 팬티만 입고, 기다리면서 위장한 채로 대기하고 있는다.

멀리 산속에서 수박밭 주인이 집으로 가는 저녁 시간에 수박 서리 작전 개시를 한다. 선발대 한 명이 먼저 수박밭으로 가서 큼직하고 잘 익은 큰 수박 한 통을 따서 우리가 대기하던 산속 숲으로 가져온다.

수박 한 통을 반으로 갈라서 몇 명이 수박 껍데기가 깨지지 않게 조심스럽게 숟갈로 파거나 긁어서 수박 속을 파내어 맛있게 먹고, 수박 껍데기에 끈을 매어 모자 같이 머리에 쓰고 수박밭으로 살살 기어간다.

수박밭까지는 군인들 훈련하듯이 자세를 낮추고 살살 기어가듯이 낮은 포복으로, 기어서 수박밭으로 침투를 한다. 수박 서리의 침투조는 두세 명이 하고 한두 명은 수박밭 인근 숲속에서 주위를 살피면서 경계조로 망을 본다.

수박 서리 침투조는 팬티만 입은 상태에서 얼굴과 온몸에 찰흙을 바르고 머리에는 먹고난 수박 껍데기를 썼으니까, 움직임은 보여도 누군지는 식별이 안 된다.

망을 보는 경계팀이 마음을 조이며 기다리다 보면, 수박 서리 침투조가 무사히 한 사람당 큰 수박은 한 통씩 작은 수박은 두 통씩을 따 가지고 대기하던 숲속으로 가져온다. 무사히 수박 서리를 한 셈이다.

모두들 기분 좋은 환한 웃는 모습으로 숲속에서 수박을 두 개 쪼개서 맛있게 먹으면서 초저녁부터 해가 넘어가고 컴컴한 밤까지 오줌을 몇 번씩 보면서 수박을 맛있게 먹었다.

나머지 남은 수박은 수풀 속에 남들 눈에 띄지 않게 나뭇잎으로 감추어 놓고 내일 학교에 갔다오면 그 숲속에서 만나기로 하고 각자 집으로 들어간다.

어린 아이들의 배는 수박으로 가득 채워서 다들 배가 불룩 나와서 걸음을 걷기도 숨이 차오른다. 숨을 몰아쉬면서 각자 집으로 가서 어머님이 보리밥을 주시면 배가 너무 불러서 두어 숟갈 들고 만다.

그러면 어머님이 그동안 어디서 뭘 먹었기에 밥을 조금 먹느냐고 하면, 친구집에서 밥을 먹고 왔다고 둘러댄다. 수박으로 배를 가득 채우니 숨을 쉬기도 힘들고 잠도 잘 안 온다. 다음날 수박을 먹을 생각을 하니 잠이 더욱 안 온다.

뒤척거리면서 감추어 놓은 수박을 누군가 가져가지 않나 하는 걱정도 하면서 잠을 청하였다. 그 다음날 학교에 가서도 머리 속에는 전날 감추어 놓은 수박 생각으로 공부를 하는둥 마는둥 하다가 공부를 끝내고, 집으로 오면서 친구들과 감추어 놓은 숲속으로 가서 수박을 맛있게 먹었다.

그렇게 그 옛날 어린 시절의 수박 서리를 돌이켜 생각하여 보면, 즐거운 동심의 시절이었다,

성인이 되어서 1990년대 초에 인기 코메디 프로에 수박 서리 코메디

가 방영되었는데, 내가 어릴 적에 수박 껍데기를 머리에 쓰고 팬티만 입고 온몸에 찰흙을 발라 위장하고, 수박밭으로 향하여 낮은 포박으로 살살 기어가면서 수박 서리하는 코메디가 방영된 것을 본 적이 있었다.

코메디에는 수박밭 주인이 머리에 수박 껍데기를 쓰고 밭으로 기어 오는 수박 서리를 하는 사람이 주인이 큰 기침을 하면서 가까이 오면, 수박밭 속에 움직이지 않고, 숨어서 가만히 있고, 수박밭 주인이 모르는 척하면서 수박 서리를 하는 사람의 머리를 나무몽둥이나, 주먹으로 두드리면서 이 수박은 덜 익었네 하면서, 지나간다.

수박밭 주인이 지나가면 다시 살살 기어서 움직인다. 그러면 그곳을 지나간 수박밭 주인이 다시 그 자리에 와서, 좀 전에는 안 익었는데, 조금 움직였네 하면서 모르는 척하면서, 큰 몽둥이로 힘차게 움직이다 멈춘 수박을 내려친다.

그러면 수박 서리를 하기 위해 쓴 수박 껍데기가 깨지면서 아이구 머리 아파 하면서 수박 서리를 하는 사람이 주인한테 들켜서 혼나는 코메디가 방영된 것이 기억이 난다.

예컨대 그 당시의 코메디 작가도 어린 시절의 수박 서리를 한 기억을 더듬으면서 동심의 어린 시절 수박 서리의 추억을 잊지 못하여 그 시절로 돌아가고픈 마음에서 코메디 프로를 만들었지 하는 추측이 든다.

그 코메디 프로를 보면서 그때 어린 그절이 생각나고 그리워져서 마음이 설렌 적도 있었다. 어릴 적 수박 서리를 안 해 본 사람은 그 시절의 스릴감과 설렘, 즐거움은 느끼지 못할 것이다.

어릴 적 수박 서리를 한 사람만이 그 느낌과 희열을 느낄 것이다. 돌아갈 수 없는 어린 그때 그 시절이지만, 잊혀지지 않는 추억 속에 그 시절이 소중한 기억으로 영원히 남아 있을 것이다.

48.

보리 타작, 밀 타작

봄이 시작되고 5월이 오면 농촌의 풍경은 일손이 바쁜 시기이다.

모내기 준비를 하기 위하여 못자리 관리를 하면서 물을 넣고 빼 주면서 모를 잘 키워서 잘 갈아서 놓은 논에 5월 중순쯤에 모를 낸다. 요즘은 농기계가 발전되어 이양기 등 여러 가지 기계로 농사를 지으니 그 옛날보다는 논일이 좀 수월하다.

대농가들은 일하는 사람들을 사서 논밭일을 하거나, 머슴들이 하지만 내가 자라난 고향은 소농가들로 이웃간에 대여섯 가구가 품앗이를 하거나, 일가 친척들이 서로 교대로 도와 가면서 농촌의 일손을 덜었다.

혼자서 일하는 것보다 여러 명이 함께 하면 일의 능률도 오르고 하루 일이 시간 가는 줄 모르게 해가 저물도록 일을 한다.

그렇게 오월의 모내기가 끝날 무렵에 밭들의 들판에는 황급빛 물결이 장관을 이룬다.

그 황금빛 물결은 추운 겨울을 이겨 내고 씩씩한 모습으로 보리가 잘 자라서 익어 가는 노오란 모습으로 고개를 조금씩 숙이면서 추수의 시

/ 그때 그 시절

기를 기다린다.

집으로부터 좀 떨어진 밭에는 키기 아주 큰 호밀이 킨 큰 모습을 뽐내며, 드러내면서 바람에 흔들려 잔잔한 파도처럼 흐느적거리며 춤을 추고 있다.

모내기가 끝나고, 한숨을 쉴 틈도 없이 6월 초순부터는 잘 익은 보리부터 수확하는 보리 베기가 시작된다. 옛말에 그 시절이 보릿 고개인 셈이다. 그래서 잘 익은 집 보리부터 이웃들과 품앗이로 보리 베기를 한다.

보리 베러 가는 일꾼들은 아침 일찍 보리를 벨 집에 모여서 함께 식사를 하고 나서, 건장한 남자가 지게를 지고 지게에 낫과 낫의 날을 세우며, 갈을 숫돌과 냉수물을 실고 일꾼들과 밭으로 간다.

밭에 도착하여 일렬로 허리를 구부리고, 보리를 베면서 재미있는 이야기도 하고 가끔은 음담패설도 하면서 힘은 들지만 즐거운 모습으로 보리를 베며 일을 한다.

아침 일찍 해가 뜨고 일찍 시작한 보리 베기는 중간중간에 쉬어 가면서 물을 마시고, 일을 하면서 열 시쯤 되면 휴식을 취하고, 그 시간에 새참이 나온다.

보리밭 주인이 중간에 집으로 들어가서 새참을 준비하여 아주 큰 광주리에 음식들을 담아서 머리에 이고 나온다. 일하는 사람들은 허리를 구부리고 일하면서 연신 뒤쪽을 본다. 새참이 언제나 오나 기다리면서 일을 한다.

한참을 기다린 끝에 보리밭 주인은 집에 가서 간단한 음식을 준비하여 온다. 밀가루로 만든 수제비나, 오이채를 썰어 넣고 만든 시원한 오이 국수를 큰 양동이에 가득 만들어서 광주리에 넣어서 머리에 이고 밭으로 온다.

물론 막걸리 서너 병은 기본으로 가져온다. 눈이 빠지게 기다리면 일꾼들은 밝은 모습으로 흘린 땀을 닦으면서, 머리에 이고 온 광주리를 두어 명이 받아서 보리밭 한쪽 구석에 자리를 만들어서 새참 먹을 준비를 한다.

우선 목도 축일 겸 막걸리 한잔씩을 쭉~ 들이마시고는 새참을 맛있게 먹고, 조금 쉬었다가 보리 베기를 시작한다. 두어 시간 남은 점심때까지는 보리 베기를 생각했던 목표의 반만큼을 베어야 한다.

그래서 부지런히 보리 베기를 한다. 점심때까지 보리를 그날 목표의 반쯤 베고, 맛있는 점심 식사를 하고, 한 시간쯤 휴식을 취한다. 인근에 있는 나무 그늘에서 쪽잠을 자는 사람도 있고, 그냥 앉아서 담배를 피우면서 쉬는 사람들도 있다.

휴식을 취하고 나서 오후 땡볕에 밀짚 모자를 쓰고, 보리 베기를 다시 시작한다. 쨍쨍한 봄볕 더위는 온몸에 땀을 흘리게 하지만, 보리 베기 일은 계속 해야만 한다.

중간중간에 낫의 날이 무디어져서 숫돌로 낫의 날을 물을 묻혀 가면서 갈아 날을 세운 후에 또다시 보리 베기를 한다. 그렇게 보리 베기를 하다 보면, 저녁때가 돌아온다.

일을 끝내기 두어 시간 전에 일꾼 모두가 그날 베어 놓은 보리를 다발로 묶는 일로 마무리를 한다. 다발로 묶은 보리는 며칠 후를 말린 다음에 집 주인이 지게로 져서 집으로 가져온다.

집으로 가져온 보리 다발은 식구 두어 명이 보리 터는 수동식 탈곡기로 보리를 턴다. 그때말로는 둥굴레통이라고도 하였다. 발판을 밟으면은 쇠 철사가 박힌 둥그런 통이 돌아간다.

그러면 돌아가는 둥굴레통 위에 보리밭에서 베어온 보리 뭉치를 한 주먹씩 쥐고 보리이삭이 모두 떨어지도록 비벼 대며 둥굴레통을 발로 힘차게 돌린다. 그런 동작들이 어른들이 말하는 보리 타작이다.

타작한 보리는 조금 말리고, 동네의 방앗간으로 가서 보리를 찧어서 집으로 가져와서 햇보리 밥을 지어서 열무에 비벼서 오랜만에 맛있는 식사를 한다.

감자밥, 고구마밥으로 끼니를 때우고, 밀가루로 수제비나, 칼국수를 만들어 먹던 살기 힘든 보릿 고개가 해결된 셈이다. 보리 수확으로 먹는 것은 조금 해결된 것이다.

보리를 온동네가 거의 모두 벨 즈음에는 호밀을 벨 시기가 돌아온다. 보리 베기보다는 좀 늦은 시기에 호밀을 베는 시기이다.

1960년대 말이나 1970년대 초에 밭에는 보리와 호밀을 많이 심었다. 식량난이 심각한 시절이라 보리와 호밀을 밭에 많이 심었다.

보리는 밥을 지어 먹고 호밀은 국수나, 수제비 빵, 떡을 만들어서 식사 대신 배고픔을 달래기 위하여 호밀도 많이 심었다. 호밀은 밀가루를 만드는 원료이기 때문이다.

호밀을 방앗간에서 빻으면 고운 밀가루가 된다. 그 고운 밀가루로 부드럽게 반죽을 하여, 할머니로부터 내려오는 홍두깨로 수백 번을 밀어서 얇게 펼친 후에 접어서 가늘고 길게 썰어서 밀국수를 만들어 먹었다.

밀국수의 첨가 재료로는 텃밭에서 따온 어린 애호박과 새우젓을 넣고, 가마솥에 그냥 펄펄 끓이기만 하면 맛이 일품이다.

그리고 호밀가루를 반죽을 하고, 막걸리를 넣고 하루쯤 숙성시키면 부풀어올라 콩과 호박 등 갖가지 과일을 넣고 증기에 찌면 부드러운 맛이 나고 맛있는 술빵이 된다.

호밀은 보리의 키보다 두어 배 이상은 크다. 그래서 호밀 베는 것은 보리보다 좀 힘들고 시간이 더 소요된다.

특히 어린 아이들은 보리는 벨 수 있어도 호밀은 키가 커서 키가 작은 아이들은 호밀을 베기가 힘들어서, 어른들이 베어 놓은 호밀을 묶어서 한 군데 모아 놓는 것으로 일손을 거들어 준다.

호밀밭의 밀대를 어른들이 베다가 보면 중간에 꿩들의 보금자리 흔적이 있고, 가끔씩은 꿩알도 주워서 온다. 꿩알은 보통 열 개 이상 스무 개까지 호밀을 벨 때 주워 본 기억이 난다.

그런 것이 꿩 먹고 알 먹는 것인지는 몰라도 꿩알을 주워 본 기억이 생생하다. 어떤 해에는 밀 밭에 꿩알이 부화가 되어 보송보송한 솜털을 달고 엉금엉금 기어 다니는 꿩의 새끼를 본적도 있다.

그러면 꿩의 어미가 주위에서 맴돌며 자기 새끼들을 지켜보고 있다. 그래서 꿩의 새끼들이 모여 있는 곳을 잘 보존시켜 주면 새끼가 커서 어미 따라 다른 곳으로 가서 잘 살도록 한다.

지금까지 한 이야기의 글들은 보릿 고개 시절 시골 농촌에서 일어나는 그 시절의 어른들 일상들의 풍경을 나타낸 글들이다.

그 당시 그 시절에 초등학교 3, 4학년 시절에는 아이들만의 보리 타작, 밀 타작을 많이 했다. 학교에 갔다 오면서 배가 출출하면, 주위에 보리밭으로 가서 덜 익은 보리 두어 주먹씩 보릿대 중간을 잘라서 온다.

그리고 바람이 잘 안 부는 논이나, 밭두렁 뚝 밑에 성냥불로 마른 소나무가지를 주워다가 불을 지핀 후 보리밭에서 잘라온 보리를 불에 조금 타게 익힌 후에 두 손으로 비벼서 보리의 털을 떼어낸 후에 후 하고 입으로 불어서 타고 난 재를 날려 보내고, 입으로 넣어서 씹어 먹었다.

좀 껄끄럽고, 혀가 찔리는 느낌은 나지만 조금이나마 배고픔을 달래기는 아이들만의 보리를 구워서 먹는 보리 타작이 그 당시의 간식거리

/ 그 때 그 시 절

였다.

손과 입술, 얼굴 한쪽 볼에는 시커먼 불 그을음이 묻어 보리 타작을 하고, 불 장난한 모습들이 눈에 보여 누가 보아도 표가 나서 부모님들한테 혼난 적도 있다.

아이들만의 보리 타작이 끝날 시기에는 더욱 맛있는 밀 타작의 시기가 온다. 밀 타작은 보리보다 맛도 있고, 불로 익히기도 수월하다.

밀 타작 방법은 보리 타작과 비슷하지만, 시기가 보리 타작보다 좀 늦고, 맛이 있고, 입으로 씹을 때 입안이 부드럽다. 보리 타작과 같은 방법으로 학교에 갔다 오다가 친구 중 한 명이 야~ 오늘 우리 배도 출출한데 밀 타작이나 하자, 하면 모두가 좋아라 하면서, 밀밭이 있는 곳으로 간다.

두어 명은 밀을 자르러 가고, 두어 명은 인근 산으로 가서 소나무 밑에 떨어져서 바싹 마른 솔잎들을 주워온다.

그리고 산 모퉁이 구석진 바람이 잦은 곳으로 모여서 준비하여온 소나무 가지로 불을 지핀 후에 밀대의 반을 잘라 온 밀 다발의 끝을 손으로 잡고 돌려 가면서 불에 밀을 구운다.

대충 밀이 익으면 양손으로 익은 밀을 손바닥에 넣고 힘껏 비비면 밀은 껍질이 쉽게 벗겨진다. 그리고 손바닥으로 비벼서 껍데기들을 입으로 불어서 날려 보내고, 설익은 밀을 입안으로 넣어서 씹으면 고소하면서 끈적끈적한 느낌과, 부드러운 껌 맛과 밀 맛이 난다.

그리고 오래 씹으면 그 당시 귀한 껌처럼 씹는 기분이 든다. 그 당시에는 먹을거리가 없어서 계절의 바뀜에 따라 먹을거리, 간식거리를 만들어 먹거나, 들로 산으로 다니면서 찾아서 먹었다.

세월이 흘러 어른이 되어서도 어린 시절 아이들만의 그 시대 그 시절에 놀이와 생활의 일부였던 기억들을 더듬어 보면 잊혀지지 않는 소중한 추억들이다.

　뒤돌아갈 수 없는 어린 시절이지만, 몸이 아프고 삶이 고달플 때 잠시 나마라도 그때 어린 그 시절에 보리 타작, 밀 타작하며, 뛰놀던 기억들 을 생각하면서 조금이나마 삶의 활력소가 되었으면 하는 바람이다.

49.

야경 돌기

　어릴 적인 1960년대 중순에서 1970년대 초까지는 가을추수가 끝나면 우리동네 시골 마을에서는 야경 돌기를 하였다. 야경 돌기란 청년들이 조를 짜서 동네를 순찰하는 것이다. 어렴풋이 기억나는 어린 시절의 추억일 수도 있다.

　농촌 지역마다 야경 돌기를 하는 동네도 있고, 없는 마을도 있지만, 야경 돌기 방식도 조금은 차이가 있을 수도 있다. 마을에서 이장님 주관하에 청년들로 조를 짜서 야간 순찰을 하는 사람들을 야경꾼이라고도 하였다.

　물론 농촌이라도 야경 돌기를 하지 않은 마을도 있을 것이다. 내가 살던 동네는 야경 돌기를 10월 중순부터 다음 해인 2월 말까지 했던 것으로 기억이 난다.

　야경 돌기란 요즘 젊은 세대들은 생소한 말이지만, 베이비붐 시대 이후에 태어난 사람들은 어렴풋이 기억이 날 것이다. 물론 야경 돌기를 한 지역에서 어린 시절을 자라난 세대들만의 생각나는 추억일 수도 있다.

야경 돌기란 보릿 고개를 지나 가을추수가 끝난 10월 중순경에 동네의 청년들이 조를 짜서 저녁 해가 지고 컴컴한 저녁시간인 아홉시 반에서 열 시경부터 다음날 새벽 두 시까지 야경 돌기인 순찰을 돈다.

야경 돌기의 목적은 가을추수가 끝나고 집집마다, 곳간에 추수한 곡식들을 저장하여 두고, 마당 한구석이나 창고에 가을에 추수한 곡식들을 저장하는데, 먹고 살기 힘든 시절이라, 각 집마다 저장하여 둔 곡식을 간혹 훔치러 다니는 사람들이 있었다.

훔치는 사람은 같은 동네일 수도 있고, 타동네에서도 원정하여 곡식들을 훔치는 절도범도 종종 있었다. 그래서 야경 돌기를 하여 예방을 하는 것이었다.

시골 마을 동네의 20대에서 40대까지 청년들이 3명씩 조를 짜서 동네를 정하여진 시간동안 순찰하는 것이었다. 곡식 훔치는 도둑들이 얼씬 못하게 방범 활동을 하는 것이었다.

순찰조는 3명이 조를 짜서 한 명은 앞장서서 북을 치면서 돌고, 한 명은 집에서 사용하는 큰 작대기를 들고, 한 명은 큰 몽둥이와 앞을 밝히는 후레쉬를 들고 북을 치는 앞사람의 앞을 밝혀 주면서 동네를 몇 바퀴 돌면서 순찰을 하였다.

그 당시에는 후레쉬가 귀하여 국내 제조품보다는 동네에서 미군부대에 다니는 친구 아버지가 미군들한테 사정하여 얻어온 국방색의 기역자로 구부러진 후레쉬였다.

그 시절의 말로는 덴치라고 하였다. 미군용 후레쉬는 캄캄한 밤에 앞을 비추면 아주 밝고, 먼 거리까지 불빛이 비추어서 야경 돌기의 필수품이었다.

그 당시에도 역시나 미제품들이 성능이 좋았다. 야경 돌기는 3명이

/ 그때 그 시절

도는데 곡식을 훔치는 도둑놈을 잡기보다는 예방 차원에서 동네에 얼씬을 못하도록 북을 치면서 동네를 돌아다니면서 도둑놈을 쫓는 동네의 방범대이다.

야경 돌기를 하다 보면, 마을의 저녁시간에 여러 가지의 풍경들이 들리고 눈에 보인다. 그 당시에는 전기 공급이 안 되어, 집집마다 석유로 만든 호롱불을 켜고 사용하고 있었다.

일직감치 불을 끄고 잠을 자는 집이 있는가 하면, 불빛이 켜진 집은 낮에 거두어 놓은 콩을 까던가, 아니면, 반찬으로 조리하여 먹는 고구마 줄기의 껍질을 벗기고, 열무를 다듬고, 여러가지의 시골 저녁 풍경들이 보이고 들려 왔다.

그리고 그 당시에도 부부간에 의견 충돌이 있어서, 말다툼하는 큰소리가 밖으로 새어 나와 야경 돌기를 하는 야경꾼들이 집 안으로 들어가 말리기도 하였다.

어린 시절의 나였지만, 야경도는 야경꾼들의 북소리가 듣기가 좋았다. 그래서 가끔은 부모님 몰래 집을 빠져나와 야경꾼들의 뒤를 종종 따라 다니기도 하였다.

야경꾼들의 뒤를 따라다니다 보면, 수고한다면서, 보리 개떡을 만들어 주는 집, 야참을 주는 집, 과일을 주는 집, 야경꾼이 가장 좋아하는 숨겨 둔 막걸리에 간단한 안주를 준비하여 주는 집 등 여러 가지의 음식들을 얻어서 먹었다.

청년들의 말을 들어 보면, 막걸리를 한잔 쭉 들이키고 나면, 힘이 나고, 야경 도는 데 시간 가는줄 모르고, 힘이 안 든다고 한다.

간혹 가다 보면 야경꾼들에게 곡식을 훔치는 도둑이 들켜서 혼내 주고 돌려 보내는 일도 있었다. 동네에서 자체적으로 집집마다 청년들을 차출하여 조를 짜서, 동네 이장님이 연필로 써서 마을회관에 붙여 놓는다.

그래서 마을회관의 게시판을 보고, 청년들은 자기 차례가 되면 그날 저녁에 옷을 두둑히 입고, 모자를 쓰고, 만반의 준비를 하고 마을회관에서 기다리고 있다가 같은 조가 모두 모이면 아홉 시 반부터 야경 돌기를 한다.

야경 돌기의 좋은 날은 그날에 어느 집인가 제사를 지내는 날이 좋은 날이다. 그 당시에는 제사를 열두 시경에 지낸다. 그 시간에 제사를 지내야만이 저승으로 가신 조상님들이 제사 음식을 드시러 오신다고 하기 때문에 12시 10분 전에 제사를 지낸다.

동네의 야경꾼들은 마을을 한 바퀴, 한 바퀴 계속하여 돌면서, 제사를 지내는 집의 제사가 끝나는 시간대에 맞추어서 제삿집으로 들어간다.

제삿집에서도 반갑게 맞이하여 제사가 끝난 음식들을 한상 차려 준다. 제삿집 음식들은 맛있는 음식들이 많이 차려온다. 소고기부터, 과일, 떡, 시원하게 다시마와 무와 소고기를 넣고 끓인 시원한 소고기무우국도 엄청 맛이 있다.

그리고 술은 막걸리가 아닌 제사에 사용하는 정종술이 나와 더욱 맛있게 배불리 먹고, 고맙다는 인사를 하고, 다시 야경을 돈다.

야경 돌기가 새벽 두 시경에 끝나면, 야경꾼들은 마을 회관으로 모여서 북과 후레쉬를 지정된 장소에 넣고, 서로 수고했다고 서로 인사하고서는 각자 집으로 들어간다.

농촌 마을의 인구가 적고 청년들이 적어서 보통 일주일에서 열흘 사이에 한 번꼴은 야경 돌기 차례가 돌아온다.

요즘은 70대 이상이 되어야만 노인으로 생각하고 어른 대접을 하였으나, 그 당시에는 평균 수명이 60세가 안 되어서 50살만 되면 노인측에 들어서 야경꾼조에 편성을 면제하여 주고, 마을의 어른 대접을 받았다.

어린 시절에 야경꾼들을 종종 따라다니면서 시골 마을의 고요한 밤의 풍경을 보면서 여러 가지 음식들을 얻어 먹는 재미가 쏠쏠하였다.

청년들로 조를 짠 야경꾼이 3명인데 따라다니는 어린아이들은 두세 명이 야경꾼들을 따라다녔다. 그중에 한 명이 나였다. 따라다니는 아이들은 야경꾼들의 뒤를 종종 따라다니면서 얻어 먹는 음식들을 먹으려고 야경꾼들을 따라다니는 것이다.

그래서 제삿집이 있는 날은 열두 시 조금 지나서 집에 가고, 제삿날이 없는 날에는 열시경 쯤에 간단한 음식들을 얻어 먹고 집으로 살살 들어가서 잠자리에 든다.

다른 마을에서도 야경 돌기를 한다고는 들었지만, 본 적은 없었다. 우리 마을도 기억은 나지 않지만, 언제 어느 시기부터 야경 돌기가 없어졌는지는 모르겠다.

어릴 적 그때 그 시절의 야경 돌기는 세월이 무수히 지난 지금에서 생각하여 보니, 가슴이 찡하는 잊혀지지 않는 소중한 내 인생의 사진 한 장의 장면이었다. 물론 오랜 시절이 지난 색이 바랜 추억이지만, 그래도 그때 그 시절이 그리워진다.

50.

쥐잡기 운동

　어릴 적인 1960년대 말에서 1970년대 초에는 전국적으로 쥐잡기 운동이 펼쳐졌다. 더불어서 새마을 운동이 절정에 이른 시기였다. 그 당시에는 후진국으로서 식량을 선진국으로부터 원조를 받아서 국민들의 식량이 되어서 생활을 이어오고 있었다.

　보릿 고개 시절이었으니 가정마다 항상 끼니를 걱정하는 식량이 부족하였다. 선진국의 식량 원조는 주로 밀가루나 보리쌀을 수입하여 가정 형편이 어려운 집 우선으로 밀가루나 보리쌀을 해당 군청에서 배급하여 주었다.

　그런데 각 가정마다 곡식들을 먹어 치우는 쥐가 극성을 부려 부족한 식량들을 먹어 치우는 것이었다. 곡식은 물론이고, 가마니 속에 저장하여 둔 고구마나 감자도 쥐가 먹어 치우는 그 당시의 현실이었다.

　정확한 통계는 없었지만, 전국의 쥐 숫자가 그 당시의 우리나라 국내 총 인구수보다 많았다고 하였다. 1970년대 초에는 국내 총 인구수가 3,200만 명이 조금 넘었다고 어른들이 이야기하고, 군청 직원이 마을을 방문하여 이야기를 하면서, 국내에 쥐가 사람수보다 많아 가뜩이나 부족한 곡식들을 먹어 치워 국민들의 식량 사정이 더욱 어려워졌다고 하였다.

군청 직원이 마을을 방문하여 동네 사람들을 모아 놓고 하는 말이 전국의 쥐들이 우리 국민들이 먹을 식량의 10% 이상은 먹어 치운다고 하였다.

중학생 시절에 그 이야기를 들으니 그렇게 많은 식량을 쥐가 먹는다고는 생각하지를 않았다. 그래서 쥐잡기 운동을 정부 차원에서 전국적으로 실시하고, 각 군청마다 쥐잡기 운동 캠페인 운동을 할 것이라고 하였다.

그리고는 마을의 알림 게시판에 쥐잡기 포스터를 붙이고 갔다. 며칠 후에 면사무소 직원이 마을에 와서 각 집집마다 쥐약들을 배포한다고 하였다. 내가 중학교 3학년 시절이었으니까, 1971년쯤으로 기억된다.

중학교가 읍내에 있어, 집에서 걸어서 30여 분 소요된다. 학교를 가면서 읍내를 지나쳐 가는 시장 골목에도 쥐잡기 운동 캠페인 플랜카드가 걸려 있었다.

그리고 며칠 후에 면사무소 직원들이 우리 마을을 방문하여 집집마다 쥐약을 나누어 주었다. 그리고는 쥐가 잘 다니는 길목에 쥐약을 놓는 위치와, 쥐약의 적정량을 놓으라고 쥐를 잡는 요령들을 설명하고, 쥐를 많이 잡는 집은 면장이나 군수의 표창를 수여할 것이라고 하였다.

그래서 각 집집마다 온 식구가 동원하여 쥐잡기 운동에 총력을 기울였다.

학교에 갔다 오니 시골 국민학교에서도 쥐잡기 운동 캠페인을 한다고 하여, 초등학생들도 쥐를 잡아서 쥐 꼬리를 비료푸대 종이에 싸서,

학교에 반납하면 공책이나 연필을 준다고 하여 아이들도 쥐를 잡는 데 관심을 갖고, 정성을 다하였다.

어른들은 쥐를 많이 잡은 가구는 밀가루나 생필품들을 준다고 하였다. 그래서 집집마다 쥐가 잘 다니는 길목에 쥐약을 놓고, 또한 철망으로 쥐덫을 만들어 놓은 집도 여러 집이 있었다.

그렇게 쥐잡기 운동 캠페인으로 집집마다 쥐를 많이 잡았다. 모든 사람들이 쥐가 더럽고 무서워하는 동물이라 쥐약으로 잡은 쥐는 죽었지만 쥐덫으로 잡은 쥐를 쥐덫에서 꺼내는 일도 어려운 일이다.

그래서 쥐덫으로 잡은 쥐는 동네의 이장이나 이웃집 청년이 와서, 뾰족한 쇠꼬챙이로 찔러서 죽인 후에 꺼내어 주었다. 집집마다 잡은 쥐를 몇 마리에서 수십 마리를 잡았는데, 어떻게 처리를 할지를 잘 몰랐다.

그래서 잡은 쥐를 삼태기에 담아서 집안 한쪽 구석에 보관하여 놓았다. 하루이틀 지나니까 죽은 쥐 냄새도 나고 여러 가지 악취가 나서 동네 이장님한테 처리 방법을 문의하였다

정확한 처리 방법을 모르는 이장님이 면서무소에 가서 문의하여 보니, 쥐의 몸통은 인근 야산이나 밭에 깊숙이 땅을 파서 묻고, 쥐의 꼬리만 잘라서 비닐 봉지에 담아서 학생은 학교에 제출하고, 동네 주민들은 면사무소에 가지고 와서 제출하면 주별이나 월별로 집계를 하여 쥐잡기 운동에 적극 참여하고, 쥐를 많이 잡은 집은 군수의 표창과 식량이나 생필품인 빨랫비누나 세숫비누를 상품으로 준다고 하였다.

그런데 잡은 쥐의 꼬리를 자르는 일도 취급하기가 그렇게 쉬운 일은 아니었다. 쥐라는 동물의 선입견이 더럽고, 징그럽다는 인식이 많아 쥐의 꼬리를 자르기 위하여 쥐를 손으로 잡기가 두려운 것이었다.

그래서 집집마다 쥐를 잡아서 삼태기에 쌓아 놓고 동네의 이장이나

청년들한테 이야기를 하면 집집마다 방문하여, 큰 가위로 쥐의 꼬리를 잘라서 다섯 개, 열 개 단위로 비닐 봉지에 담아 넣어서 주었다.

그리고 집집마다 잡은 쥐의 꼬리를 비닐 봉지에 담아서 잡은 집의 주소와 호주 성명을 기록 표시하여, 이장님한테 제출하면 이장님이 이삼 일에 한 번씩 면사무소에 방문하여 면사무소 담당한테 동네에서 잡은 쥐의 꼬리들을 반납을 하였다.

그리고 일주일 후에는 면사무소 직원이 빨랫비누와 세숫비누를 갖고 와서 이장님한테 주면 이장님이 쥐꼬리를 많이 제출한 집부터 비누를 나누어 주곤 하였다.

그렇게 쥐잡기 운동을 각 마을마다 하다 보니, 쥐약을 고양이나 개들이 먹어 죽는 경우가 종종 발생하였다. 쥐를 잡는 고양이가 쥐약을 먹고 죽으니 쥐약 놓기가 두려운 것이었다.

특히나 정을 붙이고, 집을 지키는 개가 쥐약을 먹고 죽은 것을 보니 안타깝기도 하고, 마치 가족이 죽은 것 같이 각 가정마다 슬픔을 안고 살거나, 울음을 터트린 집도 종종 있었다.

또한 동네의 친구 동생들인 초등학생들은 어른들이 잡아준 쥐 꼬리를 갖고 학교에 가서 선생님한테 제출하면, 연필 공책, 지우개, 책받침을 받아 가지고 와서 자기 친구들과 어른들한테 보여 주면서 신나게 자랑을 하는 것을 보니, 쥐잡기 운동 캠페인이 잘 되어가고 있는 실정이었다.

그렇게 몇 년을 쥐잡기 운동을 하다 보니 눈에 띄게 쥐가 감소한 것을 어른이나 아이들도 실감을 하였다. 어릴 적인 그때 그 시절의 먹고 살기 힘들었던 시절의 쥐잡기 운동도 잊혀지지 않는 추억속의 한 장면과 동심의 시절에 살았던 시대인 듯하다.

수없이 흘러간 지난 세월 속의 어려운 시절이었지만, 그래도 그 시절이 그리워진다. 되돌아갈 수 없는 그때 그 시절이지만, 어릴 적에 자라나면서 겪어 온 지나 온 날들의 삶들은 잊혀지지 않는 소중한 어린 시절의 추억들이다.

51.

돌덩이 구워 겨울 나기

초등학교 시절인 1960년대 초의 겨울은 엄청 추웠다. 초등학교를 가는 중이나 오는 중에 추운 날씨로 손과 발이 꽁꽁 얼어 감각이 없을 정도이며, 같이 다니는 친구들도 추운 날씨로 인하여, 입이 얼어 말조차 하기 힘든 추운 겨울이었다.

그리고 세찬 겨울 바람이 불면 바람을 등 뒤로 하고 바람에 따라 앞으로 걷기도 하고, 옆으로 걷다가, 뒤로 걷기도 하면서 초등학교를 걸어서 가고 오고 갔다.

한겨울 추위를 견디는 옷도 허름하여 계절에 맞는 옷이 없어서 옷의 두께는 얇고, 여름과 겨울의 옷은 팔과 바지가 긴 것은 겨울옷이고, 짧은 반팔옷과 반바지는 여름 옷으로 입었다.

요즘은 온난화 현상으로 겨울은 짧고 여름은 긴 계절이지만 어릴 적 시절에는 왜 그렇게 눈이 많이 오고, 겨울이 길게 느껴지는지 가을이 지나고 겨울이 오기 전에는 올해의 추위는 어떻게 견딜 수 있나 하는 걱정이 앞섰다.

겉옷은 얇은 옷에 양말은 뒤꿈치가 구멍난 곳을 다른 천으로 꿰맨 칼라 양말과 차가운 헐렁한 검정 고무신, 그나마 어머니가 손수 뜨개질하여 만들어 주신 실털장갑이 겨울을 나는 유일한 방법이었다.

그래도 다른 친구들에 비하면 나는 조금 나은 형편이었다. 집안 뒤껼에 키우는 토끼를 형들이 휴가 나올 때 몸 보신으로 어머님이 토끼를 잡을 때 나오는 털로 귀마개를 만들어 양쪽 귀에 걸치면, 다른 아이들보다 추위를 조금은 덜 느꼈다.

그리고는 가끔씩은 학교를 갔다 오다가 중간 거리의 논두렁에 모닥불을 피워서 잠시나마라도 얼어붙은 손과 발, 얼굴, 몸을 쐬며, 녹이고 집으로 오곤 하였다.

집으로 오면 우선 지게와 낫, 도끼, 갈퀴를 가지고 인근의 산으로 가서 땔감을 하러 갔다 와야 한다. 물론 집에서 가까운 텃밭에 볏짚 뭉치가 겨울땔감으로 있지만, 그 볏짚은 소의 먹이로 사용해야 하며, 불쏘시개로 써도 화력이 좋지 않아 방다닥의 온기가 오래 가지 않는다.

겨울철에의 땔감으로는 나뭇가지나 장작, 나무뿌리가 한번 아궁이에 불을 지펴 놓으면 방바닥의 온기가 오래 가고 아침까지 뜨끈뜨끈하다.

그 당시의 시골집에는 아궁이가 세 개 있었다. 안방의 아궁이는 불을 지피는 입구가 가로 세로가 큰 아궁이로 무쇠 솥단지는 두 개가 걸려 있었다.

솥단지 하나는 밥 하는 곳이고 하나는 국을 끓이는 솥단지이다. 그래서 안방 아궁이는 불을 자주 땐다.

그리고 건너방 아궁이와 사랑방 아궁이가 있는데, 건너방인 옆방의 작은 방 아궁이는 도시로 간 형들이 명절이나 고향을 방문할 때 묵어가는 방이므로, 그때만 불을 지피는 방으로, 겨울철에는 늘상 방바닥이 차갑고, 방 안의 온기가 없고 썰렁하다.

사랑방 아궁이는 시골의 유동 재산목록 1호인 소로, 소죽을 끓이는 커다란 가마솥이 걸려 있다. 소죽인 소밥을 아침, 저녁으로 주기 때문에 사랑방 아궁이는 하루에 두 번 불을 땐다.

땔감으로는 가을에 추수가 끝난 콩가지나, 솔잎, 왕겨로 불을 땐다. 그리고 사용을 잘 하지 않으며, 친구들과 놀 때만 사용하기도 하고, 고구마, 감자 보관 창고로도 사용하고 있다.

땔감이 부족한 겨울철에는 아궁이에 불을 오래 지피지 못하므로, 잠을 자다가 보면 새벽녘에는 방 안이 온기가 없고 썰렁하고 추워서 잠을 깨곤 하여 선잠을 잔 적이 있다.

그래서 겨울철의 추위를 잠시라도 이기는 방법으로는 아궁이에 불을 땔 때 매끈하고 큼직막한 돌을 아궁이에 구우거나, 가마솥 단지 위에다 돌들을 뜨겁게 달구어서, 잠을 잘 때 수건에 싸서 옆구리에 끼고 자면, 돌이 식을 때까지 추위를 조금 덜 느끼며 잠을 잤다.

돌은 개울가로 가서 매끈하고 반잘반잘하고 약간 납작하고, 크기가 손쉽게 들 수 있는 적당한 돌을 주워다가 항상 보관하여 둔다.

저녁밥을 지을 때나 소죽을 끓일 때 준비한 돌을 구운다. 안방 아궁이에는 불을 다 땐 후에 불기운이 남아 있을 때 준비한 돌덩이를 아궁이 안에 넣어 놓는다.

그리고 소죽을 끓이는 가마솥에는 솥뚜껑 위에 돌을 얹어 놓아 소죽 끓이는 열기로 돌을 뜨끈하게 데핀다. 소죽 끓이는 가마솥 위에 돌을 구우면 불탄 검은 재가 안 묻어서 깨끗하다.

그리고 아궁이에 넣어 뜨끈하게 구운 돌은 잠을 잘 때에 꺼내어서 재를 털고 마른수건에 싸서 겨드랑이 속에 넣거나, 가슴에 품거나, 옆구리에 두고 잔다.

잠을 자다가 보면 옆구리에 놓은 돌이 굴러서 다른 곳으로 가서 있기도 하지만 그 구운 돌만을 꼬옥 안거나, 옆구리에 끼고 잔다. 그렇게 해서라도 추운 겨울을 조금은 이겨 낼 수 있는 방편이기도 하였다.

그때 그 시절에 다른 지역이나 동네에서는 어떻게 겨울을 보낸지는 잘 모르지만 각 지역마다 추운 겨울을 감기나 독감에 안 걸리고 잘 넘기는 방법이 위 어른들로부터 전하여 내려오는 여러 가지 방법이 있을 것이다.

내가 자란 어릴 적의 시절에는 겨울철 추위를 이겨 내는 하나의 방법으로는 방 안에 화롯불을 항시 지펴 놓는다.

추울 때에는 아궁이에 불을 땐 후에 불이 붙은 숯덩이를 무쇠 화로에 담아서, 그 훈훈한 화롯불의 주위에 옹기종기 모여 앉아서, 오손도손 이야기를 하기도 하고, 화롯불 속에 고구마나 감자를 구워서 먹으며 추위를 이겨 내기도 하였다.

그리고 화롯불 속에 밤에 잠잘 때 안고 잘 수 있는 작은 돌덩이도 한두 개 구워 놓는다. 그리고 잠을 잘 때 꺼내어서 옆구리에 끼거나 안고 자면서 추운 겨울을 이겨 내면서 어린 시절을 보낸 기억들이 추운 겨울만 되면 어렴풋이 생각이 난다.

그 당시에는 추운 겨울이 엄청 길었고 왜 그렇게 눈이 많이 왔는지 지금에 와서 생각하여 보면, 어린 시절이라 그렇게 느꼈는지, 진짜로 그렇게 눈이 많이 오고 엄청 추웠는지 생각하여 보면, 잘 이해가 가지 않는다.

아무튼 어린 시절의 추운 겨울 나기는 견디기 힘든 시절이었으며, 손과 발에 동상을 겪으면서 그래도 참고 잘 견디어 왔다.

요즘 젊은 세대들한테 베이비붐 전후 세대들의 배고프고, 춥고, 힘든 시절을 이야기하면, 들어주고, 이해를 하여 줄 수 있을까 하는 의아심이 난다. 어쨌든 1960년대 초의 겨울은 엄청 추웠다,

그래서 그러한 엄동설한을 꿋꿋이 이겨 내고 이제껏 살아온 것이 자기 스스로한테 마음속으로나마 물어보면 내 스스로 대견스럽다.

젊은 세대들한테 자랑할 수 없는 시절의 이야기였지만, 한번쯤은 자식들이나, 젊은 세대들한테 그 시절의 이야기들을 잊혀지기 전에 털어놓고, 들려 주고 싶다.

이야기를 하면 재미있게 들어 줄까 하는 마음의 부담도 있다. 어쩌면 이제껏 살아오면서 그 시절이 잊혀지지 않는 소중한 추억들이다.

흘러간 세월을 되돌릴 수는 없지만, 어릴 적 뒤동산에서 뛰어놀던 그 시절이 그리워진다. 가끔 명절 때 시골 고향에 가서 몇몇 친구들을 보면, 어릴 적 그 시절이 생각이 난다.

그리고 오랜만의 만남으로 마을 회관에 모여 어린 시절에 겪었던 추억들과 천진난만하게 즐겁게 놀던 이야기로 꽃을 피운다. 그때 그 시절이 즐겁고 마냥 좋았노라고…….

52.

비료 푸대로 눈썰매 타기

어릴 적 겨울철에는 추위도 엄청 추웠고, 눈도 많이 왔다. 어렴풋이 기억이 나지만 1960년대 중반 초등학교 4, 5학년 어느 겨울철에 눈이 엄청 많이 와서 어린아이 허리춤 이상 눈이 왔다.

그 시절 유선 라디오 방송뉴스를 들어보니 강원도 산간지역에는 일 미터 이상 눈이 왔다고 하였다. 그렇게 눈이 많이 온 어느 날은 학교에 갈 수가 없었다. 눈길에서 한 걸음 걷기가 힘들어서 2일 동안은 학교에 가지 못한 적도 있었다.

그리고 추위를 견딜 만한 옷은 긴팔에 긴 얇은 바지와 검정 고무신으로 추운 겨울철을 이겨 내 왔다. 그런 추운 날씨에 눈은 함박눈으로 한 번 오면 온종일 눈이 와서 마당과 지붕에 쌓이는 모습이 한눈에 보기에도 눈이 소복소복 많이 쌓이는 모습이 보였다.

그러면 마음속에는 쌓인 눈 치울 걱정이 앞선다. 눈이 많이 쌓이면 어린 아이들 힘으로는 쌓인 눈을 큰 싸리나무 빗자루로 쓸거나, 떡가래로(널판지로 만든 눈 치우는 도구) 눈을 밀어야 하는데 많이 쌓인 눈을 어린 아이들의 힘으로는 눈을 쓸고, 밀어내기기 힘들고 벅차다.

그래서 아버지는 함박눈이 올 때나 싸라기 눈이 올 때에 하늘을 보시면서 눈이 많이 오래 올 것 같으니 조금 쌓이면 자주 다니는 길과 마당이라도 수시로 눈을 긴 싸리 빗자루로 쓸라고 하셨다.

그래서 사랑방 마루턱에 걸터 앉아서 친구들과 딱지치기 놀이를 하면서 삼십 분이나 한 시간에 한 번씩 마당에 쌓인 눈을 긴 싸리 빗자루로 쓸어서 마당 끝에 밀어 놓는다.

그렇게 눈이 많이 오는 날은 친구들이랑 사랑방이나 마루에 걸터 앉아서 공기놀이나, 딱지치기를 하면서 눈이 그칠 때까지 마당에 눈을 종종 쓸면서 놀았다.

함박눈이 내리는 것을 끝나기를 기다리다 보면 어느새 하늘이 맑아지고 눈이 그쳤다. 그러자 친구 한 명이 제안을 한다. "야~ 우리들 눈썰매 타러 가자." 한다.

눈썰매 타는 것은 그 시절에는 비료푸대로 뒷동네로 가는 고갯마루에서 탄다. 눈이 많이 오는 날이면, 고갯마루는 미끄러워서 걸어서 가기도 힘든 높은 언덕이었다.

눈이 많이 오는 날이면 친구들 각자 비료푸대를 하나씩 준비하여 그 속에 볏짚을 넣어서 푹신푹신하게 만들어서 갖고 고갯마루로 걸어서 올라간다. 요즘의 비료푸대는 비닐로 만들어져 있으나 어린 그 시절에는 두꺼운 종이 두세 겹으로 만든 비료푸대였다.

고갯마루에서 비료푸대의 앞쪽을 올려 양손으로 잡고 운전을 하며, 방향을 잡으며, 엉덩이는 비료푸대의 뒤쪽 삼분의 이 지점에 앉고, 양쪽 발은 약간 벌려서 내려가는 속도가 빨라지면 브레이크 역할을 하기 위하려 옆쪽의 눈 위에 대고 내려 간다. 내려갈 때 속도가 느릴 때는 양

발을 양쪽 눈 위로 들고 달리다가 내려면서 속도가 빨라지면, 양쪽 발을 땅에 대고 브레이크를 잡으며, 속도 조절을 한다.

눈이 많이 와서 고갯마루에서 눈썰매를 처음 탈 때는 푹신푹신한 눈이라 속도가 나지를 않는다. 한 차례, 두 차례 반복하여 서너 차례 눈썰매를 타다 보면 눈썰매 타는 고갯마루 길이 눈썰매인 비료푸대에 눌려서 단단하고, 반질반질하게 굳는다.

그때부터는 눈썰매의 내려가는 속도가 엄청 빨라서 내려가다가 양발로 브레이크를 늦게 잡으면 앞으로 고꾸라지고 옆으로 쓰러지고, 엉덩방아를 찧고, 비료푸대가 엉덩이 밑에서 빠져서 사람 따로 비료푸대 따로 내려간다.

그렇게 한참을 타다 보면 시간 가는 줄 모른다. 얼굴은 추위에 벌겋게 얼어도 마냥 좋아서 비료푸대 눈썰매를 탄다. 그렇게 친구들과 신나게 비료푸대 눈썰매를 타다 보면, 엉덩이가 축축하여, 젖은 느낌을 받는다. 두꺼운 비료푸대 밑이 닳아 터져서 빵구가 난다.

그러면 집으로 가서 다른 비료푸대를 가져오거나, 집 안의 대나무를 쪼개서 만든 키나, 소쿠리, 광주리를 가지고 와서 눈썰매를 타는 친구들도 있었다.

다른 친구는 여름에 비가 올 때 쓰는 비닐로 만든 비옷을 가지고 와서 반으로 접어서 타거나, 비옷을 입은 채로 눈 위를 미끄러지면서 언덕을 타고 내려온다.

비료푸대인 눈썰매를 신나게 타다 보면 겨울철인데도 춥지만 얼굴에는 조금씩 땀이 흐른다. 그러면 갓길에 쌓인 눈을 위에 쌓인 눈을 걸어 내고, 한 주먹 잡아서 입안으로 넣어서 먹으며, 물 대신 갈증을 조금이나마 해소한다. 그 당시에는 공기가 오염되지 않아 쌓인 눈도 새하얀

/ 그 때 그 시 절

솜사탕 같이 부드럽고 시원한 맛이 나고 맛이 있었다.

그렇게 함박눈이 많이 오는 날이면, 눈 치울 걱정이 앞서지만, 마음 한편으로는 눈썰매 타는 즐거움을 생각하고, 눈싸움도 하고, 눈사람을 만들어 누구 눈사람이 크고 예쁜지 자랑도 하는, 눈 오는 날을 기다린다.

어릴 적 눈 많이 오는 날 비료푸대의 눈썰매는 겨울철 놀이로는 재미있고, 흥미가 있고, 스릴이 있는 놀이이다. 요즘의 시대는 놀이기구가 많았지만, 1960년대 초등학교 시절에는 지금처럼 놀이기구가 없이 주변의 환경에 따라 맞추어 친구들과 재미있게 놀았고, 그중 하나가 눈이 많이 오는 날이나, 눈이 많이 온 후에 겨울철 비료푸대 눈썰매가 그 시절에는 재미가 있는 놀이이다.

잊혀지지 않은 어릴 적의 추억이지만 성인이 되어서 도시 생활을 하다 보면 가끔씩 동심의 그 옛날 어릴 적 시절을 그리워한다.

특히 도시 생활의 숨 가쁜 일정과 다람쥐 쳇바퀴 돌듯이 반복적인 사회 생활에 적응을 하려고 몸부림치는 일상들이 늘상 스트레스와 피로를 누적시켜 잠시라도 쉬고 싶은 마음들이 앞서지만 현실은 그렇게 받아 주지 못하여, 마음만이라도 동심의 어릴 적 시절을 생각하면서 그리워하면서 자기 스스로 위로를 하면서 살아가고 있다.

그렇게 어릴 적의 추억은 쉽사리 잊혀지지가 않는다. 되돌아갈 수 없는 시절이지만 도시 생활이 힘들고, 어려울 때 잠시라도 어릴 적 동심의 비료푸대로 눈썰매를 타던 옛시절을 생각하면서 잠시나마라도 마음의 여유를 갖고 생각하면서 그리워하자. 그러면 조금이라도 도시 생활의 피로가 풀리고 힐링이 되지 않을까 한다.

53.

학교 난로에 도시락 데워 먹기

초등학교에서도 5, 6학년이 되면 오후 수업까지 한다. 학교에 갖고 온 도시락으로 점심을 먹고 오후 공부를 한다. 중학교 갈 준비를 하려고 공부를 열심히 해야 하였다.

그 초등학교 시절의 잊지 못하는 것이 겨울철 방학이 오기 전에 오후 수업을 하기 위하여 도시락을 학교 난로에 데워 먹는 것이다.

추억의 그 시절에는 도시락 까 먹는 재미가 쏠쏠하였다. 어쩌면 공부 보다는 점심 시간을 기다리며, 도시락 까 먹는 즐거움이 재미가 있었다.

집에서 어머니가 직접 도시락을 준비하여 주신 것이라 더욱 맛이 있었다. 왜냐하면 집에서는 생일날, 명절날, 제삿날 등 특별한 날 아니면 밥 속에 쌀이 보일 듯 말 듯 섞여 있는 거의 꽁보리밥으로 식사를 하였다.

그래도 아버지 밥은 쌀이 반 이상 들어가 있었다. 아버지 밥을 주걱 으로 그릇에 담다가 쌀알 몇 개가 아이들 밥에 들어온 것이다. 그러나 도시락을 싸서 학교에 가는 날은 도시락에 쌀이 30% 이상은 섞여 있는 것이다.

어머님이 아들이 학교에서 점심을 맛있게 먹고, 같은 반 친구들에게도 기 죽지 않도록 배려를 하여 쌀이 섞인 밥을 도시락으로 준비하여 주신 것이다.

오후 수업까지 하는 날 가정 형편이 좀 어려운 몇몇 아이들은 도시락을 싸 오지 못하여, 주위 친구들이 도시락 뚜껑에 한 숟갈, 두 숟갈씩 밥과 반찬들을 덜어서 그 친구한테 주어서 나누어 먹던, 풋풋한 우정이 생각이 난다.

초등학교 1, 2, 3학년까지는 학교일을 도와주시는 소사 아저씨가 아침 일찍 오셔서 각 교실 중앙에 갈탄 난로를 미리 피워 놓으셨다.

4학년부터 5, 6학년에는 담임 선생님이나 반장이나 부반장, 주번이 다른 학생보다 조금 일찍 학교에 와서 교실 안 중앙에 갈탄 난롯불을 피워 놓았다.

갈탄 난로는 주먹만 한 석탄을 압축하여 만든 연료로 처음 불을 지필 때에는 불이 잘 붙지를 않는다.

그래서 학교에서 못 쓰는 종이 조각으로 담임 선생님이나 반장, 부반장, 주번이 아침 일찍부터 와서 난로에 불을 지피느라고 수고를 많이 하였다. 그러나 한번 난로에 지핀 불은 오후까지 오래 유지가 된다.

갈탄이 많이 타면 쉬는 시간에 당번이 양동이에 삽으로 갈탄을 두 삽 가져다가 난로 속에 넣어 놓는다. 오전 수업이 두 시간 진행되면 난로 주변이 후끈후끈 달아 오른다.

도시락은 양은 도시락으로 금색이나 은색의 직사각형의 도시락이다. 도시락 안에 밥을 넣고 한쪽 구석에 반찬들을 넣고 작은 숟가락과 젓가락을 넣어 어머님이 만들어 주셨다.

반찬은 주로 그 해에 담근 김치를 도시락 한쪽 모퉁이에 넣어 주시고,

무를 말려서 양념을 묻힌 무말랭이나, 새끼 감자를 간장에 조려서 만든 반찬이나, 무우를 소금에 절인 노오란 단무지를 주로 도시락 반찬으로 밥 옆에 넣어 주셨다.

이따금씩은 달걀 후라이를 도시락 밑에 깔아서 도시락을 준비하여 주시기도 하였다. 그리고 도시락을 책 보자기에 함께 쌀 때는 도시락을 책들 가운데 넣고 책 보자기로 말아서 어깨에 메고 학교에 간다.

도시락이 식지 않도록 하기 위하여, 책들 가운데에 도시락을 넣고 책 보자기를 쌌은 것이다. 학교는 걸어서 30분 정도 걸어서 가는 먼 길이다.

책가방이 없던 시절이라 책들과 도시락을 함께 넣고 보자기로 둘둘 말아서 단단히 묶고, 보자기 양 끝을 어께에 메고 학교를 가는 것이다.

추운 겨울이라 학교에 가면서 세찬 겨울 바람이 앞에서 불어 오면 뒷 걸음으로 바람을 등에 지고 학교에 가곤 하였다. 뒤로 가다 보면 발 뒷 끔치가 돌 뿌리에 걸려서 넘어지지도 하였다.

학교에 도착하면 친구들과 웃으며 눈 인사를 하고, 책 보따리부터 풀어 책들을 책상 서랍에 넣고 도시락은 꺼내어 놓는다. 그러면 선생님이나, 반장이 와서 학교에 오는 순서대로 각자의 도시락을 난로 위에 하나씩 수북히 쌓아 놓는다.

오전 수업이 진행되고 두 시간이 지나면 반장이 알아서 난로 위에 쌓아 놓은 도시락을 쌓인 상태에서 반대로 다시 쌓아 놓는다.

난로 위에 맨 아래쪽에 있던 도시락은 맨 위로 쌓고 맨 위에 있던 도시락을 맨 밑인 난로 위에 바꾸어 놓는다. 학생들이 가져온 도시락이 골고루 데워지기를 위해서이다.

오전 수업을 하다 보면 코에 여러 가지 반찬 냄새가 솔솔 들어온다. 특히 김치 냄새가 난로 주변에 심하게 난다. 그렇게 하여야만 차가운 도시락이 골고루 미지근하거나, 조금은 더워진다.

갈탄 난로 화력이 센 날은 난로 바로 위에 얹어 놓은 도시락은 밑바닥이 타서 밥 타는 냄새가 나면서, 누룽지가 된 적도 있었다. 그러면 밥을 대충 먹고 물을 넣어서 누룽지 밥을 만들어 먹으면 더욱 구수하고 맛이 있었다.

겨울 방학 전까지는 월요일부터 금요일까지 오후 수업이 있어 도시락을 싸서 학교에 다녔다. 한달에 서너 번은 어머님이 도시락을 준비하실 때 도시락 속 밑바닥에 달걀 후라이를 납작하게 하여서 깔아 놓으신 적도 있었다.

혼자서 맛있게 먹으라고 다른 학생들 눈에 안 띄게 도시락 밑바닥에 깔아 넣어 주신 것이다. 도시락을 먹다 보면 밑바닥에 노오란 색깔이 보여, 숟갈로 헤쳐 보면 달걀 후라이였다.

그 당시의 달걀 후라이 맛은 너무 맛이 있어서 아껴서 먹을려고 조금씩 숟갈로 잘라 먹었다. 집에는 닭을 암탉 다섯 마리, 수탉 한 마리를 키우지만 알은 하루에 서너 개씩 낳는다.

그 달걀들은 이따금씩 집에서 달걀 하나에 밀가루를 많이 넣고, 파를 썰어 넣고, 새우젓으로 간을 맞추어 달걀찜을 큰 그릇에 수북히 하여 여러 식구들이 몇 숟갈씩 떠서 맛있게 먹었다.

그리고 하루에 낳은 닭알들은 낳자마자 어머님이 수거하여 보리쌀독 항아리에 넣어 두셨다가 장날이 오면 볏짚으로 엮어 한두 꾸러미에 열 개씩 넣어 두 꾸러미 만들어 장에 가서서 팔아서 생필품을 사서 오시곤 하셨다.

학교에 가면 두어 시간 지나면 배에서 꼬로록 소리가 난다. 왜 그렇게 그 당시에는 배가 고팠는지 모르겠다. 보리쌀로 지어진 아침밥을 먹는둥 마는둥 김치에 밥을 먹으니 배가 금방 꺼진 것이다. 그래서 점심 시간이 기다려진다.

학생들의 배가 여기저기서 자그마하게 꼬로록 소리가 가끔씩 들려 온다. 배고픔을 참지 못하는 마음이 급한 학생들은 오전 수업 두 시간 이 끝나면 쉬는 시간에 미리 도시락을 까 먹는 아이들도 있었다.

그리고 친한 친구들이 여럿이 모여서 각자 도시락 속에 있는 반찬들을 나누어 먹는 재미도 있었다. 어떤 학생은 도시에서 이사 와서 전학 하여 우리 학교에 왔다는 아이는 도시락이 우리랑 조금 달랐다.

우리는 노오란색이나, 은색의 양은 도시락 속에 숟갈이나 반찬이 같이 들어가 있었는데 그 아이는 도시락이 양은 도시락이 아닌 플라스틱 종류의 도시락에다 반찬통이 별도로 준비하여 많은 반찬들을 가지고 와서 우리들한테 같이 먹자고 나누어 주었다.

반찬도 특이하고 맛이 좋았다. 이제껏 우리가 먹어 보지 못한 반찬들을 매일 다른 반찬들로 도시락 반찬으로 가지고 와서 우리들한테 맛을 보여 주었다.

그중에서도 기억나는 것이 고기는 아닌 것 같은데 고기맛이 나는 후들후들하고 부드러운 잘 씹히는 반찬이 있어서 한 젓가락 맛을 본 다음에 그 친구한테 물어 보았다.

"야! 이게 무슨 반찬이냐? 고기도 아닌 것이 고기 맛이 나니." 하고 물었더니, 그 친구가 씩~ 웃으면서 이게 어묵이다. 나부랭이라 하는데 어묵이란 말도 처음 들어보고, 나부랭이말도 처음 들어 본 단어였다.

어묵은 뭐고 나부랭이는 뭐냐 하고 물었더니, 그 학생은 역시나 피시시 웃으면서, 촌놈들은 아마도 잘 모르고 맛도 못 보았구나 하면서, 이 것이 여러 가지 생선들이나 고기들을 기계로 작게 썰어, 눌러서 만든

/ 그 때 그 시 절

고기맛 나는 반찬이라고 하면서 영양가가 높은 음식이라고 하였다.

영양가라는 말 또한 생소한 말이었다. 그 친구의 도시락은 쌀밥에 맛있는 반찬들만 싸서 가지고 와서 점심때만 되면, 항상 부러움의 대상이 되었다.

그렇게 겨울철 갈탄 난로에 도시락을 데워 먹던 어린 시절의 추억들은 오랜 세월이 지나도 잊혀지지가 않는다.

학교에서 공부가 끝나고 집에 오는 길에 책 보따리를 어깨에 메고 걸어 오다가 가끔씩은 추위를 이기려고 뜀박질하여 올때에는 어깨에 멘 책보따리 속에서 떨거덩, 떨거덩 소리가 난다.

속이 빈 도시락 안에 숟가락과 젓가락이 뛸 때마다 도시락에 부딪쳐서 나는 소리이다. 그 빈 도시락 소리를 들으려고, 조랑말 뛰듯이 뛰어서 오면 소리가 더욱 경쾌하고 신나게 들린다.

세월이 무수히 흘렀지만 겨울 방학이 오기 전인 어릴 적에 어머님이 정성껏 준비하여 주신 맛이 있는 도시락이 생각이 난다.

그리고 학교에서 갈탄 난로에 데워진 도시락을 친구들과 모여 앉아서 오순도순 이야기를 나누며, 정답게 도시락을 까 먹던 그 시절이 잊혀지지 않고 그때 그 시절의 그리워진다.

그 어린 시절로 되돌아 갈 수는 없지만, 가끔씩 그때를 생각하면 스스로 엷은 미소를 지으면서, 그때 그 시절이 좋았노라고 생각을 한다.

제삿밥 먹기

　내가 태어난 고향은 평택의 작은 시골 마을이다. 동네의 가구수는 50~60개 가구가 오손도손 살았다. 그 오륙십 가구 중 남씨 성을 가진 사람들이 60% 이상 사는 남씨 집성촌이다.

　그리고 20% 정도 가구수가 천씨 성을 가진 사람들이고, 나머지 20%는 우리 동네로 타지역에서 오래 전에 이사를 와서 정착하여 온 사람들이고, 그중에 몇 가구는 그 당시 몇 년 이내에 이사와서 정착하여 온 사람들이다.

　남씨가 대대로 살아온 시골은 조상님들이 10대 이상을 살아온 터전이니, 아마도 300여 년 전부터 뿌리내려 살아오신 고향이다.

　그래서 보이지 않는 터줏대감 노릇을 하면서 선대로부터 내려오고, 자손들도 많아서 어린 시절을 시골에서 보내고 성년이 되어서는 도시로 나가서 사는 친척들도 많았다.

　그리고 동네의 논밭이나 마을을 둘러싼 산들이 선대로부터 내려오는 물려받은 종중산들이다.

　　　　　　　　　　　　　　　／ 그때 그 시절

그래서 어린 시절 겨울철에 남들은 불을 땔 땔감으로 걱정을 하고, 매일 땔감을 눈치 보면서 준비하느라 힘들었지만, 우리 집안들은 그들만큼은 힘들지 않게 땔감 걱정을 조금 덜 했다.

남씨 집안들이 10대 이상들을 살아온 터전이라 자손들도 많았다. 자손들의 형제도 많아서, 어린 시절에 사촌 이상을 먼 친척인줄 알아 같은 동네의 같은 친척이지만, 가깝게 지내지는 않았다.

나를 기준으로 조상님들을 생각하여 보면, 고조할아버지가 두 분, 증조할아버지가 네 분, 아버지 형제가 다섯 분이고 할아버지와 아버지 형제분들이 낳은 자손들을 헤아려 보면 셀 수가 없었다.

물론 나의 형제 자매들도 구 남매였다고 한다, 그런데 6.25 전에 세 명을 잃어서 육 남매가 성인까지 사이좋게 살아 왔다.

설 명절이나 추석 명절에 도시로 나간 자손들이 고향에 성묘를 하러 오면 대략 수십 명에서 백여 명이 되는 듯하였다. 선대의 조상님들 하도 많아서 어린 시절이나 지금도 어느 선대의 묘인지 잘 모른다.

어린 시절에 명절이 오면 성묘할 걱정이 먼저 생긴다. 선대의 묘가 선산의 여러 곳에 잠들어 계시니 일일이 모두 산소에 찾아가서 성묘를 하다 보면 오전과 오후 하루종일 성묘를 한 기억도 난다.

오전 성묘를 한 다음에 집으로 와서 점심을 먹고, 난 다음에 먼 선산으로 친척들과 함께 성묘를 가서 해가 저물을 때쯤 성묘가 끝나서 돌아온 기억도 난다.

그래서 선대님들의 묘에 성묘를 하기 힘들어서 몇 년 전에 종친회 주관으로 납골당을 만들어 위로 삼 대 이상의 조상님들은 화장을 하여서, 함께 납골당에 모시어서 제사를 지내고 성묘를 하였다.

그러다 보니, 각 조상님들이 많아서 제사도 많았다. 고조할아버지나,

증조할아버지의 제사를 지내기 위해서는 각 자손 중에 장남인 장손들의 며느리가 일 년 내내 제사상 준비하느라 바쁘다.

나의 고조나 증조할아버지, 아버지 형제분들, 그리고 그분들의 할머니들, 큰엄마들, 나이가 들어서 작고한 사촌 형님, 형수님들까지 헤아리면 셀 수가 없을 정도로 납골당에 모신 분들이 많았다.

그렇게 많은 분들이 하늘나라에 계시니 각 자손별로 큰 며느리가 제사상, 제수 준비하느라 허리가 휘청하고 몹시 힘든 일이다.

나의 선조들만 대략 생각하여 보아도 명절인 구정이나 추석을 제외하고도, 제사하는 날이 일 년에 열 번 이상은 되는 것이다. 그러나 어린 시절에는 조상님들 제삿날이 기다려진다.

제삿날 만큼은 흰 쌀밥에 소고기, 무우, 다시마 등을 넣고 끓인 탕국이 맛이 있었고, 제삿상에 올라온 과일이나, 소고기 산적, 생선구이, 과자 등 맛있고 배불리 먹을 음식들이 엄청 많았다.

할아버지, 아버지, 형제분들이 많으니 제사 또한 많았다. 그러다 보니 제삿날도 많고, 어떤 달은 한 달에 두 번 제사를 지내는 달도 있었다.

제사를 지내고 나면 제삿상의 맛있는 음식들을 먹을 수가 있어서 어린 시절에는 제삿날을 손꼽아 기다렸다. 어린 시절에는 잠도 많았지만, 제삿날 만큼은 열 시쯤 잠이 쏟아져도 어금니를 꼭 물고 참으며 제사 지내기를 기다렸다. 오랜만에 맛있는 음식들을 먹기 위해서이다.

그 당시의 제사는 열두 시 십 분 전에 지냈다. 조상님들이 그 시간에 오셔서 자손들이 차려 놓은 제사상을 받으시고 식사를 하고 가신다고 하였다.

그래서 그 시간에 제사를 지내고, 조상님들이 제사상을 드시는 동안 오 분 이상은 제삿상을 뒤로하고 뒤돌아서 밖을 보면서 기다렸다.

/ 그 때 그 시 절

조상님이 식사하시는 곳을 면전에서 보는 것은 예의가 아니라 제사를 지내는 중간에 조상님이 식사하는 시간에 제사를 지내는 사람들 모두가 뒤를 돌아서 오 분 이상 밖을 보고 서서 있는다.

그렇게 제사를 많이 지내다 보니, 제삿상에 음식 배열이나 몇 가지 격언등을 어린 시절에도 귀에 익은 격언들이 아직도 기억이 난다.

물론 각 지역이나 가정에 따라 조금은 다르지만 제사 음식인 제수의 차림은 비슷한 면이 많았다. 구정이나 추석 때는 선대의 할아버지, 할머니 두 분을 한번에 지내지만, 제삿날은 각각 틀리기 때문에 돌아가신 전날에 제사를 지낸다.

제사상의 차림표나 배열도 중요시하였다. 북쪽에 신위가 계시다 하여, 집안의 북쪽을 향하여 차려 놓고 북쪽을 일열 기준으로 하여 다섯 줄로 제사상에 음식들을 배열하여 놓는다.

제삿상의 북쪽을 기준으로 첫 번째 줄은 밥이나 국을 차려 놓고, 두 번째 줄은 생선구이나 전을 놓고, 세 번째 줄은 탕이 올라가고, 네 번째 줄은 포나, 나물, 김치 등이 올라가고, 다섯 번째 줄에는 사과나 배, 대추 등 준비한 과일들로 제사상 가득 차려 놓는다.

위와 같이 북쪽에 신위를 모셔 놓고, 음식 등을 오열로 차려 놓지만 음식들 또한 배치하는 것도 격식을 맞추어서 제사상에 올려 놓는다.

그 격식을 쉽게 이해하는 격언들을 많이 듣고, 제사 차림상을 많이 보니 몇 가지 생각들을 나열하여 본다.

우선 어동육서이다.

생선들은 동쪽이고, 육고기류는 서쪽에 배열을 하고, 홍동백서라고 하는데 붉은색의 과일은 동쪽에 차려 놓고, 흰색 과일인 배종류는 서쪽에 배열을 하여 놓는다.

동두서미는 머리는 동쪽에, 꼬리는 서쪽을 향하여 배열하고, 면서병
동은 국수류인 면 종류는 서쪽에 떡 종류는 동쪽에 배열을 한다.

그리고 서포동해는 포는 서쪽, 생선 젓과 식혜류는 동쪽에 놓고, 동조
서율은 대추는 동쪽, 밤은 서쪽에 배열하는 격언 등 여러 가지가 있다.

이렇게 하여 제사 음식인 제수들을 제삿상에 차려놓고 제사를 지내
고 나면 어른 한 분이 음복인 제삿술을 한잔 드시고 나면 주위에 계신
분들이 제사 음식들을 손으로 한두 개씩 집어서 먹는다.

그리고, 맏며느리가 제사 음식들을 거두어서 밤찬 준비를 하여, 한상
가득히 제사 음식들을 차려놓는다. 그러면 기다리면 사람들이 큰 상에
둘러앉아서 탕국에 쌀밥을 넣고 말아서 맛있게 밤참을 먹는다.

때마침 동네에 야경을 도는 사람들도 제사가 끝날 시간에 집 안으로
들어와 같이 제삿술과 음식들을 배불리 식사를 하고 간다.

제삿날이 기다려지는 것은 그날만큼은 아주 흰 쌀밥에 소고기가 들
어간 탕국과, 소고기 적, 과일 등 푸짐한 음식들을 배불리 먹고, 맛볼수
가 있는 날이다.

그 옛날 어린 시절에는 동네 친구들이 우리를 부러워하였다. 제삿날
이 많아서 맛있는 음식들을 많이 먹는 날이라고 하면서 부러워하였다.

어떤 친구는 우리집 제삿날을 기억하면서 다음 날 과자류나 과일, 떡
등을 가져와서 달라고 하는 친구도 있었다. 제삿날만은 왜 이리 시간이
안 가는지, 눈꺼풀이 열 시만 되면 자꾸 내려온다.

그래도 억지로 허벅지를 꼬집으며 제사 지내는 시간까지 참고 견디
며 기다렸다. 오랜만에 맛있는 음식들을 먹는 날이기 때문이다.

식량들이 부족하고 먹고 살기 힘든 어린 시절에는 설날, 추석날, 집안
식구들 생일날, 제삿날들이 기다려진다. 그날만큼은 흰 쌀밥에 고기국

　　　　　　　　　　　　/ 그 때 그 시 절

을 배불리 맛있게 먹을 수 있어서 기다려지고, 좋은 날로 기억이 난다.

세월이 무수히 지난 지금에 와서 생각을 하여 보니, 생활 여건이 좋지 않은 시절이었지만, 그래도 그 시절 제삿날 제사 시간을 기다리던, 어린 시절 동심의 시절이 그리워진다.

그때 그 시절

ⓒ 남군우, 2020

초판 1쇄 발행 2020년 2월 25일

지은이   남군우
펴낸이   이기봉
편집   좋은땅 편집팀
펴낸곳   도서출판 좋은땅
주소   서울 마포구 성지길 25 보광빌딩 2층
전화   02)374-8616~7
팩스   02)374-8614
이메일   gworldbook@naver.com
홈페이지   www.g-world.co.kr

ISBN   979-11-6536-131-0 (03810)

이 도서의 국립중앙도서관 출판예정도서목록(CIP)은 서지정보유통지원시스템 홈페이지(http://seoji.nl.go.kr)와 국가
자료공동목록시스템(http://www.nl.go.kr/kolisnet)에서 이용하실 수 있습니다. (CIP제어번호: CIP2020004590)